KB270964

벽천십로

碧天十雷

신가 新무협 판타지 소설

벽천십리 1

신가 新무협 판타지 소설

초판 1쇄 찍은 날 § 2007년 4월 7일
초판 1쇄 펴낸 날 § 2007년 4월 17일

지은이 § 신가
펴낸이 § 서경석

편집장 § 문혜영
편집책임 § 서지현
편집 § 심재영

펴낸곳 § 도서출판 청어람
등록번호 § 제1081-1-89호
등록일자 § 1999. 5. 31
어람번호 § 제2-1169호

주소 § 경기도 부천시 원미구 심곡1동 350-1 남성B/D 3F (우) 420-011
전화 § 032-656-4452 팩스 § 032-656-4453
http://www.chungeoram.com
E-mail § eoram99@chollian.net

ISBN 978-89-251-0634-2 04810
ISBN 978-89-251-0633-5 (세트)

벽천십뢰

신가

新무협 판타지 소설

FANTASTIC ORIENTAL HEROES

碧天十雷

1

열 개의 벼락

도서출판

청어람

碧天雷

목차

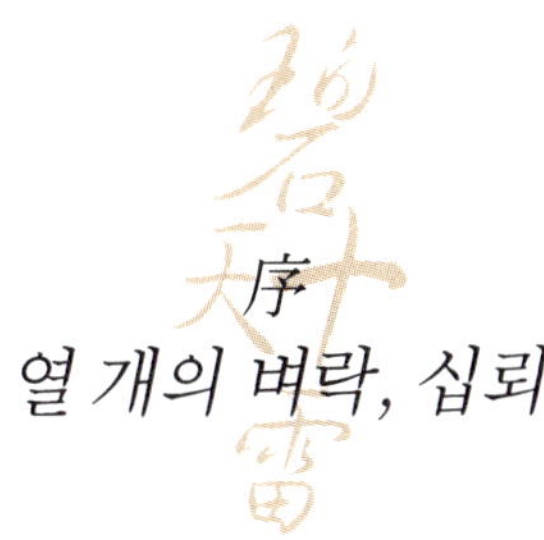

序
열 개의 벼락, 십뢰

새하얀 손이 한 번 움직이는 순간 열 줄기 벼락이 천지를 뒤집으니 그 기운 아래 온전히 존재하는 것은 하나도 없었다.

열 개의 벼락을 이 땅에 내린 이는 새하얀 도포를 휘날리며 자신이 왔던 동쪽으로 그렇게 사라졌다.

사람들은 그 모습을 그저 멍하니 바라보았다.

"사람이 아니야… 사람일 리 없어… 그래, 동방의 하늘에서 내려온 천신(天神)일 거야. 틀림없어."

그 모습을 본 누군가가 넋이 나간 채 그렇게 중얼거렸다.

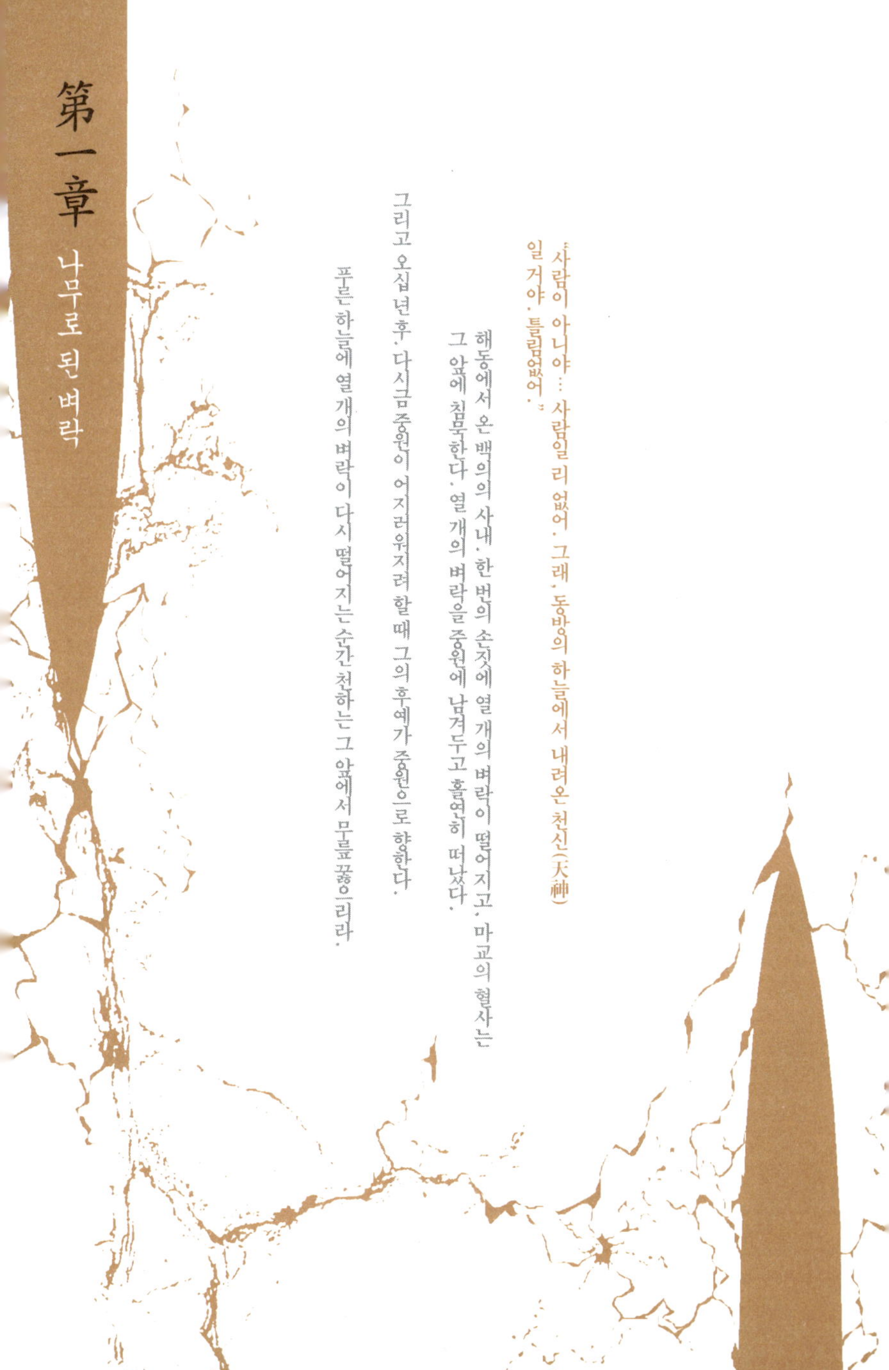

第一章 나무로 된 벼락

「사람이 아니야… 사람일 리 없어. 그래, 동방의 하늘에서 내려온 천신(天神)일 거야. 틀림없어.」

해동에서 온 백의의 사내. 한 번의 손짓에 열 개의 벼락이 떨어지고, 마고의 혈사는 그 앞에 침묵한다. 열 개의 벼락을 중원에 남겨두고 홀연히 떠났다.

그리고 오십 년 후. 다시금 중원이 어지러워지려 할 때 그의 후예가 중원으로 향한다.

푸른 하늘에 열 개의 벼락이 다시 떨어지는 순간 천하는 그 앞에서 무릎 꿇으리라.

처얼썩, 처얼썩.

파도 소리가 시원하게 울리는 백사장이다. 댕기 머리를 한 소년이 자신을 향해 하얀 포말을 뿜어 올리는 파도를 바라보고 있었다. 그 눈은 곧 파도를 넘어 드넓게 펼쳐진 푸른 대양으로 향했다.

"차앗! 일뢰(一雷)!"

커다란 기합 소리와 함께 앞으로 뻗어나간 손.

손끝에서 무엇인가가 바람과 같이 뻗어나갔다. 세찬 파도를 뚫고 앞으로 쭉쭉 뻗어나가는 빛.

하나 곧 그 힘을 잃고 바닷물에 휩쓸렸다.

그 모습에 청년의 눈에 어리는 실망감.

"치잇. 역시 어렵네. 망아(忘我) 스님은 잘만 하시던데."

무언가 아쉬운 듯 중얼거리는 소년.

그런 소년의 아쉬움과는 상관없이 여전히 백사장을 향해 몰려오는 파도들.

하늘을 나는 갈매기 떼.

무엇 하나 변한 것이 없었다.

대자연 속에 오직 소년만이 변해갔다.

그렇게 매일같이 백사장에 나와서 바다를 향해 빛을 쏘아대던 소년은 점점 커져 어느새 청년이라 불릴 정도의 나이가 되었다.

그렇게 몸이 변한 것처럼 무언가 변한 것이 있었다.

그의 손끝에서 바다를 향해 뻗어나가는 빛.

소년이 날리던 하나의 빛은 열의 수요로 늘어나 청년의 손끝에서 나오고 있었다.

"으음, 이제 대강 흉내 정도는 내는 건가?"

변성기가 지난 굵직한 음성.

청년의 몸에서 변하지 않은 곳이라고는 등 뒤로 길게 늘어뜨린 댕기머리뿐이었다.

*　　　*　　　*

"흐음, 드디어 그 유명한 장백산인가?"

여기저기 해진 낡은 옷을 입은 초라한 행색의 노인. 머리칼은 이미 하얗게 변해 있었다. 우거진 나무숲 사이를 헤쳐 나가는 그의 움직임은 가볍고도 빨랐다.

"이제 여름도 끝나가는 것 같군."

이마를 부드럽게 스쳐 지나가는 바람에 담긴 시원한 기운을 느끼며 그는 중얼거렸다.

그는 지금 산을 오르고 있었다. 까마득하게 높이 보이는 산의 정상을 향해 걸음을 빨리했다. 무공을 익힌 고수인 듯 그는 무척이나 빨랐다. 보통 사람이라면 상상도 못할 속도로 산을 오르면서도 호흡 하나 흐트러지지 않았다.

그렇게 얼마나 올랐을까? 서쪽 하늘이 붉게 물들 즈음 그는 정상에 도착할 수 있었다.

그의 눈앞에는 푸른 호수가 펼쳐져 있었다.

"캬아! 이게 말로만 듣던 장백산(長白山)의 정상의 천지(天池)로구나!"

그는 진정으로 감탄한 듯 크게 말했다.

"쳇. 장백산이 아니라 백두산(白頭山)이에요, 거지 영감님. 해동의 땅이니 해동에서 붙인 백두산이라는 이름을 써야지, 어디 마음대로 이름을 장백산으로 바꿔요?"

그때 불현듯 들려오는 말소리에 그가 놀라서 고개를 돌렸다. 누군가가 곁에 오는 것을 느끼지 못한 탓이다. 소리가 들린 곳을 보니 승복을 입은 소년이 천지의 물을 뜨고 있었다.

"동자승이 나를 보고 거지 영감이라고 했는가?"

노인의 말에 동자승이 고개를 끄덕였다.

"거지 영감님이니 거지 영감님이죠."

그랬다.

동자승의 말대로 그의 행색은 그냥 초라한 것이 아니었다. 바로 거지의 행색이었다.

그는 거지였다. 그것도 중원의 거지. 그랬기에 해동의 명산 백두산에 올라 장백산이라 부른 것이다. 일단 중원에는 장백산이라는 이름으로 알려져 있기 때문이었다. 동자승은 그것이 기분이 나빴는지 말소리가 곱지가 않았다.

"허어. 내 아무리 거지라지만 좀 심한 말 같군."

늙은 거지 청풍개는 은연중 경계를 하며 동자승에게 말했다.

청풍개(靑風丐).

그가 누구인가? 구파일방 중 하나인 개방의 오대장로 중 한 사람으로 그의 경신법은 무림의 일절로 통하는 고수다. 그런 그가 작은 동자승의 기척도 느끼지 못했으니 긴장을 할 만했다.

하지만 동자승은 그의 그런 기색 따위는 상관없다는 듯 아랑곳 않고 그저 코를 움켜쥐면서 얼굴을 찡그렸다. 명백히 불쾌하다는 의사를 드러낸 것이다.

청풍개는 그런 동자승의 반응에 고개를 갸웃거렸다. 하나 곧 그 이유를 알 수 있었다. 바로 자신의 몸에서 나는 고약한 냄새가 문제였던 것이다. 거지의 몸에서 좋은 냄새가 날 리 없었다. 자신이야 익숙해져 있으니 문제가 없었지만 동자승으로서는 참기 힘들었으리라.

그 모습에 청풍개가 빙그레 웃었다.

"부처님께 귀의하여 심신을 갈고닦는 스님께서 겨우 이런 속세의 냄새에 얼굴을 찡그려서야 쓰겠는가?"

"흥. 중원의 거지 영감님에게 들을 말은 아닌 것 같네요."

동자승을 그 말을 남기고는 획 돌아서서 물을 길은 통을 들고는 걸음을 옮겼다.

청풍개는 재빨리 그 뒤를 따랐다.

호기심이 생긴 것이다. 방주로부터 중차대한 임무를 받았지만 일단 당장의 호기심을 푸는 것이 먼저였다.

그렇게 동자승의 뒤를 따라 산길을 내려가자 작은 절이 눈에 띄었다.

천지사(天池寺)라는 현판이 걸린 낡은 절이었다. 동자승은 그 절 안으로 사라졌다.

"계십니까?"

동자승이 사라지자 청풍개는 곧 목소리를 가다듬어 우렁차게 외쳤다. 이미 해도 지고 있는 마당에 이곳에서 하룻밤 신세를 지고 가기로 마음을 먹은 것이다.

"뭐예요, 거지 영감님?"

안으로 들어갔던 동자승이 빼꼼히 머리를 내밀었다.

"그것이… 백두산을 넘던 중에 날이 저물어서 하루 신세를 질 수 있을까 해서 말일세. 부처님의 자비로 이 불쌍한 중생에게 잠잘 곳을 좀 내주면 안 되겠는가?"

어느새 장백산이 백두산으로 바뀌어 있었다. 동자승이 그렇게까지 말했는데 계속 장백산이라 할 수는 없었다. 기실 이 땅은 해동의 땅이고 이 산은 해동의 백두산이었다. 과연 백두산이라는 말이 나오자마자 동자승의 표정이 눈에 띄게 부드러워졌다. 그 모습에 청풍개는 회심의 미소를 지었다.

'역시.'

"잠시만 기다려 보세요. 주지 스님께 여쭤볼게요."

동자승이 몸을 돌려 안으로 들어가려는 찰나 인자한 목소리가 들렸다.

"허허. 자미야, 그럴 것 없다. 손님을 안으로 모시거라."

어느새 주지 스님이 문 바로 뒤에 와 있었다.

'고수다.'

청풍개는 주지 스님이 다가오는 기척을 전혀 느끼지 못하였기에 이곳 천지사에 대한 의구심이 점차 커져 갔다.

"중원에서 오신 손님 같으신데 어서 들어오시지요."

자미라는 동자승도 그렇게 주지 스님도 그렇고 중원 말에 무척 능했다. 하지만 해동과 중원의 경계인 백두산에 사는 이

들은 모두 그랬기에 청풍개는 별 신경을 쓰지 않았다.

주지 스님은 단출하지만 깔끔한 방 하나를 청풍개에게 내어주었다. 그곳에서 청풍개는 정갈하게 마련된 저녁까지 배부르게 얻어먹을 수 있었다.

잠잘 곳도 해결했고 배도 부르니 이제 호기심을 해결할 차례. 청풍개는 조심스레 방에서 나와 천지사 이곳저곳을 둘러보았다. 물론 은밀히 움직인 것이다.

그가 둘러본 결과 천지사는 그저 보통의 낡은 절이었다. 하지만 보통의 절과는 다른 어떤 기운이 느껴졌다. 그런데 그것이 어떤 기운인지 당최 알 수가 없으니 미치고 환장할 노릇이다.

"손님께서는 어이해 이곳까지 나와 계십니까?"

그때 청풍개의 뒤에서 들려오는 주지 스님의 목소리.

"아, 주지 스님. 달이 하도 밝아 그만 달빛에 취해 거닐다 보니 이곳까지 왔군요."

그럴싸한 답변이다.

그의 말에 주지 스님이 하늘을 올려다본다. 아니, 올려다볼 필요도 없었다.

보통 때보다 훨씬 어두운 밤. 빛이라고는 하늘에 흩뿌려 놓은 별들이 가늘게 뿌려주는 것이 전부인 밤이다.

그렇다.

그믐밤인 것이다.

청풍개도 주지 스님의 시선을 따라 하늘을 올려다보다가 그 사실을 깨달았다.

‘커억. 그렇지! 오늘은 그믐이었지.’

갑자기 들려온 주지 스님의 목소리에 당황해도 무척이나 당황한 모양이었다. 그냥 봐도 아는 그믐날 밤에 달 타령이라니 말이다.

“손님의 기운을 보아하니 상당한 경지의 무공을 익히신 분 같은데 저희 절에서 무엇을 얻으려 하십니까?”

주지 스님의 말에는 경계의 기운이 살짝 어렸다. 수십 년의 눈치 내공을 가진 청풍개다. 그 기운을 못 느낄 리 없었다.

또한 수십 년의 사람 경험에서 쌓은 내공도 있다. 그 내공이 강렬한 신호를 보내고 있었다.

‘솔직하게 말하자.’

이런 상황에서는 거짓말을 해봐야 오히려 더 큰 거짓말을 불러오다가 종국에는 들통이 나고 만다. 쓸데없는 오해는 피하는 것이 좋다. 그가 이곳을 찾은 것은 그야말로 순수한 호기심 때문이니까.

청풍개는 천지에서 동자승과 있었던 일을 솔직하게 이야기했다. 그리고 자신이 느낀 호기심 역시 솔직하게 말했다. 그의 이야기를 모두 들은 주지 스님은 고개를 끄덕였다.

“중원에도 소림과 아미라는 큰 사찰이 있어 무공을 갈고닦는다고 알고 있습니다.”

“그렇지요.”

“그렇다면 해동에도 그런 사찰이 없으란 법은 없지 않습니까?”

그렇게 말하며 주지 스님은 빙그레 웃었다.

과연 맞는 말이다. 하지만 어딘가 미진함이 남아 있었다.

“하지만…….”

“그런데 손님께서는 어인 일로 해동에 들어오셨는지요?”

청풍개가 무어라 말하려 했으나 주지 스님이 오히려 질문을 던짐으로써 그의 말을 막았다.

청풍개는 난감했다. 이곳에서 과연 자신의 여행 목적을 밝혀도 될 것인가. 그것은 중원 무림에 있어서는 무척이나 중요한 일이었다.

청풍개는 갈등 어린 눈으로 주지 스님을 바라보았다.

맑고도 깊었다.

주지 스님의 눈은 참으로 맑고도 깊었다. 마치 해질녘 보았던 천지를 두 눈에 옮겨다 놓은 듯했다.

청풍개는 그 눈을 믿기로 했다. 사실 상대에게 무언가를 얻기 위해서는 자신의 진심을 먼저 보여야 했다. 왠지 자신의 이야기를 해주면 무언가 미진하게 느꼈던 것에 대한 해답을 얻을 수 있을 것 같았다.

청풍개는 자신의 임무를 솔직하게 말했다.

그의 말이 끝나자 주지 스님은 크게 고개를 끄덕였다.

"아하! 둘째 사형을 찾아가시는 손님이셨군요."

주지 스님의 말에 청풍개는 머리가 환하게 밝아지는 것을 느꼈다.

어딘가 미진하게 여겨지던 것은 저 멀리 사라진 지 오래다.

과연 이곳의 주지 스님은 그분의 사제였다. 그렇다면 청풍개가 겪은 것이 모두 이해가 되었다. 그런 것이었다.

"잘됐군요. 마침 제가 사형들께 전할 서찰이 있어 조만간 제자 아이를 내려 보낼 생각이었습니다. 그 아이가 마지막으로 갈 곳이 바로 손님께서 가신다는 금정산 범어사이니 함께 가도록 하시지요."

청풍개에게는 참으로 반가운 소리다.

의외의 곳에서 실마리가 풀려 버렸다. 사실 백두산을 오르면서 걱정이 많았다, 갈 길은 멀고 가야 할 곳을 찾을 자신은 없고.

그래서 될 대로 되라는 심정으로 오른 백두산이었다. 압록강을 넘어 해동의 의주라는 도시에 들러 해동 안쪽으로 들어가야 할 것을 막막한 심정에 평소 보고 싶었던 천지라도 보고 가자는 심정에 백두산으로 들어온 것이었다.

그에게 중대한 임무를 맡긴 개방 방주가 안다면 까무러칠 일이지만 이곳에는 개방 방주가 없었다. 그리고 개방 방주도 금정산 범어사까지 시일이 얼마나 걸릴지 알지 못했다.

'크흐흐. 이런 게 대박이라는 거지. 구지개(九指丐), 네 이

놈. 설마 이 사숙에게 이런 일이 생길지는 몰랐으렷다.'

청풍개의 얼굴에 절로 미소가 어렸다.

구지개는 개방의 또 다른 오대 장로 중 한 명인 무영개(無影丐)의 제자로 오결의 매듭을 두르고 있다. 그 스승에 그 제자라고 타고난 역마살(驛馬煞)을 주체하지 못하고 세상천지에 돌아보지 않은 곳이 없었다. 그러한 역마살 덕에 그는 이번에 청풍개가 해동에 들어오기에 앞서 먼저 사전 조사를 위해 해동에 들어왔다가 나갔다.

그는 훌륭히 자신에게 맡겨진 임무를 완수했다.

오십여 년 전에 사라진 인물이 머리를 깎고 승려가 되어 있는데도 불구하고 찾아냈으니 말이다.

그 사람은 고작 개방의 오결 제자가 어찌할 수 있는 인물이 아니었기에 그에게서 정보를 얻은 청풍개가 이렇게 해동 땅에 들어오게 된 것이다.

그런데 구지개가 준 정보라는 것이 문제였다.

구지개는 그저 부산포 금정산 범어사에 그분이 있다고만 말을 하고는 지도 한 장조차 주지 않은 것이다.

지도를 달라는 청풍개의 말에 대한 그의 답은 참으로 가관이었다.

'뭐? 해동의 반도는 땅이 작아 찾는 데 어려울 것이 없을 거라고? 거지가 언제부터 지도 보고 다녔냐고? 그냥 거지답게 물어물어 찾으라고? 구지개 이놈, 감히 사숙에게 그따위

말버릇이라니.'

기분이 좋던 청풍개는 구지개가 자신에게 한 말을 떠올리자 다시금 솟구치는 분노로 얼굴이 딱딱하게 굳었다. 그러한 변화에 주지 스님은 고개를 갸웃거렸지만 청풍개는 혼자만의 분노에 몰입해 있을 뿐이다.

이번에는 청풍개가 샐쭉거리면서 웃기 시작했다.

'크흐흐흐. 뭐, 이제는 이렇게 편하게 갈 수 있게 되었으니. 내 다 안다. 구지개 네놈이 날 골탕 먹이려 그리하였겠지만 난 이렇게 편하게 가게 되었구나. 네놈이 이 사실을 알면 상당히 배가 아프겠지?'

사실 청풍개는 구지개를 많이 괴롭혔다. 사부인 무영개는 가만히 있는데 사숙인 청풍개 자신이 나서서 구박하고 부려 먹었다. 왠지 모르게 친근한 감정이 들어서 그리한 것뿐인데 구지개는 그것이 아니었나 보다. 점차 머리가 굵어짐에 따라 반항을 시작하더니 중년의 나이에 접어들자 사숙을 골탕 먹이려고까지 하고 있는 것이다.

이것도 모두 평소 청풍개가 뿌린 씨에 대한 인과응보일진대 그는 그것은 생각 못하고 있었다.

원래 윗사람은 아랫사람의 고충 같은 것은 모르는 법 아니겠는가.

어쨌든 구지개의 음모를 멋지게 파훼한 기쁨이 몰려들자 구지개의 불손한 태도에 대한 분노는 씻은 듯 사라졌다. 절로 웃음이 나올 법도 했다.

그렇게 혼자 멍한 얼굴로 화냈다 웃었다 하는 모습을 주지 스님은 모두 지켜보고 있을 뿐이다.

'허어, 이 시주를 정녕 작은 사형께 보내도 된단 말인가?'

자신의 모습 때문에 어쩌면 편하게 갈 수 있는 길이 사라질지도 모른다는 것을 청풍개는 전혀 알아차리지 못하고 있었다.

위도 푸르고 아래도 푸르다.

푸른 하늘과 푸른 바다가 만나 멋들어진 수평선을 그린다. 그리고 수평선을 가르며 작은 배 한 척이 열심히 항해를 하고 있다.

한가로이 흘러가는 하얀 구름과 푸른 바다에 둥둥 떠가는 배가 어울려 참으로 평화로운 풍경을 그리고 있었다.

단, 이 소리만 없다면 말이다.

"우욱. 우웩. 우웩."

청풍개가 배의 난간을 잡고 바다를 향해 구역질을 하고 있었다. 뱃멀미를 하고 있는 것이다. 그 모습을 청년승이 난감한 얼굴로 지켜보고 있었다. 청년승의 법명은 자공. 천지사 주지 스님의 수제자로 이번에 스승의 심부름으로 백두산을 벗어난 터였다.

첫 목적지가 양양의 낙산사(落山寺)였다. 동해 바다를 바라보고 있는 사찰이기에 백두산에서 내려와 두만강의 줄기를 타고 동해 바다를 통해 가는 해로를 선택했다. 그때만 해도 청풍개는 자신만만했다.

실제로 두만강을 타고 내려오는 동안은 멀쩡했다. 하지만 문제는 바다에 들어오면서부터였다. 바다 너울의 거침은 강의 그것에 비할 바가 아니었다. 배의 심한 흔들림에 천하의 고수라는 청풍개도 결국 버티지 못하고 심한 뱃멀미에 시달리게 된 것이다.

"쯧쯧. 내 살다 살다 이렇게 뱃멀미가 심한 사람은 처음이구만. 그래도 어쩔 수 없지요. 뱃멀미는 배에 익숙해져야 없어지니."

선장이 그런 청풍개를 보며 안타깝다는 듯 혀를 찼다.

자공은 그저 빨리 양양의 해안가에 도착했으면 하는 바람으로 나직이 불호를 외웠다.

고되고도 험난한 항해를 마치고 결국 청풍개는 양양의 해안에 도착할 수 있었다. 청풍개는 육지라는 곳이 이렇게 좋은 곳인 줄을 이제야 알게 되었다. 소중한 것은 잃어봐야 그 소중함을 깨닫는다.

불과 며칠에 불과했지만 청풍개도 육지를 잃고 망망대해에 떠 있어본 후에야 육지의 소중함을 알았다.

자공의 안내로 낙산사에 올랐다. 그 수려한 경관은 중원의 명찰들 못지않았다. 아니, 그 정기는 오히려 더욱 뛰어나 보이기도 했다.

게다가 낙산사 역시 보통 절이 아니었다. 해동의 동쪽 해안에 이런 사찰이 있다는 것을 중원의 무인들이 알면 무척이나 놀랄 테지만 청풍개는 아무렇지도 않았다. 이미 그분과 관련이 있는 사찰이라는 것을 알았으니 그것이 당연하게 여겨지기까지 한 것이다.

하룻밤을 낙산사에서 보낸 후 자공과 청풍개는 큰 산줄기를 넘어야 했다. 백두대간의 등줄기였다. 자공 역시 상당한 무공을 지니고 있는 듯 산을 넘는 것을 그다지 어려워하지 않았다.

"내 궁금한 것이 하나 있는데……."

산을 넘으면서 청풍개가 같이 가는 자공에게 말을 걸었다.

"무엇이십니까?"

자공이 예의 바른 얼굴로 청풍개의 말에 답했다.

"그, 천지사의 스님들 말일세. 어찌 그리 하나같이 중원의 말을 잘하는 것인가? 어린 동자승부터 해서 말이야."

당연하다면 당연한 의문인지도 모른다.

"저희 절의 위치 때문이지요."

"위치?"

"네. 저희 절이 있는 백두산 때문이지요. 백두산이 명산인지라 기화요초와 영물들이 많답니다. 그것을 찾아 들어오는 사람들도 많고요. 그런 것들을 찾는 사람들에게 어디 나라가 있겠습니까? 명의 사람들도 많이들 온답니다. 그런 사람들을 맞으려다 보니 자연히 그들의 말을 익힌 거지요. 특히나 어르신께서 보셨다는 그 아이가 그런 일에 제법 열심히랍니다.”

청풍개는 자신을 향해 당차게 외치던 동자승의 모습이 떠올랐다.

“그렇구만.”

맞는 말이다.

나라와 나라가 닿아 있는 땅은 길었다. 나라에서 그 국경 모두를 철저히 감시하지는 못한다. 단지 밀수 따위가 있을 법한 곳을 지정해 감시를 할 뿐이다.

청풍개 자신도 얼마나 쉽게 국경을 넘었던가. 그것은 보통 사람이라 해서 다르지는 않을 것이다. 그렇게 국경을 넘나드는 해동 사람과 중원인들이 많으니 자연히 익히게 된 것이었다.

그렇게 산을 넘은 후 굉장히 긴 거리를 걸었다. 하지만 청풍개는 좋았다. 그저 땅에 발을 붙이고 있는 것이 좋았다. 바다에서 겪었던 그 끔찍한 악몽이 그에게 이렇게 긍정적인 사고를 만들어주었다.

그렇게 몇 날 며칠을 걸어 당도한 곳은 해인사(海印寺)라는 절이었다. 그곳에서도 하루를 묵었다.

하루를 묵으면서 청풍개는 장경각이라는 곳에 엄청나게 놀랐다. 그 규모가 소림의 장경각에 전혀 뒤지지 않아 보였다. 조그만 반도인 해동에 이런 곳이 있을 것이라고 중원의 그 누가 상상이라도 했겠는가.

"이보게, 자공."

다음날. 이제 마지막 목적지인 범어사(梵魚寺)로 향하는 길에 청풍개가 자공에게 말을 걸었다. 전날 해인사에서 본 장경각에 대한 궁금증을 풀기 위해서다. 밖에서만 흘깃 볼 수 있었지 안으로 들어가는 것은 엄격하게 제한되어 있었다. 하지만 장경각이라는 곳의 통풍구를 통해 안에 빽빽하게 들어차 있는 목판은 볼 수 있었다.

"네, 어르신."

"대체 해인사의 장경각이라는 곳은 어떤 곳인가?"

청풍개의 물음에 자공은 빙그레 미소를 지었다. 전날 청풍개가 보여준 그 경악하는 표정이 떠오른 탓이다.

"이름 그대로입니다. 장경(藏經)을 보관하는 각(閣)이지요."

"허! 답답하게 그리 두루뭉수리 말하지 말고 이 늙은이 속 좀 시원하게 뚫어주게나."

"장경이란 것은 부처님의 말씀을 옮겨놓은 불가의 경전입니다."

"이 늙은이도 그 정도는 알고 있네."

청풍개가 고개를 끄덕였다.

"해동에는 오래전 큰 환란이 있었지요. 나라 이름이 지금의 조선이 아닌 고려 때 북쪽 땅에서 몽고의 병사들이 침략을 했지요."

"몽고 놈들……."

자공의 말에 청풍개의 눈에 분노의 불꽃이 타올랐다.

지금은 중원에 명이 들어서 있지만 중원의 한인들은 북방의 몽고족에게 중원 땅을 빼앗겼었다. 원이라는 이름의 몽고족들의 나라. 그 나라 아래 무려 백 년에 가까운 세월 동안 지배를 당하지 않았던가. 지금은 다시 북쪽의 사막으로 몽고족들을 몰아냈지만 지나간 오욕의 역사를 생각하면 절로 분노가 치밀어 올랐다.

그러고 보니 해동은 몽고의 지배 아래 들어간 적이 없었다.

'그 사실만으로도 대단한 땅이야.'

인정할 것은 인정해야 했다. 송은 몽고에 무너졌지만 고려는 꿋꿋이 버텨냈다.

"몽고의 침략으로 이 땅은 피폐해졌지요. 그래서 나라에서는 부처님의 힘을 빌어 몽고를 막고자 했습니다. 그래서 부처님의 말씀을 새긴 목판 경전을 만들기 시작했지요. 그것이 무려 팔만 천이백오십팔 장에 이르렀습니다. 해서 팔만대장경이라 부르지요. 장경각은 그것을 보관하는 곳입니다."

자공의 말에 청풍개는 입이 떡 벌어졌다. 무려 팔만 장이 넘는 경전 목판이라니 이 얼마나 놀라운 일인가.

"대단하군, 대단해. 과연 그분이 나온 땅이야."

청풍개는 그렇게 중얼거리면서 길을 재촉했다.

그렇게 많은 날을 걸어 자공과 청풍개는 금정산 아래에 도착할 수 있었다.

"이제 곧 도착합니다. 이곳이 금정산 초입이니 범어사까지는 얼마 남지 않았습니다."

자공의 말에 청풍개의 얼굴에 미소가 가득 찼다. 드디어 이 고생스러운 여정을 끝낼 수 있는 것이다.

사실 육체적으로는 별로 힘들 것이 없었다. 그는 무공을 익힌 고수였다. 그에게 사실 이 정도의 여정은 큰일이 아니다. 물론 바다를 제외하고는 말이다.

하지만 말이 통하지 않는 이국땅이다. 자공이라도 있었기에 궁금한 것을 해결하면서 말이 안 통하는 답답함 없이 왔지만 그래도 이국은 이국. 그 심리적인 피곤이 현재 절정에 달해 있었다.

그랬으니 목적지에 도착했다는 말이 반갑지 않을 리 없었다. 어서 이곳에 온 목적을 해결하고 중원으로 돌아가고픈 마음이 가득했다.

자공과 함께 산길을 천천히 걸어 올라가던 청풍개는 신기하다는 듯 고개를 갸웃거렸다.

"그나저나 이 산 정말로 좋군. 기가 충만한 것이 느껴지는 것이 그분이 계실 만한 곳이야."

울창한 나무들을 둘러보며 청풍개는 진심으로 감탄했다.

중원에서도 좀처럼 볼 수 없는 영산이었다. 낙산사와 해인사가 있던 산도 명산이었지만 이곳에 비하면 손색은 있었다.

"차앗!"

그때 어디선가 우렁찬 기합 소리가 들려왔다.

"응?"

기합 소리에 서린 힘찬 기운이 청풍개의 발걸음을 잡아끌고 있었다. 청풍개의 시선이 자공을 향했다.

"왜 그러십니까?"

"자넨 이 소리가 들리지 않았는가?"

"기합 소리 말씀이십니까?"

"그렇네."

"아마도 수련을 하는 무인의 기합 소리이겠지요."

자공은 대수롭지 않게 대답했다.

"나도 그렇게 생각하네만 왠지 신경이 쓰여서 말이야."

청풍개의 뜻은 분명했다. 들렀다가 가고 싶다는 것이었다. 자공은 청풍개의 표정을 잠시 살피더니 고개를 끄덕였다.

"이 길은 외길입니다. 이리로 곧장 오르면 범어사이지요. 범어사에도 중원 말을 할 줄 아는 스님들이 있습니다. 그러니 별문제가 없을 겁니다. 저는 먼저 올라갈 터이니 어르신께서는 호기심을 해결하고 오시지요."

자공이 미소를 지으며 말하자 청풍개는 고개를 끄덕였다.

"알겠네. 그동안 참으로 고마웠어. 그럼 잠시 후 범어사에서 보세나."

그리고 청풍개는 몸을 돌려 소리가 들린 곳으로 걸음을 옮겼다. 청풍개가 사라지는 모습을 지켜본 자공은 다시 범어사를 향해 걸음을 옮겼다.

콰쾅!

청풍개가 얼마 가지 않았을 때 열 줄기의 빛살과 함께 요란한 폭음이 울렸다.

"저, 저것은……."

걸음을 옮기던 청풍개는 자신이 본 광경을 믿을 수 없는지 그 자리에 서서 눈만 끔벅거렸다.

그것은 벼락이었다.

단순한 열 개의 빛줄기가 아닌 열 개의 벼락이었다.

오십 년 전 본 그 벼락보다 작고 가늘었으며 변화가 적었지만 벼락임은 분명했다. 그 사실을 깨닫는 순간 청풍개는 그야말로 푸른 바람과 같이 사라졌다.

"휴우— 힘들다."

한 청년이 이마에 송골송골 맺힌 땀을 닦으며 바닥에 주저앉았다. 그 청년을 중심으로 반경 이 장의 원을 그리며 열 개의 단검이 박혀 있었다.

그 모습을 본 청풍개의 몸이 부들부들 떨렸다.

'트, 틀리지 않았어. 드디어 찾았다.'

몇 천 리 길을 고생고생하면서 온 목적을 드디어 이루었다.

그는 찾으려던 사람과 관련이 있는 사람을 드디어 찾아낸 것
이다. 여기에 단검을 벼락에 실어 던지는 사람이 분명히 존재
하니 그분도 계실 것이다.

"이, 이보게."

청년은 갑자기 들려온 낯선 목소리에 고개를 돌렸다. 그곳
에는 행색이 초라한 늙은 거지가 감격에 겨운 눈으로 자신을
바라보고 있었다.

'응? 명나라 말?'

청년은 대번에 청풍개의 말을 알아들었다.

"왜 그러십니까?"

청년은 유창한 명나라 말로 대꾸했다.

"자네, 명나라 말을 할 줄 아는가?"

"물론이죠. 언젠가는 한 번 가야 하는 곳이니까요. 성격 괴
팍한 스님께 어릴 적부터 배웠어요. 그러는 노인장이야말로
이곳에는 무슨 일이세요? 명에서 이곳까지는 보통 먼 거리가
아닌데요."

청풍개와 대화를 나누면서 청년은 몸을 일으켰다. 그리고
는 주변에 박힌 단검들을 하나씩 뽑아서 품에 넣었다.

"응?"

청풍개의 눈이 청년이 뽑는 단검에 향했다.

달랐다.

단검은 단검이되 목검이었다.

"조금 전 그 빛, 자네가 만든 것인가?"

"아아, 보셨어요? 뭐, 아직 흉내나 겨우 내는 정도죠. 더군다나 벽조목(霹棗木)으로는 그 이상은 펼치기 힘들어요."

청년은 대수롭지 않다는 듯 대답했다.

"그, 그런가?"

청풍개의 목소리가 떨렸다.

"아, 이런. 내 소개도 안 했군. 나는 왕빙(王氷)이라고 한다네. 자네 이름은 무엇인가?"

"응? 왕씨세요? 아, 하긴. 명나라 분이시니."

청년이 자신의 성에 관심을 가지자 청풍개는 의아했다.

"왜 그러는가?"

"아, 별것 아니에요. 전 왕조의 왕족이 왕씨거든요. 그래서 이제 조선 땅에서는 왕씨 보는 것이 쉽지가 않아서요. 제 이름은 환우, 신환우(申桓羽)예요."

청년은 열 번째 단검을 품에 넣으면서 말했다.

"으음… 신 공자."

환우의 이름을 듣자 호칭이 바뀌었다.

"에? 공자요? 하하하. 듣기 나쁘지는 않지만 조선 땅에서는 그렇게 부르는 사람은 없다고요."

환우는 청풍개가 자신을 부르는 말이 무척이나 재미난 듯 웃었다.

"왕 할아버지는 이곳까지 무슨 일이시죠?"

"아, 범어사를 찾아왔네."

"범어사요? 제가 사는 곳인데. 멀리 명에서 겨우 그런 절 하나 보러 오신 거예요?"

환우는 이해할 수 없다는 얼굴이다.

"만날 분이 계셔서."

"그래요? 그럼 따라오세요. 마침 들어가려던 참이었어요."

"아, 그래? 고맙네."

청풍개는 순순히 환우의 뒤를 따라 걸음을 옮겼다. 이 젊은 이는 분명 자신이 찾는 사람의 후인이다.

조금 전 보여준 그 열 개의 벼락이 분명한 증거였다.

'벼락은 벼락이되 나무로 된 벼락이라… 허허허. 어쨌든 헛걸음은 하지 않았구나. 다행이야, 다행.'

먼 길을 달려와 무사히 목적을 이룰 수 있게 되었기에 그의 마음은 기껍기 그지없었다.

"저기가 범어사예요."

앞서 걷던 환우가 한곳을 손으로 가리킨다.

그곳에는 산에 어린 영기를 한가득 품은 사찰이 장엄한 모습으로 서 있었다.

"과연이군."

청풍개는 감탄과 함께 고개를 끄덕였다.

"네?"

"절이 지어진 지 제법 오래된 것 같네만."

“아, 그렇죠. 삼국 시대에 지어졌다고 했으니까. 으음, 당나라 때쯤이네요.”

명에서 온 자신을 배려한 대답에 청풍개는 고개를 끄덕였다.

“훌륭한 절이야. 훌륭한 영산에 저렇게 영기가 어린 고찰이라니.”

청풍개는 진심으로 감탄했다.

“뭘요, 괴팍한 스님들이 모여 사는 기이한 절이지요.”

환우는 청풍개의 말에 도리질을 치면서 말했다. 그가 도리질을 치자 등 뒤로 길게 늘어뜨린 댕기머리가 찰랑거렸다.

“응? 자네 올해 나이가 몇인가?”

그제야 환우의 댕기머리에 시선이 간 청풍개가 의아한 듯 물었다. 이 땅에 와서 배운 이 나라 사람들의 또 한 가지의 문화. 저렇게 머리를 땋아 늘어뜨린 남자는 전부 혼례를 치르지 않은 사람이었다.

“열아홉이오.”

“곧 장가갈 나이구만.”

“가면 저야 좋죠. 단지 괴팍한 스님들이 안 보내줄 뿐이죠. 뭐, 머리 안 깎이는 것만으로도 만족해야 할까요? 헤헷.”

장가 이야기가 나오자 환우는 볼을 붉적이며 웃는다.

“네 이놈! 괴팍한 스님이라니! 이런 고얀! 대체 누구를 말하는 것이더냐!”

그때 길옆에 난 숲 속에서 노성이 들려왔다.

"이크, 망화 스님이다."

그 목소리에 환우는 찔끔한 얼굴을 했다. 그때 나무 사이로 커다란 덩치의 중년의 승려가 모습을 드러냈다.

"이놈, 환우야. 대체 네놈은 언제나 정신을 차릴 거냐!"

잔뜩 화가 난 얼굴. 그 얼굴을 마주하자 환우는 은근슬쩍 청풍개의 뒤로 숨었다.

"응?"

그때야 망화 스님은 청풍개를 발견했다.

"이런, 손님께서 계신데 실례되는 모습을 보였습니다. 나무아미타불."

망화 스님은 합장을 하며 청풍개에게 고개를 숙였다.

"아닙니다."

청풍개도 마주 합장을 하면서 말했다.

"응?"

청풍개의 입에서 흘러나온 명나라 말에 망화 스님의 얼굴에 의아함이 서렸다가 사라졌다. 그는 대번에 청풍개가 보통 사람이 아님을 알아본 것이다.

'이 스님 역시 나이를 뛰어넘은 고강한 무공을 지녔구나. 당장 중원에 가더라도 능히 일류 이상의 고수로고.'

청풍개 역시 단번에 망화 스님의 능력을 알아보았다, 정확하게 알아본 것은 아니지만.

第二章 흩어져 있는 용아천뢰검

『사람이 아니야… 사람일 리 없어. 그래. 동방의 하늘에서 내려온 천신(天神)일 거야. 틀림없어.』

해동에서 온 백의의 사내. 한 번의 손짓에 열 개의 벼락이 떨어지고, 마교의 혈사는 그 앞에 침묵한다. 열 개의 벼락을 중원에 남겨두고 홀연히 떠났다.

그리고 오십 년 후. 다시금 중원이 어지러워지려 할 때 그의 후예가 중원으로 향한다.

푸른 하늘에 열 개의 벼락이 다시 떨어지는 순간 천하는 그 앞에서 무릎 꿇으리라.

"먼 길을 오셨습니다, 시주. 먼 대국에서 어인 일로 이 조그만 사찰까지 찾아오셨습니까?"

망화 스님 역시 환우처럼 유창하게 명나라 말을 했다.

'보통 절이 아니로구나.'

청풍개가 해동 땅에 들어와서 보고 느낀바, 이 나라에서는 글을 아는 사람은 극소수였으며 명나라 말을 아는 이는 국경을 벗어나자 거의 없었다. 헌데 범상치 않은 기도를 풍기는 스님과 청년이 유창하게 명나라 말을 사용하고 있으니 결코 평범해 보일 수가 없었다.

"망아 대사님을 뵈러 왔습니다."

그분은 범어사란 절에 망아라는 법명으로 지낸다고 들었다. 청풍개는 망설임없이 대답했다.

"아아, 망아 큰 스님의 손님이셨군요. 그럼 제가 안내하겠습니다."

망아라는 법명에 망화 스님은 알겠다는 듯 고개를 끄덕이며 앞장섰다.

"큰 스님께서 항시 말씀하셨습니다. 언젠가 명에서 손님이 오실 테니 조금의 소홀함도 없도록 하라고요. 그때부터였습니다, 우리 절의 제자들이 명나라 말을 공부한 것은. 그런데 결국 이렇게 오시는군요. 나무아미타불."

망화 스님의 말에 청풍개는 알겠다는 듯 고개를 주억거렸다. 하지만 언제 손님이 올 줄 알고 타국의 말을 그렇게 공부하고 있단 말인가. 역시 보통 절은 아니다.

"환우야, 그래 요즘 성취는 좀 있느냐?"

"아뇨, 있을 리가요. 벽조목검으로는 그게 한계인 것 같아요."

어딘가 투덜거림이 섞인 듯한 말이다.

"허허. 그럴 리가 없지 않느냐. 너는 큰 스님께서 네가 쓰는 벽조목검으로 보여주신 그 모습을 잊었느냐?"

환우의 말에 망화 스님은 고개를 가로저으며 질책하는 어조로 말했다.

"치이, 큰 스님이랑 비교하는 건 반칙이죠. 그분은 이미 사람이 아니신걸요."

환우가 입술을 삐죽거렸다.

"허허허, 그렇긴 하구나."

망화 대사 역시 환우의 마지막 말에는 동의하는 듯 너털웃음을 터뜨렸다.

"하아. 저로서는 이제 한계예요, 용아천뢰검이라도 있다고 하면 모를까."

한숨을 쉬며 하늘을 올려다본 환우의 눈에 푸른 하늘이 들어왔다.

두 사람의 뒤를 따라 걸으며 그 대화를 유심히 듣고 있던 청풍개의 손이 슬그머니 자신의 오른쪽 가슴을 감싸 쥐었다, 아주 소중한 것을 감싸 쥐듯이.

이미 범어사가 보이는 곳에서 망화 스님을 만났기에 산문에 이르는 것은 금방이었다.

"망화 스님 오십니까?"

망화 스님과 함께 산문을 들어서자 절 안에서 각자 자기 일을 하던 스님들이 합장을 하면서 인사를 했다. 그 모습만 보아도 범어사 내에서 상당한 위치에 있는 스님 같았다.

"이리로 오시지요."

망화 스님은 웅장한 위엄을 보이는 절의 법당들 사이로 걸음을 옮겼다. 청풍개가 망아 대사를 찾아왔다 했기에 그 거처로 가는 것이다.

범어사의 뒤편에 난 작은 문으로 나와 다시 산길을 오르기를 반 시진. 조그마한 초막이 눈에 들어왔다.

"저곳에 계십니다."

망화 대사가 초막을 가리키며 말했다.

초막을 보는 순간 청풍개는 거칠게 뛰는 자신의 심장을 어떻게 할 수가 없었다. 방주로부터 은밀히 받은 밀명. 그때 들은 이야기. 그것들이 다시금 그의 머릿속에서 요동을 쳤다.

"큰 스님."

"망화더냐?"

망화 스님의 부름에 초막 안에서 인자한 음성이 들렸다.

"네."

"들어오너라."

"아닙니다. 명에서 손님께서 오셔서 모시고 왔습니다."

끼이익.

초막의 종이를 바른 문이 소리를 내며 열렸다.

인자한 인상에 흰 수염을 길게 기른 스님. 가사를 입은 그 모습이 너무나 잘 어울리는 노승이 모습을 드러냈다.

"아, 아아!"

그 모습을 본 청풍개는 말을 채 꺼내지 못했다. 분명했다. 비록 오십 년이란 세월이 그 육신을 늙게 만들었지만 눈앞의 노승은 오십 년 전 자신에게 신화를 보여준 그 사람이었다.

"대, 대협."

청풍개가 포권을 하며 황망히 허리를 숙였다.

"으응?"

망아 대사의 시선이 그를 향했다.

"허허. 그저 보잘것없는 중인 저에게는 과분한 말입니다. 어서 들어오시지요, 먼 길에 피곤하실 텐데. 이미 자공에게서 오신다는 이야기를 들었습니다."

이미 자공이 다녀간 듯했다. 아마도 서찰을 전한 후 어딘가의 선방에서 쉬고 있으리라.

"망화야, 너는 손님께 드릴 차라도 내오도록 하거라."

"네, 큰 스님."

망아 대사의 말에 망화 스님은 합장을 한 후 초막에 딸려 있는 부엌으로 들어갔다.

"자, 어서 올라오십시오."

주막에 들어갔었던 경험으로 청풍개는 초막의 섬돌에 신발을 벗어놓고 망아 대사가 있는 마루로 올랐다. 그가 신발을 벗자 고약한 냄새가 사방으로 퍼졌지만 망아 대사에게서는 아무런 변화가 없었다.

'쩝. 아무리 내가 거지라지만 이곳에 오기 전에는 좀 씻을 것을.'

자신조차도 얼굴을 찡그리게 되는 자신의 고약한 발 냄새에 청풍개는 머쓱한 웃음을 지으며 머리를 긁적였다. 아무 말도 하지 않았지만 그의 마음을 알았음인가 망아 대사는 맑은 웃음을 청풍개에게 선사했다.

그들은 초막에 딸린 두 칸의 방 중 망아 대사가 기거하는 방으로 들어갔다. 다른 한 칸은 부처님을 모신 작은 법당이었다.

망아 대사가 내준 방석에 앉아 조금 있자 망화 스님이 다기를 소반에 담아 들어왔다.

"금정(金井) 근처에 있는 차나무에서 제가 직접 딴 것이랍니다. 한 번 드셔보시지요."

망화가 다기를 놓고 나가자 망아 대사가 손수 청풍개의 찻잔에 맑은 차를 따라주었다. 차가 주전자 밖으로 흘러나오자 방 안은 청아한 향기로 가득 찼다.

"보잘것없는 거지에게 너무 과한 대우이십니다."

"허허. 저 역시 보잘것없는 중에 불과한 몸. 과한 것이 어디 있고 덜한 것이 어디 있겠습니까."

두 사람의 앞에 놓인 찻잔은 계속해서 방 안을 청아한 향기를 채우고 있다.

"개방에서 오셨겠지요?"

"그렇습니다. 정식으로 인사를 드리겠습니다. 개방의 오장로 중 한 명인 왕빙이라고 합니다. 강호의 동도들은 청풍개라는 과한 이름으로 불러주고 있습니다."

"왕 대협이셨군요."

"대사께 듣기에는 과분한 호칭입니다."

청풍개의 대답에 망아 대사는 그저 웃었다.

“이렇게 소승을 찾으신 이유는 아마 그것 때문이겠지요?”

“네, 그렇습니다. 여기 방주님께서 대사께 전하라고 한 편지입니다.”

청풍개는 품에서 잘 접힌 깨끗한 종이를 꺼내 망아 대사에게 건넸다. 망아 대사는 그 편지를 받아 펼쳐 보았다.

“망화야.”

“네.”

편지를 모두 읽은 망아 대사의 부름에 밖에서 기다리고 있던 망화 스님이 답했다.

“가서 환우 녀석을 좀 불러오너라.”

“알겠습니다.”

“아, 신 공자가 대사님의 전인입니까? 산을 오르는 길에 우연히 만났습니다만, 오십 년 전의 대사님의 모습을 보는 듯했습니다.”

환우의 이름에 청풍개는 생각났다는 듯 말했다.

“허허, 많이 모자라는 녀석입니다. 게다가 천방지축이기까지 하지요. 사찰에서는 도저히 묶어둘 수 없는 놈이지요. 인연이 있어 가르치긴 했습니다만 얼마나 잘해낼지는…….”

청풍개의 칭찬에 망아 대사를 고개를 가로저으며 말했다. 단지 겸손의 말이 아닌 듯 그의 얼굴에는 걱정이 떠올라 있었다.

"그 녀석에게 과연 그 물건을 맡길 수 있을지도 모르겠습
니다. 허허."

"하지만 올라오면서 신 공자와 망화 스님의 이야기를 들으
니 애타게 가지고 싶어하는 것 같더군요."

청풍개는 품에서 비단에 곱게 싸인 물건을 꺼내놓았다.

"허허. 그러게 말입니다. 이런 것도 결국은 신외지물인 것
을. 그 녀석은 아직 그걸 모르고 날뛰고 있으니. 마음을 맑게
갈고닦아야 하거늘 그저 물건 탓만 하는 녀석이라 걱정이 많
습니다."

"큰 스님, 부르셨어요?"

그때 밖에서 환우의 목소리가 들렸다.

"그래, 들어오너라."

환우가 문을 열고 들어왔다.

"아, 할아버지도 여기 계셨네요."

청풍개를 보자 환우는 반갑게 말을 건넸다.

"나야 여기 대사님을 찾아왔다고 하지 않았던가, 신 공자."

"아, 그랬었지요. 나도 참, 정신이."

청풍개의 대꾸에 환우는 머쓱하게 머리를 긁적였다.

"앉거라."

망아 대사의 말에 환우는 근처 아무 곳에나 털썩 주저앉았
다.

"쯧쯧."

그 모습에 망아 대사는 작게 혀를 찼다. 도무지 이 녀석 앞에서만은 지난 세월 쌓아놓은 수양이 물거품이 되는 듯한 느낌이다.

"에이. 어제 오늘 일도 아닌데 뭘 그러세요, 큰 스님."

망아 대사가 왜 혀를 찼는지 잘 아는 환우로서는 별거 아니라는 듯 가볍게 말한다.

"알았다. 네 녀석이 그런 것을 내 어찌하랴. 이것이나 풀어 보거라."

그제야 환우의 눈이 망아 대사와 청풍개 사이에 있는 비단 천으로 향했다.

"이게 뭔데요?"

환우는 묻는 것과 동시에 이미 비단 천을 풀고 있었다.

환우의 손에 의해 비단 천이 벗겨지자 드러난 것은 작은 단검이었다. 하야면서도 노르스름한 상아빛의 단검. 범상치 않은 검인 듯 보고만 있어도 그 검에 흐르는 기운을 느낄 수 있었다.

"……?!"

환우는 아무 말도 못하고 그저 그 단검을 든 채 멍하니 바라보았다.

"이, 이건 뭐예요? 대체……."

검의 기운을 충분히 느꼈음인지 환우가 망아 대사를 보며 떨리는 목소리로 묻는다.

“허허. 녀석. 역시 물건 볼 줄은 아는구나. 어떠냐? 그 단검
으로 열 개의 벼락을 던질 수 있겠느냐?”

망아 대사의 말에 환우는 잠시 생각에 잠긴다. 하나 이내
고개를 흔들며 맥 빠진 대답을 했다.

“무리예요. 세 개까지는 몰라도 그 이상은 제가 감당할 수
없어요.”

“헐헐. 내 그래서 마음을 닦는 것을 게을리 하지 말라고 하
지 않았더냐? 그게 네가 그렇게 노래를 부르며 애타게 찾던
그것이다.”

“네? 이게 용아검이라고요?”

환우는 두 눈을 부릅뜨며 물었다.

“그렇다.”

환우는 다시 자신의 손에 쥐어진 단검을 내려다봤다. 그 눈
은 감격에 젖어 있었다.

“쯧쯧.”

그 모습에 망아 대사는 다시 혀를 찼다.

용아검.

정확한 명칭은 용아천뢰검(龍牙天雷劍)이다.

동해의 바다에서 승천을 하던 뇌룡의 이빨을 뽑아 만든 열
자루의 단검이다.

스스로 자연지기를 유통하는 성질을 가지고 있으며 또한
뇌기를 머금고 있는 천고의 기물이다.

열 자루의 용아천뢰검이 동시에 날며 만들어내는 열 개의
벼락.

그것이 십뢰다.

망아 대사의 손에 의해 펼쳐져 마교 교주를 격살했던 천고
의 비기. 그 비기를 펼치기 위해 반드시 필요한 것이 바로 열
자루의 용아천뢰검.

오십 년 전 망아 대사는 그 열 자루의 검을 중원에 남기고
돌아왔었다. 그중 한 자루가 지금 청풍개의 손에 의해 범어사
로 온 것이다.

"찾아가지고 오너라."

"네?"

멍하니 용아천뢰검을 바라보고 있던 환우는 갑작스러운
망아 대사의 말에 고개를 들었다.

"용아천뢰검은 본래 열 자루. 그중 한 자루만 돌아왔을 뿐
이다. 나머지는 모두 명에 있다. 내 이런 날이 올 것을 알았기
에 너에게 명나라 말을 가르친 것. 그걸 가지고 가서 나머지
아홉 자루를 찾아가지고 오도록 해라. 열 자루를 모두 갖추지
못하거든 돌아오지 못할 것이다."

망아 대사는 엄숙한 얼굴로 환우에게 이야기했다.

샐쭉.

엄숙한 분위기 속에서 환우의 입꼬리가 올라간다.

"그럼 드디어 이 답답한 절간을 벗어나는 거란 말이지요?"

환우의 물음에 결국 망아 대사는 또다시 이마를 짚었다. 어찌 저렇단 말인가.

"그래. 드디어 네놈이 이 절간을 벗어나는 거고 이 절간에 평화가 찾아오는 게다."

"에이, 그렇게 말씀하시면 제가 섭섭하지요. 저만 한 사람이 어디 있다고 마치 제가 범어사의 평화를 해치는 악의 원흉처럼 말씀하십니까?"

하지만 사실이었다. 분명 환우로 인해 범어사는 조용할 날이 없었다.

"됐다. 어서 가서 짐이나 싸서 이곳으로 오너라."

망아 대사는 지끈거리는 머리를 부여잡고 손을 내저었다. 환우는 잽싸게 용아천뢰검을 품에 넣고 바람같이 초막을 벗어났다.

"허허허. 대단한 소협입니다. 대사님을 이리 곤혹스럽게 하다니요."

"후우. 저 녀석에겐 협(俠)이라는 말은 어울리지 않습니다. 아무리 당해도 익숙해지질 않으니, 원."

청풍개는 웃으며 망아 대사를 바라보았다.

"저런 녀석이지만 그래도 쓸모는 있을 겁니다. 어차피 근시일 안에 저 녀석을 중원에 보내 용아천뢰검을 찾아오게 할 생각이었습니다. 마음껏 부려먹으십시오. 정신을 좀 차려야 할 녀석입니다. 그리고 혹여 저 녀석이 감당 못할 일이 생긴

다면 연락을 주십시오."

"알겠습니다. 대사님의 배려에 감사드립니다."

"스님, 저 준비 끝났습니다."

그때 어느새 다녀온 환우의 목소리가 들려왔다.

"허, 참 빠르군요."

"그만큼 몸이 달았다는 거지요."

"그럼 전 이만 가봐야겠습니다. 소협이 저리도 서두르니 이거 쉬지도 못하고 오자마자 떠나야 하는군요."

청풍개가 자리에서 일어났다. 그런 청풍개를 보는 망아 대사의 얼굴에는 미안함이 가득했다. 멀리서 온 손님을 제대로 대접도 못하고 보내게 되었으니 그 미안함은 이루 말할 수 없었다.

"받아라."

청풍개와 함께 방에서 나온 망아 대사가 가죽으로 된 띠를 환우에게 던졌다.

"이게 뭐죠?"

"용아천뢰검을 꽂아두는 검대다. 그 검대에 빈자리가 없어지고 난 후에야 돌아오너라."

"헤헷. 알겠습니다."

절을 떠난다는 것이 그다지도 기분이 좋은지 환우의 얼굴에는 웃음이 가득했다.

"그럼 대사님, 저는 이만 가보겠습니다."

“네, 살펴 가십시오.”

청풍개가 포권을 하며 인사를 하자 망아 대사가 마주 합장으로 답했다.

“그럼 신 공자, 노부와 함께 가도록 하세.”

“넵!”

환우는 청풍개의 뒤를 따라 즐거이 걸음을 옮겼다. 그렇게 청풍개는 그동안 수고를 해준 자공에게 인사도 제대로 못하고 범어사를 떠나게 되었다.

그들은 범어사의 산문을 나서 산길을 따라 천천히 금정산을 벗어났다.

“명까지는 어떻게 갈 건가요?”

“의주라는 도시로 가서 압록강을 건널 생각이네.”

자신이 이곳으로 찾아온 경로와는 달랐지만 일단 구지개에게서 들은 바로는 그 길이 가장 빠르다고 했었다. 자신은 백두산 구경을 하겠다고 중간에 샜었지만 말이다.

청풍개의 대답에 환우는 잠시 고민하는 얼굴로 생각에 빠졌다.

“걸어서 가는 것보다는 배로 가는 게 더 빠르지 않을까요?”

환우의 물음에 청풍개의 얼굴이 흠칫 굳었다.

“그, 그렇기는 하네만 내 알기로는 부산포에서 명으로 가는 배편은 없지 않는가?”

　살짝 떨리는 목소리로 황급히 이유를 설명하는 청풍개. 그 역시 명과 조선 사이를 왕래하는 배편이 없었기에 도보로 온 것이었다. 얼마 전 배를 타본 바로는 그것이 얼마나 다행스러운 일이었는지.

　"으음. 그러니까 배가 없어서 걸어서 간다는 거지요?"

　환우는 청풍개의 대답을 다시 한 번 확인했다.

　"그렇네."

　"뭐, 그러면 간단한 문제네요. 이리로 가요."

　환우가 앞장서며 길을 걸었다. 이곳의 지리를 모르는 청풍개이기에 어쩔 수 없이 그 뒤를 따랐다. 하지만 걸음을 옮기면서 이것은 아니란 생각이 들었다.

　점점 진해져 오는 바닷물 내음에 하늘에 수효가 늘고 있는 갈매기 떼. 이건 분명 포구 쪽으로 가는 길 같았다.

　"이, 이보게, 신 공자. 지금 포구로 가는 것인가?"

　당황한 청풍개가 황급히 물었다.

　"으음. 뭐, 그렇다고 할 수도 있고 아니라고 할 수도 있고요."

　환우의 대답에 청풍개의 가슴에 스멀스멀 피어오르는 불안감은 점점 더 그 덩치를 키웠다.

　"이, 이곳은 어딘가?"

　환우의 이끎에 따라 이른 곳. 그곳은 백사장이었다. 새하얀 모래가 넓게 펼쳐져 있는 백사장에는 아무것도 없었다. 바닷물에 뛰어들어 멱을 감는 아이들 몇몇이 보일 뿐이었다.

"배 타고 가려고요. 바다에 나온 거죠."

"그러니까 배편이 없다고 하지 않았나. 게다가 이곳은 포구도 아니지 않은가?"

청풍개의 당황해하는 말에 환우는 가볍게 고개를 저었다.

"쯧쯧쯧. 거 왜 그러세요. 듣기로 중원의 무림이라는 세계에서 이름깨나 날리시는 분이라면서, 어째서 그렇게 정상적인 방법만 생각하시는 겁니까?"

한심하다는 듯한 환우의 말에 청풍개는 멍해져서 그저 그의 얼굴만 바라보았다. 환우와 함께한 지 이제 한나절이 좀 안 되었지만 그는 왜 망아 대사가 환우를 감당 못했는지를 조금은 알 것 같았다.

"자, 해가 질 때쯤 갈 거니까 적당히 쉬세요."

명에 처음 가는 환우가 오히려 청풍개를 데리고 가는 듯하다. 청풍개를 그렇게 내버려 둔 채 환우는 근처 해송이 우거진 곳으로 가서는 등에 메고 있던 봇짐을 베개 삼아 드러누웠다.

"에휴."

그 모습에 어쩔 수 없다는 듯 한숨을 쉰 청풍개는 환우의 곁으로 가 털썩 주저앉았다.

"신 공자."

"그냥 환우라고 부르세요. 처음에는 좋게 들리더니 거 들을수록 낯간지럽네요."

"알겠네, 환우 공자."

"공자 소리 뺄 수 없어요?"

환우는 공자라는 호칭이 거북스러운 듯 말했다. 하지만 청풍개의 입장으로서도 곤란했다. 공자라는 호칭을 빼면 딱히 그를 부르기가 애매한 상황이었기 때문이다.

"익숙해지게나, 중원 땅에 들어가면 매일 듣고 살아야 할 테니."

환우라는 인물이 위치한 복잡한 상황을 간단하게 정리해 버리는 한마디. 그 말에 환우도 더 이상 아무런 말을 하지 않았다.

"자네는 왜 자네가 중원에 가야 하는지 알고 있는가?"

망아 대사가 환우에게 아무런 말을 하지 않는 것을 청풍개는 지켜보았다. 때문에 지금 이번 중원행의 또 다른 목적을 이야기하려는 것이다.

"그거야 칼 찾으러 가는 거죠."

환우는 대수롭지 않게 대답했다.

"그럼 자네가 찾는 그 칼은 어디에 있는가?"

환우는 아무런 대답을 못했다. 그러고 보니 명에 있다는 이야기만 들었지, 명의 어디에 있는지를 듣지 못했다. 명나라 땅이 얼마나 넓은지 정도는 그도 알고 있었다. 그의 얼굴에는 곧 난감한 기색이 내려앉았다.

“내가 알고 있네.”

청풍개의 말에 환우의 얼굴이 금세 환해진다.

“무림의 구대문파라는 곳에서 한 자루씩 나눠 가지고 있다네. 자네는 그 검을 찾고 싶으면 그 문파들을 방문해서 찾으면 되네.”

“간단하네요. 할아버지가 도와주실 거죠?”

환우는 당연하다는 듯 물었다.

“글쎄… 모르겠네. 중원에 들어가 봐야 알 것 같으이.”

“왜요?”

“자네는 내가 자네에게 준 칼의 가치를 아는가?”

“알죠.”

“나도 아네.”

“그런데요?”

“그 칼을 보관하고 있던 구대문파의 사람들도 알게 되었네.”

“그래서요?”

“견물생심이라는 말 아는가?”

“알죠.”

“그런데 내가 무슨 말을 하고 싶은지 모르겠는가?”

“설마 그 구대문파에서 망아 스님이 맡겨둔 용아천뢰검을 꿀꺽하려 한다는 건가요?”

“표현이 좀 그렇긴 하네만 그렇다고 할 수 있지. 몇 곳에서 말이야."

청풍개의 대답에 환우가 벌떡 일어났다.

"이씨, 이것들이 어디서 맡겨놓은 남의 물건을 꿀꺽하려 해!"

상당히 화가 난 듯했다.

"뭐, 자네가 한 가지 일만 하면 그들도 군소리없이 다시 내놓을 걸세."

"뭘요?"

"마교 퇴치."

청풍개는 간단히 말했다. 하지만 절대 간단하지 않은 내용.

그랬다.

지금 중원 곳곳에서 마교 부활의 조짐이 개방도들에게 포착되고 있었다. 그 사실을 구대문파에 알렸지만 그들의 반응은 시큰둥했다. 굳이 신경 쓸 정도는 아니라는 것이다.

현재 정파의 힘은 그야말로 최고의 성세를 구가하고 있었다.

오십 년 전 정사대전이 마교의 패배로 끝난 후 정파의 문파들은 급속도로 힘을 불렸고 사파들은 설 자리를 잃었다. 그야말로 정파 천하가 펼쳐진 것이다.

그런 세월이 오십 년 가까이 지속되자 이제는 정파들끼리의 세력 다툼이 시작되었다. 그런 상황에서 마교 부활의 이야기가 그들의 귀에 들어올 리 없었다. 그들의 관심은 오직 자파의 세력 확장, 그것이 전부였다.

그래서 개방 방주는 할 수 없이 망아 대사에게 도움을 청한 것이다. 오십 년 전 누구도 감당할 수 없었던 마교 교주를 격살하여 정사대전의 승리를 안겨준 초인. 그에게 부탁을 하면 무언가 실마리가 있을 것 같았기 때문이다.

게다가 그는 오십 년 전 떠나기 전에 의미심장한 말을 남겼었다.

“이것이 끝은 아닐 겁니다. 때가 되면 찾으러 오겠습니다.”

그 말과 함께 남겨진 것이 열 자루의 용아천뢰검. 그것을 구파일방에서 각기 한 자루씩 나눠 가졌었다.

그리고 이번에 개방 방주는 그 검을 찾으러 올 때가 되었다는 것을 알리는 뜻에서 청풍개를 통해 그간의 사정을 알리는 편지와 용아천뢰검을 함께 보낸 것이다.

그랬더니 망아 대사가 내민 것이 신환우였다. 그것도 아무런 사정도 말해주지 않고 그저 ‘검 찾아와라’ 이러면서 말이다.

솔직히 그때 내색은 못했지만 청풍개로서는 난감했다. 그 실력이 뛰어나 보이기는 했지만 아무것도 모르는 이 공자가 과연 자신들을 도와줄지 의문이 들었기 때문이다.

"장난합니까? 마교 퇴치라니요? 나도 마교가 뭐 하는 곳인지 정도는 알아요. 내가 미쳤다고 그딴 단체 없애겠다고 날뜁니까?"

예상대로다. 하필이면 마교에 대한 지식도 있는 것 같았다. 청풍개의 골이 지끈거렸다.

청풍개는 자세를 바로하고 하나하나 차근차근 설명을 해 나갔다. 오십 년 전에 있었던 일. 그리고 현재 구대문파의 태도. 그리고 환우가 용아천뢰검을 돌려받기 위한 당위성. 그리고 그 당위성을 갖추기 위한 조건 등등등. 정말이지 긴 설명이 이어졌다.

"아함, 그러니까 결국은 간단히 말하면 망아 스님이 마교랑 싸워서 걔네들 대가리를 속삭 했으니 나도 그래야 한다는 거 아닙니까?"

환우가 목을 긋는 시늉을 하면서 청풍개의 몇 시진에 걸친 설명을 간단하게 요약했다.

청풍개는 고개를 끄덕였다.

"그러니까 내 말은 망아 스님이 했다고 왜 나도 그래야 하냔 말이죠. 망아 스님이야 사람이 워낙 좋아서 그러실 수 있다지만 전 사람이 그다지 좋지 못해요. 나하고 상관도 없는 일인데 내가 왜 그런 피곤한 일을 해야 해요?"

"검을 찾기 위해서지."

환우의 이번 중원행은 검을 찾기 위해서다. 청풍개가 쥐고 있는 유일한 열쇠. 검을 찾으려면 마교랑 싸우라는 것이다.

환우가 그렇게 해서 마교를 물리칠 수 있는 기반만 마련해 준다면 개방의 힘을 사용해 용아천뢰검을 돌려받아 줄 수 있는 충분한 명분이 될 수 있었다.

"아, 진짜."

환우는 청풍개의 대답에 무엇이 답답한지 머리를 마구 헝클어뜨렸다.

"그러니까 그 검이 원래 누구 거냐고요?"

"망아 대사님."

"전 누구 심부름으로 그 검 찾으러 가는데요?"

"망아 대사님."

"그럼 주인이 전에 맡겨놓은 검 달라는 거죠?"

"그렇지."

"그런데 안 주면 그놈이 나쁜 놈이죠?"

"그렇지."

"자고로 그런 나쁜 놈들은 몽둥이가 약이에요. 안 주면 싸그리 쓸어버리고 받아오면 되는데 내가 뭐 하러 쓸데없이 마교 놈들이랑 척을 지며 싸워요."

환우의 대답에 청풍개는 얼이 빠졌다. 즉슨, 환우는 용아천뢰검을 안 돌려주면 구대문파를 무력으로 제압하고 받아오겠다고 하고 있지 않은가. 그게 어디 가당키나 하단 말인가.

"이보게, 공자. 자네가 구대문파의 힘을 잘 모르는가 본

데……."

청풍개는 다시 환우를 설득하기 위해 입을 열었다.

"어, 저기 오네."

그때 바다 쪽을 바라보던 환우가 벌떡 일어났다. 그와 동시에 청풍개는 말할 기회를 놓쳤다.

환우가 가는 쪽에 작은 돛단배 한 척이 백사장으로 올라오고 있었다.

"어이, 돌쇠야!"

배가 백사장에 올라 멈춰 서자 환우는 손을 흔들며 그 배로 다가갔다.

"행님요!"

배에서 커다란 덩치의 사내가 불쑥 고개를 내밀더니 잽싸게 백사장에 뛰어내려 환우를 향해 달려왔다.

"이까지는 어쩐 일인교?"

"뭐, 갈 곳이 있어서."

"어디예?"

"명."

"뭐라꼬예? 명이라고 하믄 저기 대국 말씀하시는 겁니꺼?"

"그래."

"그는 뭐 할라고예?"

"내가 너한테 그것까지 말해야겠냐?"

환우가 귀찮다는 듯 눈을 부라리자 돌쇠는 머리를 긁적이며 실없는 웃음을 흘렸다.

"헤헤헤."

"고기는 많이 잡았어?"

"뭐, 만날 똑같지예."

"그러게 너도 포구로 나가라니까 왜 여기서 혼자서 이러고 있어?"

"헤헤헤."

환우의 핀잔에도 돌쇠는 여전히 웃고만 있었다.

"가자. 저 노인네 태우고 대마도까지만 데려다 줘."

"왜놈들 배 타고 중국 가실라꼬예?"

"그래. 야마다 녀석 족치면 데려다 주겠지."

"행님이라믄 그냥 말만 하면 알아서 길 껍니데이."

"알았으니까, 가자."

환우의 말에 돌쇠는 백사장에 올라온 배를 힘껏 밀었다. 그러자 배가 조금씩 움직이며 배가 뜰 만한 곳까지 밀려갔다.

두 사람이 이 나라 말로 대화를 나누었기에 청풍개로서는 그 내용은 알 수 없었다. 하지만 배에서 내린 거한의 모습에 한마디 하지 않을 수 없었다.

"허어. 항우 장사로고."

포구가 아닌 백사장에 고깃배가 들어와 이상하다 여겼는데 저런 장사라면 굳이 포구의 접안 시설이 필요할 것 같지는 않았다.

“뭐 해요. 빨리 와요.”

환우가 청풍개에게 손을 흔든다.

“나 말인가?”

“네.”

“설마 저 배를 타고 가겠다는 건가?”

“중간에 갈아탈 거예요. 빨랑 와요.”

환우의 재촉에 청풍개는 썩 내키지 않은 걸음걸이로 느릿 느릿 돌쇠의 배로 갔다. 영해 도호부에서 부산포로 올 때의 악몽이 새록새록 떠올랐다.

청풍개가 도통 가까이 다가오지 않자 보다 못한 환우가 달려가서 청풍개를 들쳐 업고 뛰었다.

“에이, 냄새. 아무리 거지라지만 냄새가 좀 심하네요. 담부 터는 좀 씻어요. 같이 있는 것도 좀 힘들었는데 들쳐 업으니 장난이 아니네. 쳇.”

환우는 청풍개가 들으라는 듯 명나라 말로 투덜거렸다. 하 지만 청풍개의 귀에는 그런 환우의 말이 들리지 않았다. 그저 배를 타고 바다로 나가야 한다는 공포에 얼어 있을 뿐.

환우와 청풍개가 배에 오르자 돌쇠는 곧 닻을 올리고 돛을 펼쳤다. 서쪽 하늘의 노을을 받으며 돌쇠의 배는 대마도로 향 했다. 물론 그동안 청풍개는 뱃전에서 얼굴이 노래진 채 누워 있었다.

“쳇, 영감이 뱃멀미는.”

그 말도 청풍개의 귀에는 들리지 않았다. 그는 그저 육지가 그리울 뿐이다.

일행이 대마도에 도착한 것은 이미 깊은 밤이 되었을 무렵이다. 돌쇠는 환우를 내려주자마자 다시 부산포로 돌아갔다.

대마도는 왜구라 불리는 해적들의 소굴. 고기잡이를 하는 그로서는 결코 가까이하고 싶지 않은 곳이다. 환우가 함께 있을 때는 예외지만 말이다.

환우는 마치 제 집에 온 것마냥 당당한 걸음으로 섬 안쪽으로 걸어 들어갔다.

청풍개는 그저 육지에 발을 올렸다는 것에 감사하며 환우의 뒤를 따랐다. 그 이후 그가 본 환우의 모습은 그야말로 대단한 것이었다.

유창하게 사용하는 왜어.

그리고 거칠 것 없는 행보.

이미 환우는 이곳의 해적들과 잘 아는 사이인지 해적들은 환우를 극진히 모셨다. 아무래도 예전에 환우에게 크게 낭패를 본 경험이 있는 것 같았다.

환우가 야마다라고 부른 왜구의 두목은 손수 자신이 안내를 하며 배를 몰겠다고 나섰다. 그때 환우를 보는 그의 얼굴이 심하게 경련을 일으키고 있었다.

어쨌든 청풍개에게 있어서 중요한 것은 그런 것들이 아니었다.

배에서 내린 지 두 시진이 채 되지 않아 다시 배에 올랐다는 사실이 중요할 뿐.

며칠이 걸려 강소성 여동 지방의 해안가에 도착할 때까지 청풍개는 얼굴이 노래진 채 갑판 위를 굴러다녔다.

第三章

개방 방주 소천걸

「사람이 아니야… 사람일 리 없어. 그래, 동방의 하늘에서 내려온 천신(天神)

일 거야. 틀림없어.」

해동에서 온 백의의 사내. 한 번의 손짓에 열 개의 벼락이 떨어지고. 마교의 혈사는

그 앞에 침묵한다. 열 개의 벼락을 중원에 남겨두고 홀연히 떠났다.

그리고 오십 년 후. 다시금 중원이 어지러워지려 할 때 그의 후예가 중원으로 향한다.

푸른 하늘에 열 개의 벼락이 다시 떨어지는 순간 천하는 그 앞에서 무릎 꿇으리라.

바람이 부드럽게 얼굴을 감싸 안고 지나간다. 살랑거리는 바람에 걸음을 옮기는 환우는 절로 기분이 좋아졌다.

"뭐가 좋아서 그렇게 실실 웃는 건가?"

"그냥, 기분이 좋아서요. 이제 이 땅의 공기에도 적응을 한 것 같아서요."

환우의 대답에 청풍개는 고개를 갸웃거렸다. 여전히 환우는 알 수 없는 말을 했다.

처음 여동의 해안에 발을 디뎠을 때 환우는 고개를 갸웃거렸었다.

"왜 그러나?"

그 모습이 이상해 청풍개 자신이 물었을 때,

"공기가 다르네요. 적응할 때까지 기분이 조금 찝찝하겠어요."

라고 환우가 대답을 했었다.

청풍개로서는 도통 알 수 없는 말이었다.

자신이 해동 땅에 들어갔을 때 공기의 변화 같은 것은 느끼지 못했기 때문이다.

"뭐, 공기 이야기는 나는 모르겠고, 그래 이제 그 복장에 적응 좀 했는가?"

그러고 보니 환우의 복장이 바뀌어 있었다.

등 뒤로 길게 땋아 늘어뜨렸던 댕기머리를 풀어 영웅건으로 질끈 묶었다. 그리고 조선 특유의 하얀 옷 대신 명의 청삼을 입고 있었다.

"뭐, 옷이란 거야 어차피 신외지물인데 적응하고 어쩌고가 있겠어요?"

대답을 하는 환우의 목소리가 퉁명스러웠다. 그 모습에 청풍개는 고소를 지을 수밖에 없었다.

환우가 명의 복색으로 바꿔 입게 한 것은 청풍개였다. 길을 갈 때 사람들이 신기한 듯 힐끔거리는 눈빛이 거슬렸기 때문이다. 더욱이 환우의 복장은 어디를 가나 눈에 띄었다. 앞으로의 일을 생각하면 그렇게 눈에 잘 띄는 것은 곤란했다.

그래서 근처 옷 가게에 들러 옷을 사 입힌 것인데 환우는 그것이 못내 마음에 안 드는 모양이었다.

왜 자신의 옷을 놔두고 명의 옷으로 갈아입어야 하느냐는 것이다. 남들의 시선 따위야 무시하면 그만인데 자신이 왜 남의 시선에 맞춰 그들의 눈에 안 띄게 옷을 갈아입어야 하느냐며 한참을 실랑이를 벌였다.

"흥, 대장부라는 녀석이 그깟 신외지물에 불과한 옷의 변화조차 감당을 못하다니. 부끄럽구나, 부끄러워."

그 말로 끝이었다. 환우는 투덜거리면서 옷을 갈아입었다.

청풍개가 한 말은 환우가 짐을 챙기러 갔을 때 망아 대사가 살짝 일러준 말이다. 환우를 어느 정도 제어할 수 있는 것은 그의 자존심을 건드리는 말. 과연 효과가 있었던 것이다.

"그런데 말일세."

"뭐요?"

청풍개가 다시 말을 걸 때도 환우는 여전히 퉁명스러웠다. 옷 이야기에 좋았던 기분이 날아간 것이다.

"자네 볼수록 잘생겼군."

"아부 소용없습니다."

하지만 가히 기분이 나빠 보이지는 않았다.

"아니야. 진심이야. 자네가 해동의 복색을 하고 있을 때는 미처 몰랐는데 이렇게 명의 복색으로 갈아입고 나니 확실히 알겠군. 은은히 귀태도 흐르는 것이 아주 미공자야, 미공자."

"험험, 그렇습니까?"

환우의 목소리가 많이 풀려 있었다.

"그럼, 자네 정도라면 무림오화(武林五花)라는 아이들도 한눈에 반할 걸세. 암, 그렇고말고."

환우의 목소리가 풀어진 것을 느낀 청풍개는 은근한 웃음을 지으며 그 칭찬을 계속했다. 본인은 아부가 아니라고 했지만 이 정도까지 오면 명백한 아부였다.

하지만 청풍개의 말이 빈말은 아니었다.

반듯한 이마에 굵고 짙은 눈썹, 진한 검은빛의 깊은 눈동자에 오뚝한 코와 적당히 두툼한 입술에 유려한 턱 선. 어느 것 하나 빠지는 것 없이 조화를 이룬 잘생긴 얼굴이었다.

"무림오화요?"

"응? 아, 자네는 모르겠군."

당연하다. 환우는 그저 명에 무림이라는 무인들의 세계가 있다는 것만을 알지 자세한 사정은 몰랐다. 요 며칠 여동에서 하남성으로 향하는 동안 청풍개에게 대략적인 현 무림의 정세를 들은 것이 전부였다.

"클클클, 무림에서 가장 예쁜 다섯 여아를 가리키는 말이지."

"예뻐요?"

예쁘다는 말에 환우는 강한 호기심을 드러냈다.

"그럼. 그것도 그냥 예쁜 것이 아니지. 아주 정신이 나갈 정도로 예뻐. 나도 그중 둘인가를 봤는데 말이야. 아우, 내가 딱 십 년만 젊었어도 어떻게 해보는 건데 말이지.”

어느새 청풍개는 자신이 본 무림오화의 얼굴을 떠올리며 눈이 풀렸다.

“쯧쯧. 제 보기에는 십 년이 아니라 삼십 년이 젊어도 무리겠습니다만.”

환우는 한심하다는 듯 혀를 찼다.

“뭐야?”

청풍개는 강하게 반발했으나 환우는 눈빛은 변하지 않았다.

‘흐음, 무림오화라고 했겠다.’

환우의 눈이 작게 반짝였다.

“그런데 그 소림사라는 절은 아직 멀었습니까?”

지금 환우와 청풍개가 향하는 곳은 무림의 태산북두라고 불리는 소림사였다.

“응? 소림사? 어제 합비를 지났으니 아직 보름 가까이 더 가야 한다네.”

“그래요? 쩝. 겨우 절을 벗어나서 가는 곳이 다시 절이라니.”

환우는 지금 찾아가는 곳이 절이라는 것이 마음에 안 든다는 듯 중얼거렸다.

“현재 무림 정파에서 가장 믿을 수 있는 곳이네. 일단 자네가 확실히 용아천뢰검을 돌려받을 곳은 그곳밖에 없어. 그러니 그곳으로 향할 수밖에."

"쳇. 그래도 절이라니."

환우는 여전히 절이라는 것이 마음에 안 드는 듯했다.

청풍개의 말은 반만 맞았다. 이미 청풍개가 조선으로 향하기 전에 소림의 방장과 개방의 방주 사이에 이야기가 되어 있었다. 청풍개가 환우를 소림으로 데리고 가는 것도 방주에게 지시받은 일인 것이다.

사실 방장과 방주는 망아 대사가 직접 올 것이라 생각하고 그렇게 계획을 세운 것이지만 그래도 망아 대사가 보낸 사람이니 일단은 데리고 가야 했다.

"응? 저기 웬 거지지요? 이런 관도에 거지가 있어봐야 뭐 빌어먹을 것이 있다고."

그때 환우의 눈에 거지 한 명이 관도 옆의 바위에 기대어 앉아 있는 것이 눈에 들어왔다.

"헐. 날 찾아온 거겠지."

"아, 전에 말한 그 개방인가 하는 단체요?"

무림에서 최고의 성세를 구가하고 있다는 구파일방. 그중에서도 규모만으로 따지면 최고라는 개방을 환우는 대수롭지 않게 말한다. 청풍개는 움찔했지만 별말 하지 않았다. 몰라서 그러는 것이라 여긴 것이다.

"장로님을 뵙습니다."

청풍개와 환우가 눈에 보이자 거지는 헐레벌떡 달려와서

청풍개에게 허리를 숙였다.

“그래, 무슨 일이냐?”

청풍개에게 허리를 숙인 젊은 거지의 허리에는 매듭이 세 개인 띠가 감겨 있었다.

“여기.”

그 거지는 품에서 잘 접힌 종이를 꺼내 내밀었다.

청풍개는 종이를 받자마자 펼쳐 보곤 곧 손으로 종이를 비볐다. 그러자 종이는 재로 변해 바람에 날려 주변으로 흩뿌려졌다. 젊은 거지는 그 모습을 감격에 젖은 눈으로 보았고 환우는 대수롭지 않다는 듯한 눈으로 보았다.

“그만 가보거라.”

“네.”

청풍개의 말에 젊은 거지는 황공한 듯 허리를 숙이고는 곧 사라졌다.

“좋은 소식이라고 해야 하나?”

“네?”

“소림사로 가지 않게 되었다.”

“좋은 소식이네요.”

청풍개의 말에 환우는 고개를 끄덕이며 말했다. 그로서는 절의 그 삭막한 공기는 정말이지 질색이었던 것이다.

“그런데 그럼 어디로 가나요?”

“개봉.”

"그 도시는 어딘데요?"

"뭐, 역시 하남성이다."

"그런데 거긴 왜 가는데요?"

"방주가 널 보자고 하신다."

"방주? 그 개방의?"

"그래."

"그럼 설마?"

"개방 총타로 간다."

"그러니까 거지 소굴로 간단 말이지요?"

거지 소굴이라는 말에 청풍개의 눈썹이 꿈틀했다.

"거지 소굴이라니."

화가 난 듯했다. 아니, 화가 났다. 목소리가 그것을 말해주고 있었다.

"거지들이 모인 곳이니 거지 소굴이죠, 뭐."

환우는 청풍개에게서 시선을 돌렸다. 목소리도 조금 작아졌다. 그도 청풍개의 반응에 찔끔한 것이다.

"가자."

환우의 반응에 청풍개는 짤막하게 말하고 앞장서서 걷는다. 걸음이 점점 빨라졌다. 환우는 서둘러 그 뒤를 쫓았다. 아무래도 상당히 화가 난 것 같았다.

하지만 환우는 사과를 하지 않았다. 자신이 한 말에 틀린 것이 없다고 생각했기 때문이다. 자신은 잘못하지 않았는데 멋대로 화를 내는 청풍개에게 구태여 자신이 사과를 할 필요는 없는 것이다. 적어도 환우는 그렇게 생각했다.

청풍개의 걸음이 점점 빨라진다. 그렇게라도 하지 않으면 자신의 자랑스러운 개방을 우습게본 환우에 대한 화가 식지 않을 것 같았다. 아무리 그분의 진전을 이었다고 하지만 해도 될 말이 있고 해선 안 될 말이 있다.

자신이었기에 참았지 다른 이였다면 사생결단을 내려 했을지도 모른다. 자신 역시 망아 대사의 체면이 아니었다면 당장 사생결단을 내자고 했을 수도 있었다.

그렇게 화를 겨우겨우 삭이며 걸음을 옮겼다.

"헉헉, 좀 천천히 가요."

뒤에서 환우의 힘겨운 목소리가 들린다.

그사이 청풍개는 자신도 모르게 자신의 독문 경신법을 사용해 걸음을 옮기고 있었다. 분노로 인해 온몸에서 들끓어 일어난 내기를 방출하기 위해 무의식중에 경신법을 펼친 것이다.

청풍미리보.

청풍개를 푸른 바람으로 만들어준 경신법이었다. 그는 어느새 그 수법으로 걸음을 옮기고 있었던 것이다.

청풍개가 자리에 멈춰 서서 뒤를 돌아보았다. 얼굴에 제법 힘든 기색이 있었지만 환우는 뒤처지지 않고 따라오고 있었다.

‘제법이군.’

전력을 다해 펼치지 않았다고 하더라도 청풍개의 속도는 무척이나 빨랐다. 그것을 환우는 경신법도 펼치지 않은 채 따라오고 있는 것이다.

“이 정도면 더 빨리 갈 수 있겠군. 어서 가세.”

환우의 모습을 확인한 청풍개는 다시 몸을 돌리고 걸음을 옮겼다. 이번에는 제대로 정신을 차리고 청풍미리보를 펼친 것이다.

‘놈. 한번 당해보거라. 어디 다른 방파를 그런 식으로 이야기해.’

청풍개의 속셈은 그것이었다. 개방을 모욕한 벌을 내리는 것.

어느새 청풍개의 발의 움직임이 조금씩 빨라지고 있었다.

“혁혁혁.”

그 뒤를 환우는 거의 뛰다시피 하며 힘겹게 걸음을 옮기고 있었다.

“젠장. 무슨 영감이 걸음이 이렇게 빨라.”

물론 청풍개는 환우의 투덜거림을 들었다. 그 대가는 조금 더 빨라진 발놀림이다.

“응?”

힘겹게 청풍개의 뒤를 쫓던 환우의 눈에 이채가 서렸다.

“잠깐. 보통 사람이 뛰는 것보다 빨리 걷는 건 말이 안 되잖아."

자신은 젊었고 청풍개는 늙었다. 게다가 자신은 분명 뛰고 있었다. 하지만 청풍개는 걷고 있다. 그런데 자신이 청풍개를 따라가는 것이 힘겹다.

이것은 절대 이치에 맞는 일이 아니다.

"허허. 녀석, 건방지구나. 중원인들을 얕보지 말거라. 중원의 무인들은 자연의 기를 몸 안에 담아 보통의 사람들은 불가능하다고 하는 것들을 아무렇지도 않게 하는 초인들이니라."

망아 대사의 말이 머리를 스쳤다.

"어디."

환우는 정신을 집중해서 청풍개의 뒷모습을 바라보았다. 보였다.

"역시."

청풍개의 몸에서 기가 활성화되어 빠르게 움직이고 있었다. 그리고 그 기의 밀도는 배꼽 부근이 가장 높았으며 그 부분에서 세차게 다리 쪽으로 기가 움직이고 있었다.

"쳇. 나만 바보가 됐잖아."

환우는 지금까지 자신의 순수한 체력으로 뛰고 있었다. 무언가 속았다는 기분이 들었다.

"후흡."

환우는 천천히 숨을 들이쉬었다. 그리고 곧 천천히 내쉰다. 대기에 가득한 공기를 천천히 몸 안에 들였다가 다시 천천히 뱉어낸다. 그와 함께 자연의 기가 몸으로 들어온다. 나간다. 들어온다. 나간다.

몸 안에 들어온 자연지기는 몸 구석구석에 활력을 불어넣는다. 온몸에 힘이 넘쳤다.

"좋아."

환우는 걸음을 내디뎠다. 환우의 신형은 앞으로 쭉쭉 뻗어나갔다.

"진작 이럴 것을 바보같이."

환우는 단숨에 청풍개의 바로 뒤까지 따라붙었다.

"더 빨리는 못 가요?"

뒤에서 들려오는 환우의 목소리에 청풍개는 깜짝 놀랐다. 태연한 얼굴로 자신을 바라보며 싱긋 웃는 환우. 청풍개는 속에서 울컥하는 무언가가 느껴졌다.

"왜 못 가?"

청풍개는 다리를 더욱 빨리 놀렸다. 하지만 환우는 뒤로 처지지 않았다.

"이익."

오기가 생겼다. 처음에는 무의식중에 펼친 거라지만 고생 좀 하라는 생각에 작정하고 청풍미리보를 펼쳤는데 이렇게 조금도 뒤처지지 않고 따라붙으니 속에서 무언가가 불같이 일었다.

"애송이 녀석이……."

청풍개의 자세가 변한다.

지금까지는 단순히 걷기만 하는 자세였다면 팔의 움직임이 조금 바뀌고 상체가 조금 앞으로 숙여진다. 그리고 무릎의 각도가 변했다.

청풍미리보를 극성으로 가장 빠른 속도로 펼치기 위한 자세다. 청풍개는 청풍미리보를 펼쳐 걷던 것에서 달리기로 바꿨다. 어지간한 명마로는 그 뒤를 쫓을 수도 없다는 중원 최속의 경공. 청풍개는 순식간에 환우의 시야에서 사라졌다.

환우에게 어마어마한 풍압을 선사하고는 멀리 점이 되어 치달렸다.

"그렇게 나오셨다?"

환우의 입꼬리가 살짝 올라간다.

그리고 환우도 달렸다. 하지만 환우의 호흡은 변하지 않았다. 두 사람이 사라진 자리에는 자욱한 먼지만이 피어올랐다.

"헉헉헉. 지독한 놈."

청풍개가 가쁜 숨을 몰아쉬었다.

꼬박 하루를 전력으로 달렸다. 청풍개가 전력으로 청풍미리보를 전개하면 한 시진에 이백오십 리는 너끈히 달린다. 그렇게 벌써 열 시진을 달렸다. 이제 단전에는 더 이상 뽑아낼 내력도 남아 있지 않았다. 단전이 완전히 텅 빈 것이다.

열심히 움직이던 다리도 어느새 보통 사람의 걸음걸이로 바뀌어 있었다. 자신은 열심히 청풍미리보의 경신법으로 다리를 놀린다고 생각했지만 내력도 체력도 완전히 고갈이 된 상태에서 몸이 그의 뜻대로 움직여 줄 리 만무했다.

"헥헥헥. 독종 노인네 같으니라고."

지치기는 환우도 마찬가지였다. 그 역시 열 시진 동안 쉬지 않고 전력으로 달렸다. 인간의 몸으로는 절대 해낼 수 없는 일이다.

두 사람 모두 사람 같지 않은 일을 한 것이다.

묘한 자존심 대결 덕에 둘은 엄청난 거리를 이동했다. 현재 그들이 달리고 있는 관도의 끝은 기현이다. 그곳에서 개봉은 지척거리였다.

기현에서 개봉까지는 평범한 사람의 걸음으로도 하루 안에 갈 수 있는 거리였으니 두 사람에게 있어서는 거의 도착한 것이나 마찬가지였다. 이들이 예기치 않은 경공 시합을 벌이기 시작한 곳이 합비 근처의 관도였다. 그곳에서 기현까지는 이천 리가 조금 넘는다. 하루 만에 합비에서 기현까지 왔다면 그 누구도 믿지 않을 것이다.

"헉헉헉. 저기 도시가 보이는구나. 아마도 기현일 게다. 그렇게 달렸으니까. 일단 저기 가서 쉬자. 그리고 이야기하자."

"헥헥헥. 좋아요."

두 사람은 그렇게 휴전에 합의했고 기현에 들어가자마자 가장 먼저 눈에 띄는 주루로 들어가 방을 잡아놓고 뻗었다.

다음날 오후.

두 사람은 꼬박 열두 시진, 그러니까 꽉 채워 하루를 기절한 듯 잤다. 정확히는 환우가 그렇게 하루를 꽉 채워 잠에 빠져 있었고 청풍개는 환우보다는 좀 적은 열 시진을 잠에 빠져 있었다.

"아함."

환우가 큰 하품과 함께 기지개를 켜면서 눈을 떴다. 눈을 뜬 그는 주변을 두리번거리더니 머리맡에 있는 주전자를 들어 물을 벌컥벌컥 들이켰다.

"아아, 시원하다. 이제 좀 살 것 같네."

침상에서 내려와 팔, 다리를 이리저리 움직이면서 굳은 몸을 풀었다.

"나 참. 실내에 신발을 신고 들어오고 잠은 침상이라는 곳에 올라가서 자다니. 아직도 적응이 안 되네. 쩝. 어제처럼 피곤한 날은 그저 군불 훈훈히 지핀 온돌에서 등을 지지면서 자는 게 최곤데 말이야."

환우는 아직 중원의 침상 문화에 적응하지 못한 듯 투덜거렸다. 그렇게 하루 동안 잔뜩 굳은 몸을 열심히 푸는 환우의 눈에 청풍개의 모습이 들어왔다.

"응?"

환우의 침상과는 좀 떨어진 다른 침상에 가부좌를 틀고 눈을 감고 있는 청풍개의 모습에 환우는 고개를 갸웃거렸다.

"저게 뭐 하는 짓이래?"

환우는 고개를 갸웃거렸다.

청풍개의 귀에는 그런 환우의 말소리가 모두 들렸다. 운공 중에는 몸의 감각이 평소보다 몇 배는 예민해진다. 그는 이미 환우가 깰 때부터 그 기척을 느끼고 있었다.

'어찌 무공을 익힌 이가 운공을 모른단 말이냐. 허어.'

환우의 말에 청풍개는 내심 어이가 없었다. 그는 분명 환우가 열 개의 벼락을 던지는 모습을 보았다. 그런데 자신이 운공을 하는 모습을 처음 본다는 듯 말하다니 이 무슨 일이란 말인가.

환우는 그런 청풍개의 속사정과는 상관없이 그 모습을 유심히 살폈다. 그러자 그의 눈에 무언가 보였다.

푸른 기운이 청풍개의 코로 들어가더니 잠시 후 그 푸른빛이 옅어져서 코로 나왔다. 그리고 청풍개의 배꼽 부분에 고여 있던 기가 활성화되어 온몸을 돌고 있다.

"아하. 그런 거구나. 그런데 왜 구태여 저렇게 힘들여 하는 거지?"

청풍개의 모습을 자세히 관찰한 환우는 지금 청풍개가 하고 있는 행동의 의미를 알 수 있었다. 하지만 그것은 환우의 관점에서는 번거롭기 짝이 없는 짓이었다. 왜 저런 행동을 하는지 알 수 없었지만 그저 그러려니 했다. 망아 스님이 환우에게 무술을 가르칠 때 명의 그것은 해동의 그것과 그 궤를 달리한다고 말해줬기 때문이다.

"역시 중원의 무술은 신기하단 말이야."

청풍개가 무엇을 하고 있다는 것을 대강 짐작하게 되자 환우는 몸을 돌렸다. 더 이상 청풍개에게 볼일이 없었기 때문이다. 대신 그는 한쪽 벽에 꽉 닫힌 창문을 활짝 열었다.

"으음. 역시 아침 공기는 좋아."

동쪽에 난 창을 통해 막 떠오른 아침 햇살이 비춰들었다.

"진시(辰時:오전 7시에서 9시) 초군. 어제 이 주루에 들어온 것이 묘시(卯時:오전 5시에서 7시) 말이니까, 하루를 꼬박 잤네."

환우는 스스로의 수면 시간에 놀란 듯 중얼거렸다. 그로서도 이렇게 오랫동안 자본 적은 없었다. 물론 잠자는 것을 세상 어떤 일보다도 좋아했지만 그렇다고 이렇게 무식하게 자지는 않았던 것이다.

"쳇. 저 독한 노인네랑 미친 짓 한다고 지치긴 제대로 지쳤었나 보군."

창밖을 내다보는 환우의 작은 중얼거림은 전날 자신이 한 어이없는 짓에 대한 후회로 가득했다.

"독해서 미안하다, 이 괴물 같은 놈아."

어느새 운공을 끝낸 청풍개의 골이 난 목소리가 들렸다.

“엉? 이제 끝났어요?”

청풍개의 목소리에 환우가 몸을 돌렸다.

“대체 넌 어떻게 생겨먹은 놈이냐? 거의 하루 동안을 나랑 같은 속도로 달리다니. 이 중원에서도 나를 그렇게 쫓아올 인간은 없어. 설사 천하십대고수라 할지라도 말이야.”

청풍개는 넌더리가 난다는 얼굴로 환우를 바라보았다.

“나야말로 놀랐어요. 무슨 늙은이가 그렇게 발이 빠르고 체력이 좋아요? 내 평생 뜀박질로 상대를 앞지르지 못한 것은 왕 어른이 처음이오.”

환우 역시 질렸다는 얼굴로 청풍개를 쳐다보았다.

꼬르륵.

그때 두 사람의 배에서 울리는 소리.

그러고 보니 둘은 꼬박 이틀 동안 아무것도 먹지 않았다. 하루 동안은 달린다고 아무것도 안 먹었으며 하루 동안은 잔다고 아무것도 안 먹었다. 그러니 뱃속의 밥벌레가 난리를 피울 만도 했다.

두 사람의 시선이 마주쳤다.

“일단 먹자.”

“좋은 생각입니다.”

둘은 방을 나와 주루 일층으로 향했다.

두 사람이 지난밤을 보낸 곳은 향화루(香花樓)라는 곳으로 일층과 이층은 음식과 술을 파는 곳이고 삼층과 사층은 투숙

객을 위한 방이 있는 제법 큰 규모의 주루였다.

"헤헤. 하루 동안 잘 쉬셨습니까?"

삼층의 방에서 하루를 보낸 청풍개와 환우가 이층의 식당으로 내려오자 점소이가 얼굴 가득 웃음을 띠며 쪼르륵 달려왔다.

"그래, 편히 쉬었다."

"정말 대단하십니다, 어르신. 하루 온종일 주무시다니요. 전날 아침 많이 피곤해 보이시긴 했습니다만 소인은 혹시라도 피곤에 지쳐 무슨 일이라도 있는 것이 아닌지 걱정했습니다요."

"됐다. 걱정은 무슨. 여기 국수랑 만두, 그리고 구운 오리나 내오너라."

"네, 알겠습니다."

청풍개의 주문에 점소이는 곧 사라졌다.

"쳇. 아무튼 점소이라는 것들은."

사라진 점소이의 뒷모습을 보면서 청풍개는 투덜거렸다.

그도 그럴 것이 전날 이른 아침 이 향화루에 들어올 때 조금 전 사라진 그 점소이와 벌였던 실랑이가 떠오른 것이다.

청풍개는 거지다. 당연히 지나는 사람은 청풍개의 모습만 보아도 그가 거지임을 안다. 그것은 주루의 점소이도 마찬가지다. 이른 새벽부터 주루에 거지가 들어오려 하다니 하루 장사를 망칠지도 모른다는 생각이 들 정도로 재수가 없는 일이다.

그래서 점소이는 자신의 책무를 다했다. 바로 피곤에 지쳐 무거운 걸음을 옮기는 청풍개를 막은 것이다. 그 실랑이는 청풍개의 품에서 은자가 모습을 드러낼 때까지 계속됐다. 은자를 본 순간 점소이의 태도는 정확히 정반대로 바뀌었다.

하지만 이미 골이 난 청풍개는 환우와 함께 방으로 들어갔다. 그리고 다시 나와서 처음 본 점소이가 그 녀석인 것이다. 오늘은 보자마자 꼬리를 살랑살랑 흔들며 아양을 떠는 것 같지만 어림도 없었다.

"이제 얼마나 남았어요?"

"하루."

어느새 나온 소면을 먹으며 청풍개는 짧게 대답했다.

"잊었는지 모르겠는데요 우리 합비란 곳에서 딱 하루 왔어요."

역시 만두를 먹으며 환우가 묻는다.

"젠장. 하루 동안 많이도 왔다."

청풍개는 오리 다리 하나를 쭈욱 찢어서 입으로 가져갔다.

"그러게 말입니다."

오리 날개가 환우의 입으로 들어갔다.

"그런데 우리가 왜 그렇게 미친 듯 달렸지?"

청풍개는 소면의 국물을 후루룩 들이켰다.

“난들 압니까? 왕 어른이 갑자기 냅따 뛰니까 나도 뛰었지.”

환우는 젓가락이 부러질 정도로 소면을 잡아 올려서는 입으로 가져갔다.

쾅!

그때 청풍개가 기름기 가득한 손으로 식탁을 치면서 벌떡 일어났다. 환우가 멀뚱거리는 눈으로 그런 청풍개를 올려다보았다.

“사과해!”

“뜬금없이 무슨 말이에요?”

“생각해 보니까 내가 그렇게 미친 듯이 달린 게 네놈 때문이잖아!”

“그러니까 그게 무슨 말이냐고요?”

환우의 목소리도 청풍개의 목소리에 따라 덩달아 높아졌다.

“네놈이 우리 총타를 거지 소굴로 매도하니까 내가 열받아서 냅따 뛴 거 아니야. 네놈 험한 꼴 좀 당해보라고.”

“미안해요.”

“응?”

“미안하다구요.”

기세등등하게 외쳤는데 너무나 쉽게 돌아오는 환우의 사과. 청풍개는 지금까지 자신이 본 환우의 성격상 절대 일어날 수 없는 일이 일어났기에 다시 한 번 되묻고 말았다. 청풍개가 들은 것이 환청이 아닌 듯 환우가 다시 한 번 사과했다.

"흠흠, 진작에 그럴 것이지."

청풍개는 어색한 헛기침과 함께 자리에 앉았다. 다른 자리의 손님들의 시선이 모두 자신을 향해 있었기에 머쓱하기도 했다. 스스로 거지라고 떠들었으니 말이다. 물론 행색만 보아도 대번에 알 수 있는 일이지만 그렇다고 주루 같은 곳에서 스스로 거지라고 큰소리치는 것도 참 보기 안 좋은 모습이었다.

"그런데 말이오."

"뭐냐?"

청풍개를 향한 환우의 말이 며칠 전부터 짧아졌다 길어졌다를 반복하고 있었지만 청풍개는 그것을 눈치 채지 못했다.

"그러니까 나이도 드실 만큼 드신 분이 새파랗게 어린놈이 뭐 모르고 한 한마디에 골이 나서, 그래 젊은 놈 한번 엿 돼봐라 하는 심사로 그렇게 냅따 뛰었단 말입니까?"

"응?"

환우의 정면 공격에 청풍개는 대답할 말을 찾지 못했다. 환우의 말을 인정하자니 그는 새파랗게 어린아이를 상대로 골을 낸 채신머리없는 늙은이로 전락할 것이 뻔했기 때문이다.

"그, 그러니까 내 말은 말이지. 그러니까."

"됐소. 배고픈데 밥이나 먹읍시다."

청풍개가 무언가 변명할 말을 찾고 있을 때 환우는 한마디

로 그의 말을 잘랐다. 그리고 묵묵히 소면 그릇에 머리를 박
고는 소면 국물 한 방울까지 깨끗이 비웠다. 오리의 남은 다
리 한 쪽과 몸통도 환우의 뱃속으로 들어갔다.

"꺼윽."

환우의 입에서 나오는 트림. 그것은 정확히 청풍개를 향해
날아갔다. 일부러 그런 것인지 우연의 일치인지.

"잘 먹었다."

그런 환우의 행동에도 청풍개는 환우의 눈치를 살폈다. 조
금 전 환우의 말로 청풍개는 환우에게 할 말이 없는 입장이
되어버린 것이다.

"개봉이란 곳까지 하루 거리라면 또 그렇게 미친 듯이 뛰
어야 하는 거요?"

환우는 말은 이제 아예 짧은 것만 튀어나오고 있었다.

"응? 아, 아닐세. 전날은 뭐, 피차 어쩔 수 없는 사정에 그
런 것이고 말이지."

미친 듯이 뛰어야 하냐는 말에 제 발 저린 청풍개는 어색한
웃음을 지으며 손을 흔들었다.

"이곳 기한에서 개봉까지는 보통 사람의 걸음으로 하루면
충분히 도착하는 거리일세."

"그럼 지금 출발하는 게 낫지 않아요? 이제 진시 말이니."

"그, 그렇군. 그럼 짐 정리해서 출발합세."

환우의 말에 청풍개는 엉거주춤 자리에서 일어나서 삼층

으로 향했다. 환우도 그 뒤를 따랐다.

청풍개가 셈을 치른 후 두 사람은 관도를 따라 조금 빠른 걸음으로 걸어 그날 해지기 전에 개봉의 성문을 지날 수 있었다.

개봉(開封).

전국 시대의 위(魏)나라를 비롯해 오대의 양(梁), 북송(北宋), 금(金) 등 여러 왕조의 도읍이었던 유서 깊은 도시로 중국의 육대고도(六大古都)의 하나이다. 북송 시대에는 인구 백만 명을 넘는 대도시였고 강남의 여러 도시와 수로로 연결되어 있어 천하의 요회(要會)라고 불리는 곳이기도 하다.

"어떤가?"

이미 태양이 저 어둠이 내린 거리를 걸으며 청풍개가 자랑스레 개봉에 대한 설명을 늘어놓았다.

"뭐, 그게 어쨌다는 거요? 나랑은 상관없는 일인데."

하지만 환우의 반응은 시큰둥했다.

"쳇. 그놈은 머리통은 어떻게 된 것인지."

환우의 반응에 마음이 상한 듯 청풍개는 중얼거렸다.

"자, 다 왔다."

어느새 개봉의 번화가에서는 한참 벗어난 으슥한 산길의 관제묘 앞에 멈춰 선 청풍개가 환우를 돌아보며 말했다.

"거참 으스스한 곳에 자리잡았네요."

환우는 몸을 살짝 떨며 말했다.

“크크크. 거지들이 모인 곳인데 사람들이 잘 안 오는 곳으로 해야 하지 않겠느냐?”

환우의 반응이 만족스러운지 청풍개는 웃음을 흘리며 관제묘 안으로 들어갔다. 환우는 멀뚱히 서서 그런 청풍개의 뒷모습을 보고만 있었다.

“안 따라오고 뭐 해?”

조금 걸음을 옮기다가 뒤에서 따라오는 기척이 없자 청풍개는 고개를 돌리고 소리를 질렀다.

“아니, 그게. 이렇게 어두컴컴한데 그런 곳에 들어간다는 게 좀, 그러니까…….”

“놈, 무섭냐?”

청풍개가 정곡을 찌른 듯했다, 그 말을 하는 순간 환우의 얼굴이 딱딱하게 굳었으니까. 그 반응을 놓칠 청풍개가 아니었다.

“나원, 시건방이 하늘을 찌르는 녀석이 겁은 많아가지고. 그래서 사내대장부라 할 수 있겠냐?”

그걸로 끝이다. 따라오든 말든 자신과는 상관없다는 듯 청풍개는 다시 걸음을 옮기기 시작했다.

“뭐, 뭐라고요!”

청풍개의 도발이 먹혀들었음인가. 환우는 얼굴이 벌게져서는 큰 걸음으로 청풍개의 뒤를 따라붙었다. 하지만 시간이 지날수록 환우의 보폭은 좁아졌고 청풍개의 뒤에 딱 붙었을 즈음에는 엉거주춤 걸음을 옮기고 있었다.

“쯧쯧쯧. 이런 놈이 망아 대사님의 후계라니. 나 참.”

그런 환우의 모습이 청풍개의 눈에는 너무나 한심하게 보였다. 또한 과연 이런 놈 때문에 자신이 그 먼 해동 땅까지 다녀왔어야 했는가 하는 생각까지 들었다.

“거, 진짜. 이곳 같은 사당을 이렇게 함부로 쓰면 사당의 주인이 노한단 말이오. 내 그것이 걱정스러워서 그러는 것이지, 딱히 겁이 난다거나 그런 건 아니오.”

“헹, 말이나 못하면. 이곳은 우리 개방에서 벌써 이백 년 가까이 총타로 쓰는 곳이니 그런 걱정일랑 붙들어 매라.”

청풍개는 같잖다는 듯 환우를 힐끔 뒤돌아보았다.

“크험, 험. 그렇다면 다행이고요.”

환우는 애써 아무렇지도 않은 척했지만 손이 작게 떨리고 있었다.

뚜벅뚜벅.

관제묘를 지나는 두 사람의 발자국 소리만 울렸다. 관제묘의 뒤쪽 끝 벽에 도달하자 청풍개는 한쪽에 놓인 거적을 들추었다. 그곳에는 검은 동굴이 입을 벌리고 있었다.

청풍개는 은근한 웃음을 흘리며 뒤돌아보았다. 역시 그의 예상대로 환우가 딱딱한 얼굴로 서 있었다.

“으이그. 사내 녀석이 겁은 많아가지고. 너 잡아먹을 귀신 없으니까 가자.”

청풍개는 거적 뒤에 드러난 동굴로 걸음을 옮겼다. 환우는 느릿느릿한, 마지못해 따라가는 걸음으로 조금씩 앞으로 나갔다.

"으흭!"

동굴 안에 들어가자마자 깜짝 놀라는 환우.

동굴 안은 공간이 제법 넓었고 여기저기에 거지들이 편한 자세로 널브러져 있었다. 평소의 그라면 이미 기척으로 동굴 안에 있는 인원의 수를 파악할 정도였지만 지금은 그러지 못했다. 그저 동굴 여기저기 앉아 있는 몇몇 내가 고수의 안광에 놀라기 바빴다.

먼저 들어와 있던 청풍개는 한심하다는 눈으로 그런 환우를 지켜보고 있었다.

"장로님, 저 사람입니까?"

청풍개의 곁에 있던 거지 하나가 믿기지 않는다는 얼굴로 청풍개에게 물었다.

"그래. 믿기 힘들겠지만 저놈이다. 나도 지금 어이가 없으니 너희야 오죽하겠느냐?"

대답하는 청풍개는 차마 자신에게 물음을 던진 방도의 얼굴을 쳐다보지 못했다. 환우의 모습을 지켜본 방도들의 의문에 찬 시선이 자신을 향하자 절로 얼굴이 화끈거렸다.

"방주님은 어디 계시냐?"

"늘 계시는 곳에 계십니다."

돌아온 대답에 청풍개는 몸을 돌렸다.

“이놈아, 어서 따라와라. 안 그러면 놔두고 간다.”

청풍개의 말에 환우는 빠른 걸음으로 그의 뒤로 따라붙었다.

“에잉. 사내 녀석이.”

이젠 더 할 말도 없었다. 처음에는 무서움을 타는 환우의 모습이 재미있었다. 시건방지고 자기 잘난 맛에 자기 멋대로 하는 녀석도 한 가지쯤 약점은 있구나 하는 생각에 친근감마저 느꼈다. 하지만 이건 아니다. 해도 너무했다. 일반 방도들조차 한심하다는 듯 쳐다보고 있으니 말 다 한 것이다.

한참을 걷자 길이 좁아졌다. 드문드문 자리하고 있던 거지들의 모습도 사라졌다. 얼마나 더 걸었을까? 길 가운데 거지 둘이 앉아 있었다.

“이제 오는가?”

“오랜만이군.”

청풍개 못지않게 늙은 거지가 청풍개를 맞이했다. 그의 허리에는 여섯 개의 매듭이 진 띠가 매여 있었다.

“놈, 인사하거라. 우리 개방의 법개를 맡고 있는 철혈개(鐵血丐)라는 친구다.”

“처음 뵙겠습니다.”

환우답지 않게 고분고분한 모습이다. 그는 현재 어둠 속에서 뭐라도 튀어나오지 않을까 잔뜩 긴장한 상태였다.

“반갑네. 그래, 자네가 그분의 전인이라고? 방주께서 기다리시네.”

철혈개는 환우가 이곳까지 오면서 보인 추태를 몰랐기에 만면에 웃음을 머금은 채 그를 맞이했다.

그 옆에 호기심 가득한 눈을 동그랗게 뜨고 있는 십사오 세 정도의 어린 거지가 있었다.

“아, 인사하게. 우리 개방의 후개로 내정된 아이네.”

과연 그 아이의 허리에 걸쳐져 있는 띠에는 매듭이 여덟 개가 있었다.

“처음 뵙겠습니다. 장치호라고 합니다.”

후개가 포권을 하면서 먼저 인사를 했다.

“반갑습니다. 신환우라고 합니다.”

환우 역시 포권으로 인사를 받았다.

“자자, 들어가자고.”

청풍개가 환우를 데리고 두 사람을 지나쳐 더욱 깊숙이 걸음을 옮겼다. 그 뒤를 철혈개와 치호가 따랐다. 그들도 환우에 대해 궁금한 것이 많았던 것이다.

이제 어둠에 어느 정도 적응했는지 환우의 떨림은 멎어 있었다.

“이제 오셨습니까?”

길 앞에 입을 벌리고 있는 조금 넓은 동굴의 입구에 이르자 안에서 걸걸한 음성이 울렸다.

"네, 방주님. 청풍개 방주님의 명을 수행하고 이제야 도착했습니다."

"수고하였습니다, 왕 장로. 어서 들어오십시오."

방주의 허락에 청풍개는 동굴 안으로 들어갔다. 환우도 그 뒤를 따랐다.

다행히 동굴 안은 등불을 여러 개 켜놓아 제법 밝았다. 그 모습에 환우의 얼굴이 눈에 띄게 밝아졌다.

'쯧. 천하의 안정을 위해 싸워야 할 녀석이 고작 어둠을 꺼려하다니 이 일을 어이할꼬.'

그런 환우의 모습에 청풍개는 진심으로 걱정했다.

"하하하. 먼 길 온다고 고생했네. 내가 개방의 방주를 맡고 있는 소천걸(昭天傑)이라고 하네. 강호의 동도들은 협의신개(俠義神丐)라는 과분한 별호로 불러주고 있다네."

개방 방주 소천걸은 호탕한 웃음을 터뜨리며 환우에게 인사를 했다. 부리부리한 호목에 호인과 같은 인상의 전형적인 무인이었다. 나이는 삼십대 중반 정도로 보였다.

"처음 뵙겠습니다. 신환우라고 합니다."

"신 소협이로구만. 반갑네. 그래, 우리가 해동에 사람을 보낸 이유는 여기 오는 동안 청풍개 장로에게 들었는가?"

"네."

환우는 짧게 대답했다.

"하하하. 아주 좋아. 사실 우리는 자네의 사부께서 와주시길 바랐었다네. 하지만 어르신께서는 생각이 있으신지 자네를 보내셨지. 그래서 일단 소림의 방장 대사를 만나기 전에 내가 먼저 자네를 보자고 한 걸세."

환우는 방주의 말을 묵묵히 듣고 있었다.

"지금 강호의 정세는 혼탁하기 그지없네. 정파라는 것들은 서로 세 불리기 싸움에 정신이 없고 마교는 다시 준동하려 하네. 너무나 혼란해서 어찌할 수 없어 해동에까지 도움을 청한 거라네. 어떤가? 도와줄 수 있겠는가?"

방주의 물음에 청풍개는 가슴이 조마조마해졌다. 지금까지 함께 오면서 본 환우의 성격이라면 청풍개는 환우가 방주의 요청을 거절할 거라는 데 자신의 전 재산을 걸 수 있었다, 가진 게 아무것도 없는 거지지만.

"싫습니다."

역시 청풍개의 예상대로 단호한 대답이 환우의 입에서 나왔다.

그 대답에 세 사람이 눈을 동그랗게 떴다. 당연히 방주와 후개, 그리고 법개인 철혈개였다. 청풍개는 이미 예상했다는 듯 평온한 얼굴이다. 아니, 모두 다 포기한 얼굴이라고 할까.

"다시 한 번 말해줄 수 있겠는가?"

"싫다고 했습니다."

환우는 기꺼이 한 번 더 말했다. 그런 환우의 대답에 방주는 어이가 없다는 얼굴로 환우를 쳐다보았다.

　중간중간 청풍개가 보낸 보고서는 읽어보았다. 그리고 환우라는 이 청년이 개방의 부탁을 거절했다는 이야기도 들었다. 그래서 자신이 보자고 한 것이다. 방주가 몸소 나서서 부탁을 하면 응당 들어줄 것이라 예상했다.

　구파일방 중 규모로만 따지면 가장 크다는 개방이다. 그런 개방의 방주다.

　방주가 먼저 숙이고 들어가면서 부탁을 했다.

　그런데 돌아온 대답은 거절이었다.

　소천걸의 손이 살짝 떨린다.

　"왜 싫다는 것인가?"

　목소리가 가라앉아 있었다.

　"내 일이 아니니까요."

　당연하다는 듯한 환우의 대답.

　"그래서 대개방의 방주가 직접 부탁하지 않았는가."

　소천걸의 목소리가 더욱 낮게 깔렸다.

　"그렇게 걱정이 되면 대개방에서 직접 나서지 그러십니까? 왜 애꿎은 절 부려먹으려고 합니까? 이건 손 안 대고 코 푸는 거치고는 좀 심한 거 같은데요."

　"……."

　환우의 대답에 철혈개와 후개는 입을 벌리고 아무 말도 하지 못했다.

　"말 다 했나?"

“아뇨. 덜 했습니다. 내 오면서 듣기로 개방은 거지들의 단
체라 머릿수도 제일 많다면서요? 그러면 그냥 개방에서 마음
맞는 소림이랑 같이 머릿수로 들이밀면 되지 않습니까? 듣기
로 천년소림이니 어쩌느니 하는 무림 최강의 정파라고 들었
는데, 최강과 최대가 손잡으면 한 번 멸망했다가 이제 일어서
려는 마교라는 곳 밀어버리는 거 쉬울 거 아닙니까? 원래 적
이 될 것 같다 싶으면 크기 전에 밟아줘야 합니다. 아니, 뿌리
째 뽑아야지요. 그때 제일 효과적인 게 머리수로 그냥 들입다
밀어붙이는 겁니다. 단번에 쓸어버리는 거지요. 개방과 소림,
내 잘은 모릅니다만 이 두 곳만 손을 잡으면 그 정도는 우스
울 텐데요.”

쉼없이 말을 쏟아내던 환우는 잠시 말을 멈췄다. 호흡을 고
르기 위해서였다. 그런 환우를 바라보는 소천걸은 두 주먹을
꼭 쥐고 팔을 부들부들 떨고 있었다.

“아니, 그렇게 간단하고 확실한 길을 두고 왜 돌아가려는
겁니까? 나는 당최 그걸 이해할 수 없단 말입니다. 아니, 망아
스님이 중원에 흘려놓고 온 검 찾으러 온 사람한테 검 줄 생
각은 안 하고 그걸 막으라니 말이 됩니까? 수천, 아니, 수만에
이르는 사람을 놔두고 어리고 힘없고 세상 물정 모르는 저 하
나보고 가서 막으라니 이게 말이 안 되는 일이잖습니까? 네?
그렇게 생각하지 않으세요?”

“말 다 했나?”

소천걸이 다시 한 번 나직이 말했다.

"네."

환우는 자신이 하고 싶은 말을 다 했다는 듯 고개를 크게 끄덕이며 대답했다.

"네, 이놈!"

커다란 호통 소리와 함께 소천걸은 환우를 향해 벼락같은 일장을 떨쳤다.

콰콰쾅!

환우가 있던 자리에서 요란한 폭음이 터졌다.

'아이고. 결국 저 녀석이 사고 치는구나.'

청풍개는 눈을 가리고 고개를 돌렸다.

철혈개와 후개는 어이가 없다는 얼굴로 그 모습을 지켜보고 있었다.

"이게 무슨 짓입니까! 사람이 옳은 소리 좀 했기로서니 대번에 폭력이라니! 협의신개라는 별호가 아깝지도 않습니까?"

환우는 재빨리 소천걸의 일장을 피하고서는 큰 소리로 항의했다.

쾅! 콰쾅!

하지만 돌아온 것은 소천걸의 무지막지한 장력이었다. 환우는 재빠른 걸음으로 소천걸의 장력을 피했다.

"아니, 사람이 말을 하면 말로써 대답을 해야지 이런 무지막지하고 경우없는 폭력이라니요! 제정신입니까? 협의신개가 아니라 별호를 폭력광개로 바꾸시지 그러십니까!"

환우의 입은 소천걸의 장력을 피하는 발만큼이나 빠르게 움직였다.

"네 이놈!!"

환우의 말에 소천걸은 미친 듯이 장력을 뿜어댔다.

청풍개는 환우의 말에 얼굴을 가리고 방주가 거처로 하고 있는 동굴을 나간 지 오래다. 철혈개와 후개도 무지막지한 장력에 서둘러 동굴을 빠져나갔다.

동굴은 소천걸이 뿜어대는 장력이 벽에 부딪쳐 만들어내는 요란한 폭음과 환우가 악에 바쳐 고래고래 지르는 고함 소리로 가득 찼다.

갑작스러운 소란에 관제묘 쪽의 커다란 동굴에 모여 있던 거지들이 슬금슬금 청풍개와 철혈개, 후개가 자리를 피하고 있는 통로에 모습을 드러냈다.

"대체 무슨 일입니까?"

개봉 분타주의 직책을 가진 거지가 청풍개에게 물었다. 하지만 청풍개는 아무 말 않고 얼굴을 가린 채 손을 내저을 뿐이다. 분타주의 시선이 철혈개를 향했다.

"후우……."

철혈개는 땅이 꺼져라 한숨을 쉴 뿐이다.

분타주의 시선이 이번에는 후개를 향한다. 하지만 후개는 영문을 모른다는 얼굴이다. 결국 거지들의 시선은 의문을 가득 채운 채로 다시 방주가 거처하는 동굴로 향했다.

"저기, 철혈개 사숙."

"왜 그러십니까, 후개?"

"그런데 신 소협은 어떻게 사부의 진짜 별호를 알고 있는 거지요?"

"후우……."

후개의 물음에 철혈개는 다시 한 번 땅이 꺼져라 한숨을 쉬었다.

第四章
의지로 움직이는 검

"사람이 아니야… 사람일 리 없어. 그래, 동방의 하늘에서 내려온 천신(天神)일 거야. 틀림없어…"

해동에서 온 백의의 사내. 한 번의 손짓에 열 개의 벼락이 떨어지고, 마교의 협사는 그 앞에 침묵한다. 열 개의 벼락을 중원에 남겨두고 홀연히 떠났다.

그리고 오십년 후. 다시금 중원이 어지러우지려 할 때 그의 후예가 중원으로 향한다.

푸른 하늘에 열 개의 벼락이 다시 떨어지는 순간 천하는 그 앞에서 무릎 꿇으리라.

“이익. 네 이놈, 쥐새끼처럼 피하지만 말고 좀 맞아라.”

소천걸은 요리조리 잘만 피하는 환우의 모습에 약이 바짝 올랐다.

“미쳤소? 바위로 된 동굴 바닥이 푹푹 파이는 장력을 그냥 맞으란 말이오? 누구 송장 치르려고 그런 소리를 하는 거요?”

환우의 입은 절대 가만히 있지 않았다. 다리를 놀리는 가운데 상대의 화를 적당히, 아니, 제대로 돋울 말을 연신 쏟아내고 있었다. 덕분에 소천걸은 더욱 강력한 장력을 더욱 어지러이 쏟아내고 있다.

하지만 흥분해서 마구잡이로 뿜어대는 장력이기에 오히려

피하기는 더 쉬웠다.

"헉헉헉. 쥐새끼."

"쳇. 폭력광개."

소천걸은 쉬지 않고 움직이던 손을 멈추고 잠시 숨을 몰아쉬었다. 지금까지 계속해서 장력을 쏟아냈으니 지칠 만도 했다. 하지만 환우는 그때 역시 놓치지 않고 한마디를 했다. 그 말에 소천걸의 눈썹이 꿈틀한다.

"이 쥐새끼 놈. 내가 지금까지는 네놈의 격장지계에 넘어가 미친 듯이 날뛰었다만 이제는 쉽지 않을 것이다."

달랐다. 잠시 숨을 몰아쉬는 사이 마음을 가다듬은 것일까? 소천걸의 눈이 매섭게 빛났다. 조금 전처럼 앞뒤 안 가리고 마구 장력을 뿌려대던 것과는 달랐다.

"칫."

환우도 그런 소천걸의 기색을 느끼고 있었다.

"흐흐흐. 본 방주를 능멸한 대가를 반드시 치르게 할 것이다. 어디 본 방의 강룡십팔장(降龍十八掌)을 받아보거라."

음침한 웃음과는 달리 소천걸의 눈은 깊게 가라앉았다. 하지만 여전히 붉게 물든 얼굴이 그가 흥분을 완전히 가라앉히지 않았음을 보여주었다.

환우의 두 눈에 긴장이 어렸다.

"타핫!"

우렁찬 기합 소리와 함께 소천걸의 신형이 번득이며 움직인다. 그와 함께 그의 양손이 현묘한 변화를 보이며 어지러이 움직였다. 그의 손바닥 끝에서 강맹한 장력이 쏟아져 나온다. 마구잡이로 떨쳐 내던 조금 전의 그것과는 차원이 달랐다.

환우는 어지러이 발을 놀렸다. 하지만 스치지도 못했던 조금 전과는 달리 환우는 그야말로 아슬아슬하게 피하고 있었다. 옷자락 여기저기에 장력의 흔적이 남는 것이 여간 위태한 것이 아니다.

"어쩔 수 없군."

긴장한 얼굴로 나직이 중얼거린 환우는 품에 손을 넣었다. 그의 손에 딸려 온 것은 나무로 정교하게 깎은 목단검 두 자루였다.

"받아랏!"

품에서 단검을 꺼내느라 약간 지체한 사이 소천걸은 환우의 정면에 나타나 엄청난 기세의 장력을 환우를 향해 뿜어냈다.

"가랏!"

그와 동시에 환우의 오른손에서 두 자루의 목단검이 날아갔다.

쾅! 콰쾅!

장력과 단검이 부딪치며 요란한 폭음이 터졌다.

"헉헉헉. 위험했다."

소천걸이 날린 장력의 위력은 엄청났다. 두 개의 벼락을 던졌기에 겨우 막을 수 있었지, 만약 하나의 벼락만을 던졌더라면 고스란히 당할 뻔했다.

"크음. 과연, 그분의 제자라는 건가. 이게 손으로 던지는 벼락이라는 거지."

환우의 반격에 가슴 답답한 신음을 흘린 소천걸은 환우를 바라보았다.

원래 소천걸이 입고 있는 것이 다 해진 거지 옷이었지만 그나마 몸을 가리고 있던 그 넝마는 이제 더 이상 옷의 구실을 못할 것 같았다.

환우 역시 상태가 썩 좋은 편은 아니었다. 입고 있는 청삼 여기저기가 찢어져 속살이 드러나 있었다.

"쳇. 비싼 것은 아니지만 산 지 얼마 되지도 않은 옷인데."

환우는 자신의 옷 이곳저곳을 살피며 투덜거렸다. 등에 멘 봇짐에 여벌 옷이 있긴 하지만 그래도 입고 있는 옷이 찢어진 것이 안타까웠다.

"아."

환우는 서둘러 등에 멘 봇짐을 살폈다. 다행히 봇짐은 무사했다. 봇짐마저 옷과 같은 꼴이 났으면 환우는 그야말로 아는 이 하나 없는 타국 땅에 맨몸으로 던져진 것이나 다름없었을 것이다.

그런 환우의 행동을 지켜보는 소천걸의 두 눈에는 은은한 경악이 어려 있었다.

그의 눈은 환우를 보고 있지 않았다. 정확히 환우의 양 어깨 위에 떠 있는 두 개의 목단검을 뚫어져라 처다보고 있었다.

"으음… 이기어검이란 말인가……."

소천걸의 목소리가 떨렸다.

그러고 보니 오십 년 전의 전설이 떠올랐다.

일수에 열 줄기의 벼락으로 화해 마교 교주의 몸을 꿰뚫었던 열 개의 단검은 그분의 몸 주위에 둥둥 떠 있었다고. 그리고 의지를 가진 듯 그분을 향해 덤벼드는 마교도들을 향해 날아갔다 돌아왔다고.

열 개의 벼락이라는 말이 너무나 뇌리에 강하게 인식되어 있어 잠시 잊고 있었던 전설의 일부였다.

"당신, 운 좋았어. 이 봇짐까지 상했으면 난 절대 참지 않았을 거야."

봇짐을 다시 등에 멘 환우는 소천걸이 어떤 얼굴을 하고 있는지와는 상관없이 자신이 할 말을 했다.

"봇짐? 봇짐이 어쨌다고? 허허허."

허탈했다. 이기어검으로 두 개의 목단검을 허공에 띄워놓은 이가 한다는 말이 봇짐이 무사해서 다행이라니.

"좋아. 이번에는 각오 단단히 해라. 내 이번에는 그 봇짐을 갈가리 찢어버릴 테니까."

조금 전 받은 충격은 모두 회복되었다. 소천걸은 강룡십팔

장의 기수식을 취하고는 환우를 노려보았다. 그의 기세는 더욱 거세게 타올랐다.

"쳇."

환우는 품에서 나머지 여덟 자루의 목단검을 모두 꺼내 허공으로 던졌다. 그러자 그 여덟 자루도 환우의 몸 주변에 일정한 방위를 점하고 떠 있었다.

모두 열 자루의 목단검.

그것들은 환우의 수신호위라고 된 듯 상대가 공격해 올 방위를 적절히 차단하는 곳에 떠 있었다.

"항룡유회(亢龍有悔)!"

소천걸의 손바닥이 앞으로 뻗어 나온다.

"일뢰(一雷)!"

동시에 환우의 외침이 터졌다. 그 외침과 함께 열 자루의 목단검 중 한 자루가 벼락으로 화해 앞으로 튀어나갔다.

쾅!

"비룡재천(飛龍在天)!"

소천걸이 몸을 틀어 아래로 숙이더니 위로 장을 쳐올렸다.

"삼뢰방(三雷防)!"

환우가 손바닥을 내밀며 외친다. 그 동작에 따라 세 자루의 단검이 벼락으로 화해 환우가 가리킨 지점으로 날아가 서로 부딪친다. 한 점에서 세 개의 벼락이 모여 벼락으로 만들어진 둥근 막이 만들어졌다.

콰쾅!

"치잇."

연이은 두 번의 공격을 환우가 어렵지 않게 막아내자 소천걸은 개방의 독문 보법인 취팔선보의 방위를 밟아 몸을 움직이며 환우의 측면에서 짓쳐들었다.

휙휙!

그 순간 환우의 주위에 떠 있던 여섯 자루의 목단검 중 두 자루가 소천걸을 향해 날카롭게 날아갔다. 그리고 그사이 앞선 소천걸의 공격을 막기 위해 날려 보냈던 네 자루의 목단검이 제자리를 찾았다.

소천걸은 몸을 뒤로 젖힌 후 옆으로 틀면서 자신을 향해 날아온 두 자루의 목단검을 피했다. 그 과정에서 환우를 향해 다가가는 속도는 전혀 줄지 않았다.

그 기세 그대로 소천걸은 환우에게 짓쳐들면서 장을 뻗었다.

"용전어야(龍戰於野)!"

두 손바닥이 휘돌며 앞으로 뻗어 나온다.

"칫."

순식간에 접근해서 날린 회심의 일격이어서일까, 환우는 미처 목단검으로 대응하지 못하고 몸을 뒤로 뺐다. 몸을 살짝 튼 후 뒷걸음질로 일단 간격을 벌렸다.

"오뢰방!"

간격이 만들어졌다 생각하자 환우의 외침이 다시 터졌다.

그러자 이번에는 다섯 자루의 목단검이 한 점에서 다섯 방향으로 벼락 줄기를 남기며 날아갔다. 조금 날아가서 멈춘 목단검은 여전히 벼락이었고 그 다섯 방위는 다시 벼락으로 연결되며 오각형의 방패가 만들어졌다.

"쳇. 이 무슨 사술이냐!"

눈앞의 벼락의 방패에 부딪쳐 득 볼 것 없다는 것을 두 번의 격돌로 몸서리치게 겪은 소천걸은 뻗어나가는 초식의 방향을 틀었다.

"육룡어천(六龍御天)!"

방향을 틀었다 싶은 순간 몸을 뒤틀며 아래로 꺼지는가 싶더니 어느새 다른 초식으로 바뀐 소천걸의 쌍장은 환우가 만들어낸 벼락의 방패가 막지 못하는 방위에서 환우를 향해 날아갔다.

"오뢰!"

자신을 향해 날아오는 소천걸의 장력이 심상치 않음을 느낀 환우는 남아 있는 목단검 전부를 날렸다.

다섯 자루의 목단검은 벼락으로 화해 온몸을 꿈틀거리며 소천걸의 장력에 부딪쳐 갔다.

휙.

소천걸은 자신을 향해 다섯 개의 벼락이 날아오자 미련없이 취팔선보의 수법으로 피했다. 부딪치면 손해라는 것을 이미 겪어보지 않았던가.

콰콰쾅! 콰쾅!

소천걸이 피한 다섯 개의 벼락은 동굴 벽에 부딪치며 요란한 폭음을 만들어냈다.

"잠룡물용(潛龍勿用)!"

그사이 다시 한 번 환우에게 접근한 소천걸의 오른쪽 손바닥이 부드러운 호선을 그리며 앞으로 뻗어나갔다.

"으음."

"크으."

서로를 노려보는 두 사람.

소천걸의 우장은 정확히 환우의 왼쪽 가슴 한 치 위에 멈춰 있었다. 하지만 그는 더 이상 움직이지 않았다. 소천걸의 턱 한 치 아래에서 요사스러운 빛을 발하고 있는 단검.

지금까지 환우가 날린 목단검이 아닌 잘 벼려진 단검이었다. 조금만 닿아도 당장에 살을 갈라 버릴 것만 같은 예리한 기세.

환우가 단 한 자루 가진 용아천뢰검이었다.

두 사람은 조금도 움직이지 않고 서로를 노려보았다.

동굴에 정적이 내려앉는다.

쉬지 않고 울리던 폭음이 한참 동안 들리지 않자 후개가 힐끔 동굴 안으로 머리를 디밀어본다.

"아!"

그는 자신의 눈앞에 펼쳐진 모습에 짧은 탄성을 터뜨렸다. 그 탄성에 나머지 두 사람도 동굴 안을 살폈다.

"흐음……."

"어허!"

청풍개와 철혈개. 두 사람은 자신들의 눈앞에 펼쳐진 광경을 믿을 수 없었다.

방주와 저 건방진 해동에서 온 청년이 동수를 이루고 있었다. 비록 방주가 방주만이 익힐 수 있는 개방의 진산절학, 타구봉법을 사용하지 않았다고 하지만 상대 역시 용아천뢰검이 아닌 나무로 만든 단검으로 자신의 무공을 펼쳤다.

세 사람의 시선이 자신들 둘을 향하고 있다는 것을 깨닫자 둘은 약속이라도 한 듯 한 걸음 뒤로 물러섰다. 덕분에 세 치였던 거리는 한 보 세 치로 늘어났다.

둘은 동시에 천천히 손을 늘어뜨렸다.

둘의 눈은 여전히 매섭게 서로를 노려보고 있다.

"푸, 푸하하하하."

"크, 크하하하하."

둘은 누가 먼저랄 것도 없이 웃음을 터뜨렸다. 청풍개를 비롯한 세 사람은 그 모습을 멀뚱히 바라만 볼 뿐이다.

"자네, 대단한 실력이군. 아직 약관도 채 안 된 나이에 나와 동수를 이루다니 말이야. 과연 그분의 제자일세, 제자야."

"방주야말로 실력이 제법이슈. 내가 열 자루의 벽조목검을 모두 꺼내고 또 한 자루의 용아천뢰검까지 사용해서야 겨우 동수라니.”

두 사람은 서로의 실력에 감탄했다. 흥분으로 시작해 감정의 부딪침으로 전개된 싸움이었으나 어느새 둘은 서로의 실력에 흠뻑 빠져 버린 것이다.

“하하하. 설마 내가 돌려준 용아천뢰검에 내 목을 위협당할 줄이야.”

환우가 내린 오른손을 바라보며 소천걸은 기껍게 웃었다.

“나야말로 황당하오. 그 정도 실력이 있으면 직접 나서서 마교를 잡을 것이지 왜 나를 시키려고 하오?”

“응? 그거? 난들 아나. 소림의 방장 대사께서 그러자고 하시니 그렇게 하기로 한 거지. 그분이 그런 말씀을 하셨다면 무언가 생각이 있으신 걸 테니까 말이야. 누가 뭐라 해도 그분은 현 무림의 살아 있는 활불이시니 말이야.”

조금 전에는 분명 환우가 하기 싫다고 하자 불같이 화를 냈었다. 하지만 지금은 환우의 핀잔에도 소천걸은 자기는 상관없다는 듯 대수롭지 않게 말하고 있다.

그 모습에 철혈개가 얼굴을 감싸 쥐고 고개를 저었다.

“하아, 또 도지셨군.”

이어서 나오는 나직한 한숨. 청풍개 역시 철혈개와 같은 심정이라는 듯 땅만 바라보고 있었다.

개방 방주 소천걸.

그는 여러모로 강호에서 유명한 인물이다.

나이, 무공, 성격.

이 세 가지 면에서 그는 상당히 화려한 전력을 자랑했다.

일단 삼십대의 젊은 나이에 구파일방의 하나인 개방의 방주를 맡았다는 것으로 화제가 되었고, 또한 방주의 위치에 어울리는 능력을 보여줘서 사람들을 또 한 번 놀라게 만들었다.

삼십대의 나이에 개방 방주의 위치에 있으며 그 무력 역시 매우 뛰어나 그는 우내오천의 바로 아래라는 구주십강(九州十强)의 한 자리를 당당히 차지하고 있었다. 전통적으로 무공이 약한 개방으로서는 이례적인 일이었다.

하지만 그는 그 뛰어난 능력보다도 특이한 성격으로 더 유명했다.

폭력광개라는 별호에서 알 수 있듯이 그는 한 번 흥분하면 눈에 보이는 것은 모조리 때려 부숴야 직성이 풀리는 성미였다. 그 대상이 물건이든 사람이든 동물이든 가리지 않았다. 일단 자신을 흥분하게 만든 대상을 박살을 내야 했다. 또한 그 무력이 출중해 한번 눈이 돌아갔다 하면 말릴 사람이 없었다.

덕분에 정파의 기둥이라는 구파일방 중 일파의 방주의 별호에 '광(狂)' 자가 들어간 것이다. 본인으로서도 가히 기분 좋은 것은 아니었다.

때문에 소천걸은 스스로 협의신개라는 거창한 별호까지

만들어 주변 사람에게 떳떳이 그 별호를 말하고 다니는 철면의 신공까지 구사했다.

자신이 스스로 초래한 별호임에도 그는 자신의 진정한 별호를 들으면 흥분한다. 그 불같은 성격 때문에 지어진 별호에 또다시 성난 황소같이 흥분하는 것이다.

그러니 어찌 성격이 특이하다 하지 않을 수 있을까.

그 모습에 방주가 속이 좁아 큰일이라 걱정하는 방도도 제법 있다는 소문이 돌 정도다.

하지만 소천걸은 스스로를 호인이라 생각한다. 그리고 그 생각은 맞는 편에 속한다. 그가 흥분하지만 않는다면 말이다.

게다가 일단 마음에 드는 상대가 있으면 그는 정말이지 호인, 아니, 무골호인이라는 말이 어울리는 사람으로 돌변한다. 그리고 그의 마음에 드는 기준은 무공이다.

개방의 방주 중 이례적으로 구주십강에 들 정도로 뛰어난 무공 실력에서 알 수 있듯 그는 엄청난 무공광이다. 그런 만큼 강한 상대를 좋아했다.

"강하면 용서된다."

그가 종종 내뱉는 말이다. 생각없이 한 말 같지만 그것은 그의 중요한 인생 철학 중 하나였다. 그는 정말로 그 말대로 행동한다.

지금은 환우가 바로 그 범주에 속했다.

환우는 강해서 용서받은 것이다.

물론 그것은 어디까지나 소천걸만의 생각이다.

'쩝. 실전다운 실전을 경험하게 해줬으니 봐준다.'

소천걸의 목 앞에 드리웠던 용아천뢰검을 치울 때 환우가 했던 생각이다.

"그런 재미없는 이야기는 이만 하고, 자네가 아까 보여준 그 일 수 말이야. 대단하더군. 어찌 그 어린 나이에 벌써 이기어검을 펼칠 경지에까지 올랐는가? 그것도 무려 열 자루나 되는 단검을?"

손을 휘휘 저은 후 무공 이야기를 시작하는 소천걸의 눈이 반짝반짝 빛났다.

"이기어검? 그게 뭐요?"

환우는 오히려 소천걸의 말을 알아듣지 못하겠다는 듯 고개를 갸웃거리며 되물었다.

소천걸의 입에서 이기어검이라는 이야기가 나왔을 때 경악한 얼굴로 환우를 바라보던 세 사람은 환우의 대답에 어이가 없었다. 어찌 무인으로서 꿈의 경지라는 이기어검을 모를 수 있단 말인가.

"응? 이기어검을 모른단 말인가?"

"그렇소. 이곳에 와서 처음 들은 말이오."

환우의 대답에 소천걸의 얼굴이 딱딱하게 굳었다. 그가 무슨 고민이 있을 때 보이는 특유의 표정이었다.

"알 수 없군. 내가 본 그것은 분명 이기어검의 수법이었는데 말이야."

나직한 혼잣말.

"방주, 그게 대체 무슨 말씀이시오?"

두 사람의 대화에 참다못한 철혈개가 끼어들었다. 그제야 소천걸의 시선이 철혈개를 비롯한 세 사람에게로 향했다.

"응? 언제 들어오셨습니까, 싸움이 시작될 때는 부리나케 나가셨던 분들이?"

소천걸의 핀잔에 청풍개와 철혈개는 딴청을 피웠다. 하지만 두 사람의 눈만은 소천걸이 조금 전 한 말에 대한 호기심으로 가득했다.

"신 소협 이 친구가 제 눈앞에서 이기어검으로 보이는 수법으로 저의 강룡십팔장을 막았습니다. 정말로 검이 의지를 지닌 듯 날아다녔지요. 그것도 열 자루나 되는 검이요. 아, 장검이 아닌 단검이었습니다. 나무로 만든."

소천걸의 말에 청풍개는 고개를 끄덕였다. 다른 건 몰라도 나무로 만든 단검은 그도 보지 않았던가. 나무로 만든 벼락을 뿌리는 그 모습을 아직도 잊을 수 없었다.

"저거요?"

그때 후개가 무언가를 손으로 가리켰다. 그의 손끝에는 어느새 몸을 움직인 환우가 바닥에 떨어진 열 자루의 목단검을 주섬주섬 챙기고 있었다.

"허."

철혈개는 절로 허탈한 한숨이 나왔다.

방주와 장로와 개방의 법개가 있는 대개방의 총타에서 주변에 대한 배려 없이 저렇듯 제멋대로인 행동이라니.

"자네 이기어검을 모른다고 했지?"

철혈개의 물음에 잠시 시선을 땐 사이 기척도 없이 움직인 환우에게 소천걸이 다시 확인하듯 물었다. 환우는 귀찮게 왜 자꾸 묻느냐는 빛이 역력한 얼굴로 고개를 끄덕였다.

"이기어검. 말 그대로일세. 기로써 검을 뜻대로 조종하는 거지. 내공이 극에 이르고 검에 대한 깨달음을 얻은 고수가 자신의 내력으로 검을 완전히 지배하여 검을 굳이 잡고 있지 않더라고 기로써 자신의 의지대로 검을 마음대로 움직이는 고명한 수법이야."

소천걸은 어쩌면 환우가 이기어검이라는 말만 모를 뿐 그가 사용한 수법은 이기어검의 그것과 같을지도 모른다고 생각했다. 중원에서 이기어검이라고 부른다고 해동에서도 꼭 그렇게 부른다는 보장은 없었다. 그것에 생각이 미친 소천걸은 정성껏 설명하고 기대에 찬 눈으로 환우를 바라보았다.

"으음. 그것참 번거롭고도 귀찮은 방법이오."

환우는 한심하다는 얼굴로 말했다.

그 말에 대한 반응은 대번에 터져 나왔다.

환우를 보고 있던 네 사람의 입은 모두 한껏 벌어져 있었고 안구는 앞으로 툭 튀어나와 있었다.

건방진 것도 이 정도면 건방진 것이 아니라 광오한 것이다. 아니, 광오하다는 말로도 모자랐다. 그렇다. 미친 것이다. 눈앞의 이 건방진 녀석은 미친 것이 틀림없다.

철혈개는 그렇게 생각했다.

"그, 그게 어째서 번거롭고도 귀찮다는 것이냐?"

가장 먼저 정신을 차린 이는 청풍개였다. 아무래도 범어사에서 이곳까지 환우와 동행했기에 환우의 성격에 대해 어느 정도 내성을 기른 덕이리라.

하지만 그런 그의 목소리도 떨리고 있었다. 환우의 광오함에 대한 어이없음과 분노가 섞인 떨림이다.

"번거롭고 귀찮고말고요. 세상에 널린 것이 기이거늘, 왜 자신의 몸에 구태여 기를 쌓고 또 그걸 뽑아내서 그걸로 검을 움직입니까? 그냥 주변에 널린 자연의 기를 이용해서 움직이면 되잖아요."

점입가경이다.

환우는 말도 안 되는 소리를 너무나 당연하다는 듯하고 있었다.

청풍개와 철혈개는 아예 체념한 표정으로 환우를 바라보았다. 상태가 이 정도면 포기하고 놔두는 것이 낫다고 생각한 것이다.

하지만 소천걸은 두 눈을 빛냈다. 환우가 한 말에서 무언가 깊고도 깊은 무의 경지를 느낀 것이다.

“치호야.”

“네.”

갑작스런 사부의 엄숙한 부름에 후개 장치호는 공손히 대답했다.

“들었느냐?”

“네?”

“신 소협의 말을 들었느냐?”

“아, 네.”

“가슴 깊이 새겨두거라. 그리고 매일 깊이 생각하고 되뇌어라.”

“네.”

영문을 알 수 없는 말이지만 하늘 같은, 아니, 하늘인 사부께서 평소 좀처럼 보이지 않는 진중한 모습으로 내리는 가르침이다. 장치호는 허리를 깊숙이 숙이며 공손한 자세로 대답했다. 소천걸은 그 모습을 흐뭇하게 바라보았다.

소천걸 자신과는 다른 진중하고도 침착한 그 모습에서 그는 개방의 밝은 미래를 본 것이다.

“자네, 말로 하는 거야 쉽지. 세상이 자연의 기로 가득 찼다는 것을 누가 모르겠는가. 다 아네. 하지만 그것을 뜻대로 움직이려면 일단 그 기와 하나가 되어야 해. 그 가장 쉬운 방법이 호흡을 통해 기를 받아들여 몸에 쌓는 것이지. 한데 자네는 그런 과정이 오히려 번거롭고 귀찮기만 한 것이란 말인가?”

흐뭇한 얼굴로 자신의 제자를 바라보던 소천걸은 시선을 다시 환우에게로 향해 질문을 던졌다.

장치호는 사부의 말이 있었기에 진지한 얼굴로 환우의 입을 바라보았다. 그 입에서 나오는 대답을 한 글자도 놓치지 않겠다는 각오로 환우를 향해 귀를 쫑긋 세웠다.

“의지요. 의지로 움직이는 것이오. 물론 몸에 기를 쌓는 것보다야 어렵겠지만 그건 처음뿐이오.”

환우는 짧게 대답했다.

소천걸은 환우의 대답에 고개를 끄덕인다.

“그렇군. 의지란 말이지.”

소천걸은 환우의 대답을 음미하며 깊은 생각에 잠겼다.

사실 지금 환우는 소천걸에게 엄청난 기연을 베푼 것이다. 쉽게 접근할 수 없는 무의 이치를 아무렇지도 않게 지나가듯 이야기해 준 것이다.

의지로 자연의 기를 움직인다.

그것은 중원의 무학과는 그 시작부터 달리하는 범어사의 무의 시작이요, 끝이었다.

“과연 의지만으로 자연의 기가 움직일까?”

잠시 후 소천걸이 다시 환우에게 물었다. 그의 두 눈은 새로운 무의 이론에 대한 배움의 욕망으로 가득했다.

“쳇. 너무 날로 먹으려는 거 아니오?”

하지만 돌아온 환우의 대답은 소천걸이 원하는 그것이 아니었다. 환우의 대답에 소천걸은 멀뚱거리며 그를 바라보았다.

일순 정적이 내려앉았다.

"우하하하하하!"

정적을 깬 것은 소천걸의 호탕한 웃음소리였다.

"그렇지, 그래. 내가 너무 날로 먹으려고 했구만 그래. 하하하하하."

무엇이 그렇게 기분이 좋은지 소천걸은 정말로 유쾌하게 웃었다. 철혈개는 모두지 이해할 수 없다는 얼굴로 그런 방주를 쳐다보았다.

청풍개는 알 듯 말 듯하다는 얼굴로 고개를 갸웃거리고 있었다. 무언가 잡힐 듯 잡히지 않고 보일 듯 보이지 않는 그런 안타까운 상황이 절절히 그 얼굴에 드러나 있었다.

장치호는 사부와 환우의 대화를 머릿속에서 계속 반복해 되뇌고 있었다.

"자, 편히 앉지. 언제까지 이런 자세로 서서 대치하고 있는 것도 좀 그렇지 않나?"

그러고 보니 이제 싸움도 끝났고 분위기도 많이 누그러졌는데 두 사람의 위치는 싸움이 끝났을 때 대치한 그대로였다. 벽조목검을 모두 회수한 환우가 원래의 위치로 돌아가 처음의 자세 그대로 서 있었던 것이다.

소천걸은 싱긋 웃으며 말한 후 한 발 앞으로 나간 후에 그 자리에 털썩 주저앉았다.

"자, 자네도 앉게. 누추해 보이지만 이곳만큼 편한 곳도 없다네."

소천걸은 자신의 맞은편 바닥을 손바닥으로 탁탁 쳤다.

그 모습에 피식 웃은 환우는 역시 한 발 앞으로 걸음을 옮긴 후 바닥에 털썩 주저앉았다.

"치호야, 너도 이리 오너라."

사부의 부름에 장치호는 사부의 곁으로 가 무릎을 꿇고 앉았다.

"두 분은 무엇 하시는 겁니까? 이렇게 좋은 자리에. 자, 어서 앉으시죠."

청풍개와 철혈개는 방주의 손짓에 얼떨결에 그 곁에 앉았다. 하지만 철혈개의 얼굴에는 탐탁지 않다는 빛이 역력했다.

"자네, 내가 너무 날로만 먹으려 한다고 했지?"

"그렇소."

은근한 얼굴의 소천걸의 물음에 환우는 조금은 퉁명스레 들릴지도 모르는 어조로 대답했다.

"분명 자네한테서 많은 것을 받았어. 처음에 미쳐 날뛰기만 하고선 말이야. 후훗."

소천걸의 입가에 미소가 걸린다.

"하지만 말이야. 난 날로 먹는 거 별로 안 좋아한다네. 날로 먹은 건 체하는 법이거든.”

환우가 소천걸을 지그시 바라보았다. 어서 다음 말을 하라는 것이다. 아니, 정확히는 ‘그럼 대가로 뭘 내놓을 건데?’ 라는 뜻이 노골적으로 드러나 보이는 눈빛이다.

“자네 올해 나이가 몇이지?”

“열아홉이오.”

“난 서른일곱이네.”

“…….”

“난 서른일곱이네.”

환우가 아무런 말이 없자 소천걸은 한 번 더 말했다.

“그래서 어쩌란 말이오?”

퉁명스러운 목소리.

“자네 나와의 나이 차만을 생각한다 하더라도 말이 좀 짧은 거 같지 않은가?”

“그게 무슨 상관이오?”

“그래, 상관없지. 자네는 강하니까. 그럴 자격이 있어. 암, 있고말고. 하지만 아무리 그래도 개방 방주에게 그러는 것은 나는 몰라도 다른 강호 동도들의 눈에는 좀 그렇지. 아니, 동도까지 갈 필요도 없이 우리 방도들도 곱게 보질 않을 걸세. 당장 저길 한번 보게.”

소천걸이 가리킨 손가락의 끝에는 상당히 화가 났음을 여실히 보여주는 얼굴의 철혈개가 있었다.

"협박하는 거요?"

여전히 환우의 목소리는 퉁명스러웠다. 그 말에 철혈개의 얼굴이 더욱 험악하게 변했음은 말할 것도 없었다.

"아니, 아니지. 난 강한 무인을 좋아하네. 그리고 다시 말하지만 자네는 강해. 그런데 내가 왜 자네를 협박하겠나. 난 상관없다고 하지 않았나. 하지만 세상은 자네와 나 둘만 사는 곳이 아니지. 세상의 눈이라는 것이 있어. 그리고 그 눈은 자네의 그런 행동을 별로 마음에 들어하지 않을 걸세. 그래서 내가 세상도 자네의 그런 행동에 어찌하지 못하게 만들어주려는 걸세. 그 정도면 나도 자네에게서 받은 것들을 날로 먹는 게 아니지 않은가?"

소천걸의 말이 끝나자 환우는 고개를 살짝 끄덕였다. 그의 말이 일리가 있었다.

그렇다고 환우가 세상의 눈을 신경 쓰는 것은 아니었다. 하지만 귀찮았다. 환우는 귀찮은 것은 질색이다. 지금 소천걸이 그런 귀찮음을 제거해 주겠다 하고 있다.

"어떻게 말이오?"

환우가 흥미를 보이자 소천걸이 은근한 웃음을 머금었다.

"어떤가? 그 정도면 되겠는가?"

"일단 말해보시오."

조금은 누그러진 음성으로 환우가 말했다.

"치호야."

그런 환우의 반응에 소천걸은 후개를 조용하지만 엄숙한 목소리로 불렀다.

"네, 사부님."

"인사드려라. 네 사숙님이시다."

짧고 간결한 말.

그 말에 잠시 동안 치호는 영문을 알 수 없다는 얼굴로 자신의 사부와 환우를 번갈아 보았다. 하지만 치호는 성실하고 착한 제자다. 사부의 명에 대한 혼란도 잠시였다.

치호는 곧 환우를 향해 넙죽 엎드리며 절을 했다.

"제자 장치호가 사숙님을 뵙습니다."

공손하고 예의 바른 인사다.

"방주!"

그 모습에 철혈개가 벌떡 일어나며 소리를 질렀다.

환우는 갑작스러운 사건의 전개에 멍한 얼굴로 자신의 앞에 있는 사람들을 바라보았다.

"왜 그러십니까, 법개?"

철혈개의 반발에 소천걸은 태연한 얼굴로 그를 바라보았다.

"대체 이게 무슨 경우입니까?"

철혈개의 목소리가 동굴을 가득 채웠다.

"뭐긴 뭐란 말입니까? 방금 말한 대로입니다. 지금부터 신소협이 치호의 사숙인 거지요."

“어찌 개방의 제자를 그런 식으로 들일 수 있습니까? 개방의 법개로서 절대 허락할 수 없습니다.”

철혈개는 단호한 얼굴로 말했다.

“아니, 내가 의동생을 받아들이는데 왜 법개의 허락을 받아야 합니까?”

철혈개의 말에 소천걸은 영문을 알 수 없다는 듯 말했다.

그 말에 철혈개의 얼굴이 묘하게 변했다.

“잠깐.”

그때 환우의 목소리가 울렸다.

철혈개와 소천걸의 시선이 동시에 환우를 향했다.

“왜 그러는가?”

소천걸의 물음에 환우가 그를 지그시 바라본다.

“험험.”

환우의 시선에 켕기는 것이 있었음인가. 괜한 헛기침을 하면서 환우의 눈을 똑바로 바라보지 못하고 있었다.

“방주는 나에게서 받은 것을 날로 먹는 것이 아니라는 것을 보이기 위해 대가를 주겠다고 했죠?”

“그렇네.”

“그리고 그 대가가 내가 방주의 의동생이 되는 거란 말이고요.”

“그렇지.”

환우의 확인에 소천걸은 고개를 끄덕이며 대답했다.

“싫습니다.”

“그래, 잘 생각… 응? 뭐라고?”

당연히 환우가 승낙할 거란 생각에 말을 잇던 소천걸은 두 눈을 크게 뜨며 환우를 다시 보았다.

“싫다고 했습니다.”

“뭐야? 자네 지금 싫다고 했나? 대개방 방주의 의동생이 되는 일인데 싫다고 했나!”

소천걸이 뭐라 하려는 찰나 옆에 있던 철혈개에게서 노성이 터져 나왔다. 환우를 곱게 보지 않아 환우가 치호의 사숙이 되는 것을 본인을 앞에 두고 대놓고 반대했던 그다.

그런데 환우가 방주의 의동생이 되는 것을 거절하자 또 철혈개는 잔뜩 분노해 환우를 바라보고 있다.

환우가 철혈개를 멀뚱히 바라본다.

“저, 노인장은 내가 개방이라는 곳에 들어오는 것을 싫다 하지 않았소? 그런데 안 들어가겠다는데 왜 또 성질이오?”

환우는 정말 알 수 없었다.

다른 사람이라면 몰라도 그는 자신이 개방에 연을 맺는 것을 싫어했으니 자신의 거절에 웃음을 지어야 했다. 그런데 도리어 화를 내고 있으니 말이다.

“자네는 대개방이 아무나 들어가고 싶다면 들어갈 수 있는 곳인 줄 아나?”

“아무 거지나 다 들어가는 곳 아니었소?”

분노한 철혈개의 물음에 환우가 별거 아니라는 투로 대답한다.

"아무 거지나 들어올 수 있는 곳 아니네! 거지 중에서도 정의감을 가지고 협을 실천할 수 있으며 정대한 심성을 가진 재능있는 거지만 들어올 수 있는 곳이네."

"그래 봐야 거지 아니오?"

"컥……."

개방의 방도가 되기 위한 엄격한 조건을 자랑스러운 얼굴로 설명하던 철혈개는 환우의 대답에 뒷목을 잡고 휘청거렸다. 그랬다. 개방이 아무리 대단한 방파면 뭐 하나, 그래 봐야 거지인 것을.

"혹시 그것 때문에 그러는 것인가?"

환우의 말에 소천걸이 은근히 묻는다. 지금 그의 눈에 충격과 분노로 온몸을 부들부들 떨고 있는 철혈개는 들어오지 않았다.

"아니오. 의형이 거지라고 의동생이 거지라는 법은 없으니 말이오."

자신이 하려던 말을 미리 하는 환우의 모습에 소천걸은 난감한 얼굴을 했다.

"그러면 무엇 때문에 그러는가?"

"바, 방주."

소천걸의 태도에 철혈개가 부들부들 떨리는 목소리로 입

을 연다.

"대체, 우리 대개방이 무엇이 아쉬워 저런 싸가지없는 자식을 의동생으로 삼으려는 것이오? 보통의 무림인이라면 방주의 의동생 자리라면 넙죽 엎드려 감사할 것이오. 그런 자리를 저딴 식으로 거절하는 싹수없는 놈에게 애걸하다시피 주려는 의도가 뭐요?"

흥분한 철혈개는 환우에게 삿대질까지 하며 방주에게 자신의 의견을 토해냈다.

결국 그의 본심은 그것이었다. 마음에 들지도 않는 녀석이 보통 사람이라면 눈물을 흘리며 감동하면서 승낙했어야 할 것까지 차버렸다. 환우의 그런 행동이 대방파의 방도라는 철혈개의 자존심을 자극한 것이다. 마음에 들지 않아 방도로 들이고 싶지 않지만 막상 그 당사자가 방도로 들어오는 것을 거절하면 자신의 방파가 무시당한 듯한 모욕을 느끼는 것, 대방파의 제자들만이 가지고 있는 오만한 자존심이다.

하지만 환우에게는 그런 것들은 상관없었다. 단 두 마디의 말만이 환우의 귀에 들렸을 뿐이다.

"뭐요? 싸가지없는 자식? 싹수없는 놈? 보자 보자 하니까 이 영감이… 당신, 이따가 봅시다."

"컥."

환우의 말에 철혈개는 다시 뒷목을 잡는다.

하지만 환우는 시선을 싹 돌리며 철혈개를 무시했다. 나중

에 보기로 했으니 지금은 저런 인간에게 신경 쓸 필요가 없다
는 태도다. 소천걸도 굳이 그런 철혈개에게 시선을 주지 않았
다. 그에게 지금 중요한 것은 환우를 의동생으로 삼는 것이었
다. 정말이지 환우가 그의 마음에 쏙 든 것이다.

"자자, 이야기를 다시 하지. 왜 내 의동생이 되기 싫은 것
인가?"

"방주는 나에게 대가를 주기로 한 것 아니오?"

"그렇지."

"그러면 대가를 줘야지 왜 또 날로 먹으려 하시오? 그러니
싫은 거요."

치호는 그 말에 참으로 이해할 수 없다는 눈으로 환우를 바
라보았다. 자신의 사부의 의동생이 되는 것은 어느 모로 생각
해 보아도 눈앞의 신기한 사숙—소천걸이 그러라고 한 순간부
터 치호는 환우를 사숙으로 생각했다—에게 이득이 되는 일이
다. 그런데 방주가 날로 먹으려 한다니, 어린 그의 머리로는
도무지 이해할 수 없는 일이었다.

"개방 방주의 의동생이라는 신분은 무림에서는 어디를 가
나 인정받을 수 있는 자리네. 그런 자리를 자네에게 주는 것
인데 자네가 합당한 대가를 받는 것이 아니라 내가 날로 먹으
려는 것이라고?"

소천걸은 이해할 수 없다는 얼굴로 환우를 보며 묻는다.

"정말로 내 말의 의미를 몰라서 그러는 거요? 아니면 알면

서도 모르는 척 시치미를 떼는 것이오?"

"허허허. 무슨 말인지 모르겠군."

환우의 물음에 소천걸은 의뭉스레 웃었다.

"알면서 그러는 거로군."

소천걸의 대답에 환우는 무엇인가 마음에 안 든다는 듯 입술을 삐죽인다. 그 모습에 철혈개는 눈도 제대로 못 뜨고 뒷목을 붙잡고 온몸을 부들부들 떨었다. 하지만 누구도 그에게 시선을 주지 않았다. 청풍개도 장치호도 환우의 입을 바라보고 있었다.

"자, 보쇼. 내가 당신의 의동생이 되면 나는 개방의 사람이 되는 거 아니오?"

"아니지. 내 의동생이라고 꼭 개방의 사람이 되라는 법은 없지."

"사람 일이 그렇게 칼로 자르듯 되오? 의형이 있는 단체면 아무래도 더 이뻐 보일 수밖에 없지요."

"그거야 사람마다 다른 일이지. 꼭 그래야 한다는 법이 있는가? 어디까지나 인지상정이지."

"그 인지상정이라는 것이 오히려 더 무서운 것이오."

"크험."

환우의 지적에 소천걸은 또 괜한 헛기침을 한다.

"결국 당신은 나를 의동생으로 삼았다는 핑계로 개방에 유리한 쪽으로 부려먹으려는 것 아니오? 게다가 오십 년 전의 그 뭐냐? 그 대단한 고수의 제자기도 하겠다. 뭐, 나는 내 사부인 망아 스님이 그렇게 대단해 보이지는 않았지만 말이오. 어쨌든 당신 입장으로는 그곳에 줄도 하나 만들어두는 거 아니오. 내 중원 땅에 와서 보니 무림인이라는 이들이 내 사부를 생각하는 것이 보통 공경하는 것이 아니던데 당신은 나를 의동생으로 삼으면서 은근슬쩍 사부까지 엮으려는 거 같은데 내 말이 틀렸소?"

일장 연설과도 같은 긴 말을 끝낸 환우의 시선이 소천걸을 향했다. 하지만 소천걸은 시선을 돌린 채 딴청을 피웠다.

"대답을 좀 해보시지 그러오?"

"큼, 큼. 자네를 의동생으로 삼는다는 것에 그런 의미도 부여할 수 있겠군. 난 몰랐네그려."

"허!"

소천걸의 대답에 환우는 어이없다는 얼굴을 했다. 눈에 빤히 보이는 것을 아니라고 잡아떼니 상대는 생각보다 고단수였다.

"역시 거지들 왕초는 아무나 하는 게 아닌가 보오. 눈 뒤집혀 주먹 휘두르는 것만 아는 사람인 줄 알았더니 음흉한 구석까지 있으시오."

"어허. 이 사람, 말이 좀 심하네."

환우의 말에 소천걸은 짐짓 과한 반응을 보인다.

"됐소. 난 이곳에 더 볼일도 없으니 이만 가보겠소. 더 있다간 괜히 엮여서 쓸데없는 짐만 더 질 것 같소. 그럼 잘 있으시오."

환우는 엉덩이를 탁탁 털고는 미련없이 몸을 돌렸다.

"뭐, 자네가 정 가겠다면 어쩔 수 없네만……."

"빚은 기억하고 있을 거요. 그러니 날로 먹을 생각일랑 접으시오."

환우가 소천걸에게 던져 준 화두는 결코 작은 것이 아니다. 그 화두에 대해 궁구하여 깨달음을 얻으면 그는 분명 한 차원 높은 고수로 거듭날 수 있다. 환우는 그런 실마리를 주었으니 소천걸의 빚이 크다 할 수 있었다.

"허허, 자네 정말 확실하군. 알겠네. 내가 빚 하나 졌다 함세. 그리 알 테니 잘 가게나."

"잘 있으슈."

환우가 손을 흔들며 걸음을 한 발짝 옮겼다.

"그런데 자네 구대문파가 어디에 붙어 있는 줄은 아나? 그 용아천뢰검이라는 것을 찾으려면 그곳으로 가야 할 텐데."

소천걸의 말에 환우의 걸음은 한 발짝에서 멈췄다.

몰랐다. 이곳도 청풍개의 안내로 온 것이고 중원 지리라고는 전혀 몰랐다. 아니, 조선 땅에서도 동래현을 벗어난 적도 거의 없었다. 그 말인즉슨 홀로 장거리 여행을 해본 적이 없었다는 것이다.

"아, 노자는 있는가?"

없었다. 지금 입고 있는 옷도 청풍개가 사준 것이었고 중원 땅에 내려선 후에 돈은 청풍개가 모두 치렀다. 그때는 당연하다 생각했는데 지금 생각해 보니 거지가 그렇게 돈을 들고 다니는 것도 신기했다.

"음, 그리고 보니 구대문파 중 몇 곳에서는 아마 그 검을 아주 귀중히 여긴다지. 장문신물 다음가는 가치를 둔다고 들은 것 같네. 그래서 아주 꽁꽁 숨겨두거나 아예 어디를 가든 가지고 다닌다더군."

뒤이어 들린 말에 환우가 돌아섰다.

"그게 무슨 말이오?"

마지막에 들린 말은 묵과할 수 없었다. 어디 남의 물건을 가져다 날로 먹으려 한단 말인가. 자세한 내용을 알아야 했다.

"자네 잠시 용아천뢰검을 빌려주겠나?"

"여기 있소."

환우는 품 안의 가죽 검대에서 용아천뢰검을 뽑아 주었다.

"잘 보게."

용아천뢰검을 받아 든 소천걸은 그것에 내력을 주입했다.

우웅.

그러자 짧은 단검에서 세 척이 넘는 길이의 빛이 솟아올랐다.

"아아!"

그 모습에 치호가 감격에 찬 탄성을 질렀다.

"검강(劍罡)이라는 거네."

"거, 참 쓸데없는 짓이오."

환우의 말에 소천걸은 쓴웃음을 지었다. 이기어검을 쓸데없는 낭비라 칭하는 환우이니 당연하다면 당연한 반응이지만 한 명의 무인으로서 쓴웃음이 나오는 것은 어쩔 수 없었다.

"뭐, 자네한테는 그럴지 모르나 우리 중원의 무인들에게는 그런 것이 아니네. 검을 든 무인이라면 꿈에도 바라 마지않는 경지지."

환우는 고개를 끄덕였다. 그럴 수도 있겠다고 수긍한 것이다.

"그리고 나의 주 무기는 봉이네. 개방 방주의 신물인 타구봉을 쓰지. 그래서 검은 별로 익숙하지 못해. 즉, 나는 지금 검강을 처음 만든 것이라네."

그 말에 치호와 청풍개, 철혈개는 모두 놀랐다. 처음 검강을 만들었다면서 너무도 쉽게 만들었다.

"저들의 표정을 보게."

소천걸의 말에 환우의 시선이 그 세 사람을 향한다.

"자네는 모르겠지만 저들의 표정이 지금 내가 한 일이 얼마나 대단한 일인지 알려주는 것이지. 사실 처음 검강을 만들면서 이렇게 맑고 선명하며 명확한 형태로 이루어진다는 것은 어불성설이네. 보통 처음 검강을 만들면 불안정하기 짝이 없어. 사실 나도 보통의 검, 아니, 명검 축에 속하는 검을 사용했다 하더라도 검강을 당장 만들 수는 없네."

환우가 눈빛으로 소천걸의 말을 재촉한다.

"이 용아천뢰검이라 가능했네. 용아천뢰검이 가진 효용이지. 가진 자의 내력을 더 북돋아주는, 무인이라면 정말로 꿈에나 그리는 그런 효용이야. 당연히 각대문파에서 귀히 여길 수밖에. 이런 물건을 자네가 달란다고 순순히 줄지 의문이군."

소천걸의 말에 환우는 고개를 끄덕였다.

소천걸이 말한 그 효용은 환우도 익히 아는 것이다. 소천걸이 알고 있는 것은 사실과 조금 다른 데다 용아천뢰검의 능력의 일부일 뿐이다.

용아천뢰검.

뇌룡의 이빨을 뽑아 만든 검이다. 자연 검은 뇌기를 머금고 있으며 또한 용의 이빨인고로 스스로 자연지기를 불러 모으는 능력까지 있는 기검(奇劍)이다.

무인에게 있어서는 보물 중의 보물인 것이다.

'쩝. 아무튼 좋은 거라면 남의 것까지 날로 먹으려 하니.'

소천걸의 말에 환우는 앞으로의 고생길이 눈앞에 훤히 보였다.

"그래서 그 말을 하는 이유가 뭐요?"

"자네 지금 눈에 고생길이 훤히 펼쳐져 있지 않나?"

역시 소천걸은 음흉한 여우였다.

"그래서 뭐요?"

"내 의동생이 되면 그 고생길이 조금은 수월해진다는 말이지. 개방은 당금 무림에서 가장 많은 정보를 가지고 있네. 그러니까 다른 구대문파에서 몰래 꿍쳐 놓은 용아천뢰검의 소재 정도 알아내는 것은 손바닥 뒤집기보다 쉽다는 거지."

"바, 방주, 그, 그것은……."

소천걸의 말에 황급히 청풍개가 무어라 하려 했지만 소천걸은 손을 들어 청풍개를 제지했다.

"그런데 말이지, 우리 개방도 다른 구대문파와 한식구나 다름없는 구파일방이고 말일세, 그 정도면 각 문파의 일급 기밀에 속하는데 그런 정보를 아무한테나 줄 수 없지. 그래, 개방 방주의 의동생 정도면 그 자격이 충분하다 하겠군."

환우의 시선이 소천걸을 향한다. 소천걸은 여유있는 웃음을 짓고 있다.

"그 외에 또 얻는 것은?"

"음… 개방의 모든 방도를 마음대로 부릴 수 있네. 아, 법개와 오대 장로, 그리고 나는 예외일세."

"그리고?"

"정파의 명숙으로서 자리를 확고히 할 수 있지. 그래도 내 위치가 있는지라 단번에 배분도 확 오르지."

"배분은 내가 더 높을 것 같은데 말이오?"

무림의 배분. 중원 땅에 들어서 청풍개에게 들은 바가 있었다.

"웅? 아, 하긴 그렇긴 하네만. 그래도 무림이란 동네가 홀로 독야청청하는 것보다는 단체를 등에 업는 것이 훨씬 유리하네. 내가 내 입으로 이런 말을 하는 것도 좀 뭣하지만 집단전에서는 역시 쪽수로 다구리를 치는 게 최고 아니겠나? 무림인이라는 족속들이 의외로 비겁해서 자기 힘으로 안 되면 쪽수로 밀어붙이려고 하거든. 하하하하."

환우는 지그시 소천걸을 바라보았다.

이건 아무리 생각해도 자신이 밑지는 장사다. 분명 그랬다.

하지만 소천걸이 마지막에 말한 쪽수, 그 말에 살짝 마음이 동했다. 집단전은 쪽수다. 환우 자신의 생각도 그랬으니까.

"아, 덤으로 이 녀석도 끼워주지. 혼자 이곳저곳 돌아다니려면 신경 쓸 일도 많을 것이고 귀찮은 일도 많을 걸세. 게다가 자네는 길잡이도 필요하지 않은가? 이놈이 일은 아주 잘하네. 마음대로 부려먹어도 좋아."

'사, 사부님……'

그렇게 개방의 차기 방주인 후개는 덤으로써 길잡이 겸 잡일꾼으로 넘어갔다.

第五章

정파인이라 칭해지는 무인들

「사람이 아니야… 사람일 리 없어. 그래, 동방의 하늘에서 내려온 천신(天神)일 거야. 틀림없어.」

해동에서 온 백의의 사내. 한 번의 손짓에 열 개의 벼락이 떨어지고. 마교의 혈사는 그 앞에 침묵한다. 열 개의 벼락을 중원에 남겨두고 홀연히 떠났다.

그리고 오십 년 후. 다시금 중원이 어지러워지려 할 때 그의 후예가 중원으로 향한다.

푸른 하늘에 열 개의 벼락이 다시 떨어지는 순간 천하는 그 앞에서 무릎 꿇으리라.

장오는 점소이다. 이제 경력이 삼 년째에 접어드는 이 바닥
에서는 나름 경험을 쌓았다는 소리를 할 수 있는 정도에 이른
점소이였다. 더군다나 그는 여느 주루의 점소이와는 그 경험
이 달랐다.

그가 일하는 천하루는 등봉현에 있는 주루다.

등봉현.

아는 사람은 아는 고을이다. 무림의 태산북두라 일컬어지
는 소림사가 위치한 고을이 아니던가. 덕분에 이곳 천하루를
찾는 손님 중 태반이 무림인이었다. 서당 개 삼 년이면 풍월
을 읊는다고 장오는 자신이 반 무림인이라 생각하고 있었다.

주루에서 쌓은 눈칫밥으로 무림인을 보고 판단하는 안목은 어느 정도 가지고 있다고 생각하는 것이다.

그런 그에게 있어 오늘은 참으로 특이한 하루였다 할 수 있었다. 그의 안목이 전혀 통하지 않은 한 사람을 보았기 때문이다. 그 사람으로 인해 천하루는 난리가 났지만 일개 고용인에 불과한 장오와는 상관없는 일이다. 물론 주인은 울상을 지었지만 말이다.

"으음. 이곳이 등봉현이란 말이지?"

"네, 사숙."

환우의 물음에 치호는 공손히 대답했다. 자신의 사숙은 자신을 사질로 생각하지 않는지 몰라도 명문정파의 제자인 그는 자신의 할 도리를 다해야 한다는 사명감을 가지고 있었다. 일단 현재 자신의 사숙이 첫 번째 목적지로 삼은 곳은 소림사였다. 자신은 그런 사숙에게 있어 길잡이에 잡일꾼에 불과한 존재였다.

"흐응."

"왜 그러십니까?"

고을 입구 어귀에서 환우가 은근한 시선으로 치호를 바라보았다.

"아아, 그렇게 입혀놓으니 제법 봐줄 만해서. 사실 거지랑 같이 다니는 것은 꽤나 고역이거든. 왕 영감님이야 내가 이래

라저래라 하기 좀 그래서 그냥 참고 다녔는데 너랑도 그렇게 다닐 수는 없잖아. 내가 또 상당히 깔끔한 성격이라서 말이야.”

치호는 개방의 상징이나 다름없는 누더기 옷을 벗고 깔끔한 백삼을 입고 있었다. 물론 그전에 깨끗이 목욕을 했음은 두말할 필요도 없었다. 게다가 후개의 신분을 상징하는 허리끈도 지금은 봇짐 속에 들어가 있는 상태다.

개방의 제자로서 치호의 입장에서는 정말 난감한 일이었지만 어찌하겠는가. 사숙이 그렇게 하라고 하는데. 게다가 길을 떠날 때 사부는 사숙이 죽으라고 명하면 죽으라고 했다. 정말 매정한 사부라 하지 않을 수 없었다.

“어, 저기 보이는 저 건물이 주루 맞지? 배고픈데 어서 가서 요기나 하자.”

주루를 발견한 환우의 걸음이 빨라졌다. 그러고 보니 치호 자신도 허기가 느껴져 하늘을 보니 어느새 점심때가 지나 있었다.

“어서 오십시오!”

환우가 주루의 입구를 들어서자 점소이가 우렁차게 인사를 했다. 환우의 뒤를 따라 들어온 치호의 눈에 언뜻 ‘천하루’ 라는 간판이 보였다.

“두 분이십니까? 이리로 오시죠. 일층은 만석이니 이층으로 안내하겠습니다.”

점소이의 안내로 환우와 치호가 그 뒤를 따랐다.

"이건 생각보다 복잡한데요, 사숙. 향화객들 덕에 원래 많이 복잡한 고을이긴 합니다만 이건 제가 아는 것보다 훨씬 더 복잡한 것 같습니다."

"하하하. 이번 달은 좀 특별한 달이거든요."

치호의 말에 앞서 걷던 점소이가 웃으면서 입을 열었다.

"오 년에 한 번씩 있다는 방장 대사님의 법회가 있는 달입니다. 사흘 후가 그 법회인지라 사람들이 이렇게 많이 모인 겁니다. 방장 대사의 모습을 뵙기 위해 무림의 여러 영웅협객님들께서도 많이들 오셨죠."

과연 점소이의 말대로 평소보다 많은 사람들이 모인 것인지 이층에도 빈자리가 별로 없었다.

"아, 저리로 앉으시지요. 마침 좋은 자리가 나네요."

점소이가 가리킨 곳은 창가의 자리였다. 그곳에 앉아 있던 네 명의 손님이 막 식사를 마치고 몸을 일으키고 있었던 것이다.

"창가가 좋지."

점소이의 말에 환우가 고개를 끄덕였다. 사람들이 막 일어나는 자리라 조금 지저분하진 했지만 그것은 점소이가 금방 치워줄 것이다.

"그럼 주문은 뭘로 하시겠습니까?"

"닭구이 하나랑 소면 둘, 그리고 소채도 한 접시 부탁하네."

“네, 알겠습니다.”

점소이는 탁자에 놓인 음식 그릇들을 한데 정리하고는 어깨에 걸치고 있던 수건으로 탁자를 깨끗이 닦았다. 네 명이 식사를 한 자리인데 말끔하게 치우는 것은 금방이었다.

점소이가 아래층으로 종종걸음으로 사라지자 환우가 치호를 바라봤다. 그 시선에 치호는 살짝 고개를 숙였다. 무언가 불안한 기운이 느껴졌기 때문이다.

“너.”

“네, 사숙.”

“개방의 후개 맞냐?”

“네?”

그 뜻을 알 수 없는 물음에 치호가 되물었다.

“개방이 중원에서는 최고의 정보 수집 능력으로 인정받는 방파라며? 그런데 개방의 후개라는 녀석이 소림사에서 오 년에 한 번 있다는 방장 대사의 법회 날도 모르고 있다는 것이 말이 된다고 생각하냐?”

환우의 질책에 치호는 고개를 들지 못했다.

사실 개방의 후개라는 자리는 차기 방주가 되기 위한 수업을 받는 자리다. 치호는 후개가 된 지 얼마 되지 않았고 아직은 기초적인 수업을 받는 단계였다. 즉, 정보를 취합하고 분류해서 분석하는 일까지는 배우지 못했고 방주 곁에만 있었던 그였기에 사실 무림의 정보에 대해 크게 아는 것이 없었

다. 물론 환우보다는 훨씬 많이 아는 편이지만 그렇다고 다른
개방의 방도들처럼 정보에 밝은 편은 아닌 것이다.

그런 속사정이 있음에도 치호는 아무런 변명을 하지 않았
다. 사숙의 편안한 여행길을 안내해야 하는 것이 자신의 임무
임에도 그것을 소홀히 여긴 잘못이 크다는 생각에 스스로를
질책하며 고개를 숙이고 있을 뿐이다.

"죄, 죄송합니다, 사숙."

"됐다."

환우의 대꾸에 치호의 고개는 아래를 향해 꺾였다.

"여기 음식 나왔습니다."

그때 점소이가 음식을 양팔에 가득 들고 올라왔다. 경험이
보통 많은 것이 아닌지 접시 네 개를 양팔에 두 개씩 올리고
걷는데도 균형의 흐트러짐이 없었다.

"제법 오래 일했나 보오?"

"하하, 네. 올해로 꽉 채운 삼 년입죠."

"그 정도면 그런 묘기도 가능하오?"

음식 접시들을 탁자에 올려놓으며 점소이는 별거 아니라
는 듯 웃었다.

"하이고 손님, 이 정도는 기본입죠. 반년 안에 이 정도를
해내지 못하면 점소이로 일 못한답니다."

점소이의 말에 환우는 고개를 끄덕였다. 조선에서는 타지
에 갔을 때 식당이라고는 주막이 고작이다. 자신도 부산포의

주막에는 몇 번 가봐서 아는 사실이지만 작은 소반에 음식 그 릇을 올려 그것을 들고 나오는 것이 전부다. 이곳의 주루처럼 저런 묘기 같은 모습은 볼 수 없었다. 그래서 환우는 점소이 들이 일하는 모습이 더욱 신기했다. 중원인들에게는 일상일 뿐일지 모르지만 말이다.

"이름이 뭐요?"

"헤헤. 장오라고 합니다."

환우의 손에 들린 동전을 보면서 장오라는 점소이는 손을 비볐다. 그의 경력이 말해주고 있었다. 저 동전은 음식 값과 는 별도로 자신에게 떨어질 부수입이라는 것을.

"옛소. 구경 잘했소."

"별말씀을요."

장오는 날름 구리 동전 한 문을 받아 들고 인사를 한 후 총 총걸음으로 사라졌다. 점심때가 좀 지난 시간이지만 사흘 후 의 행사 때문에 여전히 바빴다. 이층도 어느새 자리가 빈자리 를 찾기 어려웠다.

"사숙, 그게 신기합니까?"

고개를 숙이고 있던 치호가 조심스레 물었다.

"응. 조선에서는 그런 모습 보기 힘들거든."

"으음. 그렇군요. 해동은 어떤 곳입니까? 그런 신인(神人) 께서 오신 땅인데, 중원과는 확실히 다르겠지요?"

"별거없어. 어차피 사람 사는 곳인걸."

환우는 심드렁하게 대답하면서 음식에 젓가락을 가지고 갔다. 환우의 말에 치호는 더 이상 아무 말도 못하고 역시 젓가락을 들어 음식을 먹기 시작했다.

사실 이런 불편한 관계는 개봉을 떠날 때부터 지금까지 계속된 일이었다. 환우의 입장에서는 억지로 떠맡다시피 한 짐덩어리였기에 곱게 볼 수가 없는 탓이 컸다.

“저, 잠시 실례하겠습니다.”

그때 옆자리에 앉아 있었던 것으로 보이는 인물이 포권을 하며 말을 걸었다.

“응? 뭡니까?”

마침 닭다리를 뜯던 환우가 동작을 멈추고 말을 건 인물을 바라보았다. 잘생긴 호남형의 인물이었다. 몸에서 귀티가 흐르는 것이 환우는 제법 사는 집안의 자식이라고 판단했다.

“본의 아니게 두 분의 대화를 들었습니다. 부디 그 점은 용서하시길. 이분 소협이 개방의 후개시라는 이야기를 들어서 호기심이 동해 이렇게 무례를 범했습니다.”

예의에 어긋남이 없었고 한 점 흐트러짐 없는 말이다. 그 행동이 그저 잘사는 집안이 아닌 명문의 자제임을 알 수 있게 해주었다.

“맞습니다.”

환우는 별거 아니라는 듯 고개를 끄덕이며 대답했다.

“아, 역시 그러시군요. 이렇듯 깨끗이 입으셔서 긴가민가

했습니다. 오랜만입니다, 장 소협."

청년은 치호를 알고 있다는 듯 반가이 인사를 했다.

"예에?"

하지만 정작 치호는 눈앞의 인물이 기억에 없는 듯 고개를 갸웃거리며 어색한 모습을 보였다.

"하하하. 이거 오랜만에 뵈어서 저를 못 알아보시나 봅니다. 저는 무당의 진소운입니다."

"아!"

청년이 진소운이라며 자신을 소개하자 그제야 치호는 탄성을 터뜨렸다. 기억해 낸 것이다.

"미처 알아뵙지 못해 죄송합니다."

치호가 자리에서 일어나 포권을 하며 인사를 했다.

"워낙 오랜만이니 그러실 수도 있지요. 사실 저도 이야기를 듣기 전에는 알아보지 못했으니 말입니다."

두 사람이 반가이 인사하는 모습에 환우는 고개를 끄덕였다. 무당, 분명 기억에 있는 이름이었다.

'무당, 무당이라⋯ 그래, 무당이면 무당파를 말하는 거지? 구파일방 중 하나라는. 마침 잘 만났다.'

상대가 용아천뢰검을 가진 문파 중 한 곳의 제자라는 사실을 깨닫자 환우의 눈이 빛났다. 개방의 차기 방주인 치호와 안면이 있을 정도면 비록 젊다 하나 무당파 내에서도 상당한 신분을 가지고 있을 것이 분명했다.

“어머, 이분이 개방의 후개, 장 소협이 맞았나요?”

환우가 결정을 내리고 행동으로 옮기려고 하는 순간, 진소운의 뒤에서 고운 목소리가 들려왔다. 환우의 시선은 자연적으로 목소리가 들려온 곳으로 향했다.

‘햐, 예쁘다.’

좀 전의 결정은 순식간에 날아갔다.

“하하, 그렇소. 서문 낭자.”

진소운은 고개를 끄덕이며 한 발 옆으로 비켜섰다.

“자, 인사들 하시지요. 이쪽은 개방의 후개인 장치호, 장 소협입니다. 그리고 이쪽은 화산의 제자이신 서문하경, 서문 낭자이시고요.”

“처, 처음 뵙겠습니다.”

“처음 뵙겠어요.”

두 사람은 진소운의 소개에 마주 포권을 하며 인사를 했다.

“아, 여기서 이럴 것이 아니라 우리 자리에 합석함이 어떻습니까? 또 다른 일행도 소개를 해드리겠습니다.”

진소운의 자리는 환우가 앉은 자리의 옆옆 탁자였다. 그곳은 인원이 많은 손님을 위한 자리인지 탁자가 컸다. 그리고 그 탁자에는 또 두 명의 청년이 앉아 있었다.

치호가 진소운의 손짓에 따라 그리로 시선을 돌리자 두 명의 청년이 자리에서 일어나 포권을 해 보였다.

“그럼, 그렇게 할까요?”

치호는 사실 이것이 강호 첫 출도였다. 후개로 내정된 후 방주와 함께 기거하면서 수업에만 힘썼다. 그의 출도는 사실 오 년 정도 후에나 가능한 일인데 갑작스레 생긴 사숙 덕에 출도가 앞당겨진 것이다. 그래서 내심 상당히 들떠 있었다.

그랬기에 사숙의 구박에도 꿋꿋이 버틸 수 있었던 것이다.

그러던 차에 타 문파의 후기지수들을 만났다. 무림인으로서의 그의 웅심에 불이 일었다. 대개방의 제자이자 후개로서 다른 후기지수들에게 인정을 받은 것은 물론 새로운 사귐이 기다리고 있다 생각하니 절로 마음이 즐거웠다.

'그래. 이것이 무림이야. 암, 그렇고말고.'

항상 꿈꾸던 강호 출도 이후의 청운의 꿈 중 하나가 이렇듯 쉬이 이뤄지자 치호는 만족스러운 웃음을 지으며 고개를 끄덕였다. 덕분에 그는 지금 아주 중요한 것을 하나 놓치고 있었다. 아니, 잊고 있다 해야 할까?

"그럼 그렇게 하도록 할까요?"

"하하하. 당연한 말씀입니다. 그럼 우리 자리로 가시죠."

진소운의 안내로 치호는 진소운의 자리로 걸음을 옮겼다. 그 뒤로 서문하경 역시 천천히 움직였다.

예뻤다.

정말 예뻤다.

아니, 천상의 선녀가 내려온 듯 아름다웠다. 그래, 아름다웠다. 예쁘다는 말로는 부족한 무언가를 아름답다는 말이 완벽하게 채워주었다.

새하얀 얼굴에 커다란 봉목, 그 가운에 찍혀 있는 크고 선명한 검은 눈동자. 당대의 이름난 화공이 그린 듯한 부드럽고 아름다운 눈썹에 오뚝한 코. 새빨가면서 앙증맞은 입술.

게다가 그 목소리는 또 어떤가. 쟁반에 옥구슬이 굴러가는 소리도 탁하게 들릴 정도로 맑고도 아름다우면서 청아한 음성이다.

도무지 이 이상은 말로 표현을 할 수가 없을 것 같았다. 환우는 이때만큼 글공부를 게을리 한 것을 후회한 적이 없었다. 좀 더 열심히 글공부를 하였다면 좀 더 미려하고도 아름다운 말로 그녀의 미를 표현할 수 있을 텐데 말이다.

'아니, 아냐. 말로 표현한다는 것이 불가능한걸. 그래, 불가능해. 언어의 한계를 느끼게 해주는 아름다움이야.'

그렇게 한창 서문하경의 미모에 빠져 있던 환우의 눈에서 갑자기 서문하경의 모습이 사라졌다.

"응?"

턱을 괴고 멍하니 넋이 나가 있던 환우는 정신이 번쩍 들었다. 자신의 아름다운 선녀가 사라지다니. 그는 서둘러 주변을 둘러보았다. 선녀를 금방 찾을 수 있었다.

환우의 선녀는 환우가 앉은 옆옆 자리에서 환우의 마음에 안 드는 사질과 함께 앉아 있었던 것이다.

그러고 보니 지금 환우는 혼자 자리에 앉아 있었다. 뜯다가만 닭다리가 애처로이 접시에 올려진 채였다.

환우의 몸이 부들부들 떨렸다.

그렇다. 그는 지금 분노하고 있었다.

치호는 즐거웠다. 이것이 그가 꿈에도 그리던 강호행의 모습이었다. 나머지 두 청년은 각기 점창파의 마일성과 해남파의 조웅인이라 하였다.

강호의 후기지수와 즐거이 담소를 나누는 이 모습. 얼마나 멋지고 아름다운가.

치호는 무언가 잊은 듯한 찜찜함은 가슴 한구석으로 밀어 놓은 채 즐거운 대화에 빠져들었다.

"치호야."

그때 주루의 이층에 울리는 음산한 목소리.

목소리에 내공을 실었음인지 이층에 있는 사람은 모두 그 목소리를 들을 수 있었다. 하지만 그 목소리에 반응한 사람은 단 한 사람이었디.

치호는 목소리가 울리는 순간 자신의 가슴 한구석을 차지하고 있던 찜찜함의 정체를 알아차렸다. 그리고 그 순간 저승사자가 들고 있는 서슬 퍼런 낫이 자신의 등줄기를 훑고 지나가는 듯한 오싹함도 함께 느꼈다.

식은땀을 흘리며 치호는 천천히 고개를 돌렸다.

"사, 사, 사숙……."

떨리는 목소리가 흘러나오는 치호의 얼굴은 새하얗게 질

려 딱딱하게 굳어 있었다.

치호는 움직이지 않는 목을 억지로 움직여 고개를 돌렸다. 자신의 등 뒤에서 사숙이 어떤 얼굴을 하고 있을지 불 보듯 뻔했지만 그래도 확인할 것은 해야 했다.

과연 사숙은 악귀가 되어 있었다.

핏발 선 두 눈, 이마 가득 솟은 굵은 핏줄, 부들부들 떨리고 있는 앙 쥔 주먹.

그 모든 것은 치호에게 단 하나의 사실만을 말해주고 있었다.

'난 죽었다.'

치호는 순순히 현실을 받아들였다. 어쩌자고 가장 중요한 것을 잊고 즐거운 담소에 빠져들었는지 아무리 후회해 봐도 이미 늦었다.

"장 소협, 왜 그러시오?"

그때 치호의 기이한 기색을 느낀 진소운이 궁금한 표정으로 물었다.

"아닙니다. 잘못을 했기에 죗값을 치를 일이 있을 뿐입니다."

치호는 진소운을 향해 어색한 미소를 지어 보인 뒤 천천히 자리에서 일어났다.

"아니, 장 소협."

갑작스러운 치호의 움직임에 당황한 진소운을 비롯한 다

른 사람들도 의자에서 엉덩이를 떼었다.

장치호는 힘없는 걸음으로 터덜터덜 원래 앉아 있던 자리로 갔다. 그 행동에 의아함을 느낀 다른 네 사람도 그 뒤를 따랐다.

"치호야."

"네."

환우의 부름에 치호는 작은 목소리로 대답했다.

"잠깐 끼어들겠습니다. 형장께서는 누구신데 개방의 장 소협께 그리 말씀하시는 겁니까?"

환우가 막 무어라 입을 열 찰나 진소운이 끼어들며 소리쳤다. 그는 어느새 치호와 환우 사이에 떡하니 버티고 서 있었다.

"형장?"

환우의 눈썹이 꿈틀했다.

"이봐, 너."

"너, 너라니요."

환우의 말에 진소운의 얼굴이 붉게 변했다. 강호에 출도한 후 초면인 사람에게 이런 말을 듣는 것은 처음이었다. 강호의 노명숙이라 할지라도 처음부터 그에게 이런 막말을 하지 않았다.

"너니까 너라고 한 거야."

환우는 여전한 어조로 낮게 말했다. 그 말에 진소운의 얼굴은 더욱 붉게 물들었다.

"이봐, 대체 너희는 치호가 개방의 후개라는 것을 어떻게 안 거지?"

"그야, 형장과 이분 장 소협의 대화를 듣고서요."

화가 났음인지 진소운의 말이 은근히 짧아지고 있었다.

그 대답에 환우는 고개를 끄덕였다. 진소운의 뒤에 서 있는 치호는 어쩔 줄을 몰라 안절부절못했다. 진소운과 함께 있던 마일성과 조웅인의 얼굴도 붉게 변해 있었다. 진소운이 받은 모욕을 자신들 역시 똑같이 받았다 여긴 것이다.

다만 서문하경만은 무언가 가슴 한구석에 남아 있는 기묘한 느낌 때문에 잠자코 상황을 지켜보고 있었다.

"네놈의 귓구녕은 네놈이 필요한 말만 골라서 들려주는 신공이라도 익히고 있는 거냐?"

명백한 시비다.

이건 시비가 분명했다.

진소운 자신이 처음 장치호에게 소개를 할 때 분명 무당의 제자라는 것을 밝혔었다. 그렇다면 눈앞의 이 사내도 자신이 무당의 제자임을 알고 있다는 것. 그런데도 불구하고 초면부터 이렇게 나온다는 것은 자신에게 적대감을 가지고 시비를 걸려는 것이 분명했다. 명문정파 무당의 제자, 진소운은 그렇게 판단했다.

"네 이놈! 감히 어디서 그런 말도 안 되는 소리로 시비 짓거리냐. 네놈도 무인이라면 당당히 검으로 말해라!"

어느새 진소운의 오른손에 들려 있는 검은 서슬 퍼런 예기를 발하고 있었다.

"훗."

그런 모습에도 환우는 화를 터뜨릴 기색이 없었다. 아니, 너무나 어이가 없어서 화를 내야 한다는 것도 잊은 듯했다.

"이건가, 무림이라는 세상에서 명문정파라 불리는 곳의 무인이라는 자의 행동이."

같잖다는 듯한 한마디. 그 말이 진소운의 화에 더욱 거센 불을 붙였다.

"네 이놈! 네놈은 내가 대무당의 제자라는 것을 알면서도 그런 식으로 시비를 건단 말이냐!"

조금 전은 그저 알 거라는 추측이었다. 하지만 지금은 상대가 명문정파라는 말을 입에 담음으로써 자신이 무당의 제자라는 것을 알고 있다는 사실을 시인했다.

이제 진소운 자신이 화는 내는 것은 당연한 일이 되었다. 상대는 자신이 대무당의 제자라는 것을 알면서도 시비를 걸었다. 이것은 자신의 검에 한쪽 팔이 잘려 불구가 되더라도 할 말이 없을 만한 절대적인 명분이다.

"네놈, 감히 알고도 그랬다니 내 절대 그냥 넘어가지 않으리라. 내가 무당의 제자임을 알고서도 그랬다는 것은 곧 무당을 모욕한 것. 내 도가의 자비심을 베풀어 네 목을 취하지는 않겠지만 능히 한 팔로 죗값을 치러야 할 것이다.”

점입가경이라고 했던가.

혼자만의 생각, 혼자만의 판단. 진소운의 말과 행동은 점점 도를 더해가고 있었다.

이미 나서야 할 때를 놓친 치호는 이러지도 못하고 저러지도 못하고 안절부절못한 채 발만 동동 구르고 있었다. 따지고 보면 일이 이런 식으로 커진 것은 전적으로 자신의 잘못이었다. 자신이 사숙을 잊고 대화의 즐거움 속에 빠져들었기에 생긴 일인 것이다.

치호는 자신이 나서서 말려야 한다는 사실을 알고 있었다. 하지만 그러지 못하고 있었다. 사숙의 눈이 말하고 있었다, 함부로 끼어들면 그야말로 끝장이라고. 사숙의 몸에서 은은히 새어 나오는 살기. 지금 진소운은 흥분해서 느끼지 못하고 있었지만 치호는 분명히 느낄 수 있었다.

자신의 사부도 어찌할 수 없었던 고수가 자신의 사숙이다. 그리고 그가 이런 살기를 흘리는 것은 사부와의 싸움에서 한 번 겪었었다. 즉, 지금 치호의 사숙은 그때만큼의 힘을 사용할 준비가 되었다는 것이다.

‘뭔가 이상한데……’

서문하경은 자신의 가슴 한구석에 자리한 찜찜함 때문에 계속 고개를 갸웃거렸다. 분명 무언가가 생각날 것 같았는데 생각나지 않았다.

하지만 그녀는 단 한 가지는 확신할 수 있었다. 자신이 느끼는 찜찜함, 그것은 자신들이 무언가 큰 것을 놓치고 있다는 것을 말해주고 있는 것이다.

'귓구녕…….'

그녀 같은 여인에게 있어서는 엄청난 속어다. 하지만 그것이 자꾸 그녀의 마음 한구석을 잡아끌었다.

중원인이 아닌 것을 대번에 알 수 있는 어눌한 발음. 그것 때문에 처음에 대수롭지 않게 생각했던 사람이다. 그런데 지금 보니 보통 사람은 아닌 듯했다. 홍분한 진소운을 비롯해 마일성과 조웅인은 느끼지 못하는 듯했지만 서문하경 그녀는 똑똑히 느낄 수 있었다. 이 공간 가득 깔린 진득한 살기를.

"큭큭큭. 대단해, 정말 대단하군. 이런 놈이 제자라고 어깨에 힘을 주고 다니니 그놈들이 남의 물건을 삼키고 슥삭 입을 닦을 만해."

진소운이 뽑은 검을 가만히 바라보던 환우의 웃음이 입술을 비집고 나왔다. 그 웃음은 분노로 가득했다.

하나 그것을 알아차린 사람은 치호가 유일했다. 비록 긴 시간은 아니었지만 함께하는 동안 사숙의 성격을 어느 정도 파악한 치호다. 빌어먹고 사는 거지답게 그런 쪽으로는 눈치가 비상했기에 가능한 일이다.

치호가 더 이상은 안 되겠다 싶어 한 발 앞으로 나서려 했다.

찌릿.

진소운을 향하던 눈빛이 일순 치호 쪽으로 향했다.

"아!"

그 눈빛에 치호는 딛으려던 걸음을 멈추고 낮은 탄성을 흘렸다. 그 눈빛 한 번에 치호는 옴짝달싹할 수 없었다. 어마어마한 힘이 그의 몸을 옭아맨 것이다.

'대, 대체 사숙의 힘은……'

사부와 싸울 때 이 정도의 힘은 아니었던 것으로 기억한다. 단 한 번의 눈길로 자신의 움직임을 옭아매다니.

하지만 이미 흥분해서 눈이 뒤집힌 진소운은 그런 것을 알아차리지 못했다. 어딘가 어색한 치호의 움직임에 서문하경이 잠시 고개를 갸웃거린 정도다.

"네놈, 일어서라. 가만히 앉아 있는 놈의 팔을 벨 정도로 내가 무인의 도를 모르는 사람은 아니다."

어이가 없다. 혼자서 멋대로 흥분하고 혼자서 멋대로 잘잘못을 따지더니 이제는 무인의 도까지 따진다.

물론 시작은 환우였다. 갑자기 처음 보는 사람에게 '너'라는 말을 들으면 누구든 기분이 나쁘게 마련이다. 하지만 이건 도가 지나쳤다.

사실 환우의 입장에서는 진소운이 곱게 보일 리가 없었다. 자신이 가져야 할 물건을 꿀꺽한 곳의 제자라고 했는데도 곱게 봐줄 정도로 환우의 성격이 좋지 못했다.

“너, 내가 조금 전에 한 말 기억 안 나? 정말 그놈의 귓구녕
은 무슨 신공이라도 익힌 모양이군, 조금 전에 한 말도 금세
잊다니. 아예 못 들은 것처럼 말이야.”

“네놈이 점점 헛소리를 지껄이는구나!”

진소운이 검을 쭉 뻗었다. 검의 끝은 환우의 목젖에서 정확
히 한 치의 간격을 두고 멈춰 있었다.

“어서 일어서라.”

진소운의 두 눈은 살기가 등등했다.

쾅!

그때 울린 요란한 소리.

환우가 탁자를 내려친 소리다. 그 소리에 이층에 있던 모든
사람들이 놀랐다. 탁자는 아무런 변화가 없었다. 그런데 탁자
가 부서지는 것보다 더 큰 소리가 울리다니. 이런 일이 있을
수도 있을까?

사실 조금 전 진소운이 큰 소리를 칠 때부터 이층의 시선은
모두 환우와 진소운을 향해 있었다.

무당의 이름을 외치는 젊은 무사와 어딘가 어눌한 중원 말
을 사용하는 사내. 그 둘의 싸움. 가뜩이나 무인들이 많이 드
나드는 이런 주루에서 그 둘의 모습에 관심을 안 가질 사람은
없었다. 더군다나 진소운은 그 큰 소리로 관심을 가지기 싫어
도 관심을 가지게 만들어 버렸다.

“다시 한 번 말해주지. 네놈의 귓구녕이 익힌 신공을 억지

로 억제하고서라도 똑똑히 들어. 네놈은 대체 치호가 개방의 후개라는 것을 어찌 알았나?"

고저가 없는 평탄한 어조. 그 어조는 듣는 이로 하여금 오싹함을 느끼게 만들었다.

'아!'

환우가 한 번 더 반복한 말에 그제야 서문하경은 자신의 가슴 한구석을 차지한 찜찜함의 정체를 알아차렸다. 그리고 지금 자신들—정확히는 진소운이지만 같은 일행이기에—이 얼마나 큰 무례를 저지르고 얼마나 큰 사고를 치고 있는지도 깨달았다.

'사… 사숙, 분명 사숙이라고 불렀었어.'

그랬다.

그녀는 이제야 겨우 기억해 냈다. 처음 치호가 앉은 자리에서 대화를 나눌 때 분명 치호는 눈앞의 사내를 사숙이라 칭했었다. 그때 자신의 기억에 개방에서는 방주의 항렬에 저리 젊은이가 없다는 것을 기이하게 여겨 치호가 후개라는 말을 잘못 들은 것으로 치부하지 않았던가.

게다가 저자가 자신들과 대화를 나누고 있는 치호를 불렀을 때 치호는 분명 사숙이라고 대답을 하면서 반응을 보였었다.

'어째서 그런 중요한 사실을 까맣게 잊을 수가 있는 것이지.'

아마 그것이 문제이리라. 중원인 같지 않은 어눌하기 짝이 없는 말투. 분명 타국 사람이라는 생각에 사숙이라는 말을 무시했을 것이다. 중원인이 아닌 사람이 개방 후개의 사숙, 즉 방주의 사형제가 될 수 없다는 생각이 강했다.

'내가 말도 안 되는 실수를 했어, 중원인이 아니라도 개방의 방도가 될 수 있는 것을.'

서문하경은 스스로를 탓했다. 하지만 탓만 할 수는 없었다. 이 사태를 수습해야 했다. 이미 걷잡을 수 없이 커지기는 했지만 어떻게 해서든 무마해야 했다. 자신들은 무림의 도를 무시해도 너무 크게 무시했다. 아무리 모르고 한 행동이라지만 먼저 칼을 뽑은 것도 진소운이요, 먼저 죽이네 마네, 팔을 자르네 마네 하고 소란을 피운 것도 진소운이었다.

물론 시작은 치호의 사숙이 했다, 다짜고짜 너라고 불렀으니. 하지만 치호의 사숙이라면 그것은 당연한 일이다. 배분상 자신들보다 위이니 너무나 당연한 행동인 것이다.

"지금에 와서 그딴 것이 무슨 상관이란 말이더냐!"

진소운은 환우의 말에도 불구하고 거기에 대해서는 아무런 고민도 하지 않고 검에 힘을 주었다. 이제 검극과 환우의 목 사이의 거리는 반 치에 불과했다. 이미 흥분해 눈앞에 있는 새파란 놈의 팔을 베어버리고 말겠다고 결심한 진소운의 귀에는 어떤 것도 들리지 않게 된 것이다.

'말려야 해.'

서문하경은 다급했다.

"진……."

"네놈은 마지막 기회를 스스로 차버렸다."

서문하경이 막 진소운을 부르려는 찰나 살기가 진득한 한 마디와 함께 환우가 사라졌다.

그 모습에 치호는 두 눈을 질끈 감고 고개를 돌렸다.

앞으로 벌어질 일을 자신의 두 눈으로 볼 자신이 없었다. 결국은 자신의 잘못으로 초래된 일이었으니 말이다.

'사숙, 부디 손속에 자비를.'

순간의 나태함의 결과가 너무나 크게 치호에게 다가오려 하고 있었다.

'진 소협, 부디 나를 욕하시오. 모두 나의 잘못이고, 소치요.'

치호는 앞으로 일어날 일을 알았기에 마음속으로나마 진소운에 대한 용서를 빌었다.

"네놈! 한가락 재주가 있었구나. 하지만 나에게는 어림없다!"

갑자기 사라진 환우의 모습에 진소운은 큰 소리를 지르며 재빨리 몸을 돌려 가장 자신있는 초식의 기수식을 취했다.

'아아, 늦어버렸어.'

그 모습에 서문하경은 안타까운 얼굴로 한숨을 쉬었다.

하지만 누구도 그런 서문하경의 모습을 보고 있지 않았다.

이미 그녀를 제외한 다른 사람들은 흥분과 후회, 자책, 그리고 분노에 물들어 있었다.

"거기냐!"

진소운이 환우의 위치를 알아차렸는지 큰 소리와 함께 몸을 움직였다. 그의 손에 들린 검은 그의 몸보다 훨씬 빠르게 한 지점을 향해 날아갔다.

하지만 그곳에 환우는 없었다. 과한 힘으로 인해 애꿎은 주루의 바닥만 검에 패었을 뿐이다.

"쯧쯧."

진소운이 검을 뻗었던 곳과는 정반대의 방향에 환우가 서 있었다. 환우가 혀를 차며 고개를 살래살래 저었다. 누가 보더라도 그 뜻은 분명했다.

"이익!"

진소운은 몸을 반 바퀴 돌리며 그 원심력을 이용해 다시 환우를 향해 검을 날렸다. 날카로우면서 그 기세가 자못 살벌했다.

퍽. 퍼퍽.

하지만 검은 채 반도 움직이지 못하고 허공에 멈췄다. 그 대신 울린 둔탁한 격타음.

어느새 진소운의 품 안에 파고든 환우의 주먹이 정확히 세 번 움직였다. 모두 정확히 한 점을 가격했다.

"끄, 끄윽."

검을 쥐지 않은 왼손으로 배를 움켜쥐는 진소운은 신음 소리도 제대로 흘리지 못했다.

"기본도 안 된 녀석이."

무심한 한마디다. 하지만 그 말속에는 여전히 살기가 담겨 있었다. 온몸을 마비시키는 통증에 배를 움켜쥐고 꼼짝도 못하는 진소운을 향해 환우가 천천히 다가갔다.

"이, 이……."

환우가 자신을 향해 다가오자 진소운은 어떻게든 검을 쳐내려고 안간힘을 썼으나 팔도 그의 말을 듣지 않았다. 그사이 환우의 오른발이 진소운의 왼쪽 발목을 한 번 훑고 지나갔다. 그리고 진소운은 꼴사납게 바닥에 쓰러졌다.

퍽. 퍼퍽.

다시 울리는 격타음. 이번에는 주먹이 아닌 발끝이었다. 환우의 오른 발끝이 진소운의 옆구리를 몇 번 파고들었다가 나왔다.

"끄으윽."

진소운의 입술에서 새어 나오는 괴로움에 가득 찬 신음 소리. 그는 온몸을 부들부들 떨면서 오른손에 쥐고 있던 검도 놓쳤다.

"무인 운운하던 녀석이 겨우 이 정도에 무인의 생명이라는 자신의 병기를 놓쳐? 어이없군."

환우의 말에 진소운의 얼굴은 붉게 물들었다. 수치심 때문인지 고통 때문인지 그의 얼굴은 진홍빛으로 변해 있었다.

"네, 네놈, 이게 무슨 행패냐!"

그때 마일성이 쓰러져 있는 진소운의 몸을 가로막으며 소리쳤다.

환우는 그를 한 번 스윽 훑어본 후 무시했다. 바람처럼 마일성을 스쳐 지나간 환우는 다시 진소운의 옆구리를 걷어차기 시작했다.

"네놈은 나중이니까 기다려."

그 와중에 환우의 입에서 흘러나오는 무심한 말소리. 그 말에 마일성은 자신의 등에서 소름이 돋는 것을 느꼈다.

환우는 정말이지 쉬지 않고 발을 움직였다. 진소운의 몸에서 단 한 곳도 빠뜨리지 않고 모두 차겠다는 의지를 가진 듯 정말 꼼꼼하고 정확하게 찼다. 한 번 찬 자리는 반드시 대여섯 번 이상은 반복해서 찼다. 백만 분의 일의 오차도 허용치 않고 정확히 조금 전 찼던 그 자리다. 그것도 차인 통증이 어느 정도 가라앉을 무렵 다시 한 번 찼다. 시간과 위치까지 정밀하게 계산한, 정말이지 교묘한 발차기다.

이제 주루의 이층에는 아무런 소리도 울리지 않았다. 오직 그곳에 존재하는 소리는 환우가 진소운의 몸을 걷어차는 것이 유일했다. 사람들은 침도 채 삼키지 못하고 환우의 모습을 지켜보았다. 처음에는 그 빠른 움직임에 놀랐으나 지금은 저 철저한 모습에 질려 버렸다. 그 누구도 지금 진소운을 대신해 그 자리에 눕고 싶지 않으리라. 이미 진소운은 정신을 놓고 기절해 있었다.

“다음.”

어느 정도 진소운을 손을 봤다 생각했음인가. 환우는 나직한 말소리와 함께 가볍게 발을 움직였다.

쿵.

요란한 소리와 함께 바닥에 주저앉은 이는 마일성이었다.

“어, 어어.”

갑작스러운 상황에 그는 무어라 말을 하려 했으나 그것은 언어의 형태를 띠지 못했다. 그가 손을 세차게 저으며 무슨 말을 어떻게든 하려는 순간 환우의 발끝이 그의 명치에 틀어박혔다.

“끅!”

순간 호흡이 끊긴 그의 얼굴이 새하얗게 변하며 그는 더 이상 아무 말도 하지 못했다. 그다음의 과정은 진소운과 같았다. 마일성도 아주 철저하게 환우에게 걷어차였다.

그 모습에 조웅인은 마른침을 꿀꺽 삼켰다, 다음이 자신의 차례라는 것이 너무 뻔했기에. 도망을 치든 용서를 구하든, 아니면 사내답게 검을 뽑아 덤비든 해야 했지만 그는 도무지 움직일 수 없었다.

이미 이 공간은 완벽하게 환우가 장악하고 있었다.

“괜한 짓 하지 마.”

마일성을 걸어차는 가운데 그는 나직이 중얼거렸다. 조웅인은 그 말이 자신을 향한 것임을 알 수 있었다.

'어, 어떻게든 해야 해.'

서문하경은 어떻게든 입을 열려고 했지만 도무지 입술이 움직이지 않았다. 그녀 역시 완전히 환우의 공간에 제압된 상태였다.

마일성의 모습도 점차 처참하게 변해갔다. 들짐승에게 당한 시체와 같이 변한 진소운의 모습. 그 모습과 비슷해지고 있었다. 어떻게 간단히 무릎 아래를 움직이는 발차기만으로 사람을 저렇게 고통스럽게 할 수 있고 또 처참하게 만들 수 있는지 이해할 수 없었지만 중요한 것은 그것이 아니었다.

서문하경은 자신의 단전에 고인 내공을 끌어올렸다. 자신이 움직이지 못하는 것은 상대방의 힘에 압도된 것 때문이라 여긴 그녀는 그 힘에 대항하려 하는 것이다. 과연 내공을 끌어올리자 조금은 움직일 수 있을 것 같았다.

"대, 대협."

겨우 입술을 비집고 튀어나온 서문하경의 한마디.

그 말에 환우의 동작이 뚝 멈췄다. 환우의 발끝은 지금 마일성의 옆구리에 박힌 그대로다.

"나 말인가?"

환우는 시선도 돌리지 않은 채 서문하경에게 물었다.

"네, 대협."

서문하경은 긴장한 얼굴로 고개를 끄덕이며 대답했다.

"으음."

서문하경의 대답에 마일성의 옆구리에 박혀 있던 환우의 발이 빠져나왔다.

"넌 이 녀석들과는 조금 다르군."

환우의 시선이 움직였다.

"큰 죄를 범했습니다, 대협. 저희가 아직 어리고 강호 경험이 미천하여 그런 것이니 부디 하해와 같은 마음으로 용서하여 주시기 바랍니다."

환우의 시선이 자신을 향하자 서문하경은 그 자리에서 고개를 숙이고 엎드리며 용서를 구했다. 그녀의 그런 모습에 놀란 것은 정작 겁에 질려 있던 조웅인이었다. 대체 눈앞의 저 괴청년의 정체가 무엇이기에 화산의 제자인 서문하경이 저리도 몸을 낮춘단 말인가.

"사, 사숙, 이 모든 일은 제 잘못입니다. 부디 저를 벌하여 주십시오."

환우의 시선이 서문하경을 향하는 사이 치호에 대한 그의 구속이 풀렸다. 그것을 느낀 치호는 즉시 바닥에 넙죽 엎드리곤 용서를 빌었다.

사람들은 모두 놀란 눈으로 바닥에 엎드린 서문하경과 치호, 그리고 그 둘을 무심히 내려다보고 있는 환우를 번갈아 바라보았다. 그들은 지금 눈앞에서 벌어진 이 엄청난 사태에 어찌해야 할지 갈피를 잡지 못하고 있었다.

‘사… 사… 사숙이라고… 그래, 그러고 보니 분명 우리가 다가가기 전에……’

치호가 크게 외친 말에서 그제야 환우의 정체를 알아차린 조웅인은 온몸을 부들부들 떨었다. 이제야 자신들이 얼마나 큰 잘못을 저질렀는지 깨달은 것이다.

‘하지만, 하지만 그래도 이건……’

잘못한 것은 깨달았으되 그에 대한 대응은 납득할 수 없었다. 이미 처참하게 변해 버린 진소운과 마일성의 몰골은 해도 너무했다.

“햐! 사숙이었군.”

“그렇다면 개방 방주의 사제라는 소리인가?”

환우가 치호와 서문하경에게 주의를 옮기면서 주루 이층을 압박하던 기세가 사라졌기 때문인지 이층의 사람들은 각기 일행과 소곤소곤 이야기를 나누기 시작했다.

“죄라……”

침묵으로 일관하던 환우가 작게 중얼거린다.

“치호.”

“네.”

환우의 부름에 치호는 엎드린 상태 그대로 대답했다.

“지금 내가 본 것이 너희가 정파라 떠들고 있는 집단에 속한 무인의 모습이냐?”

“……”

치호는 대답하지 못했다.

“그리고 너.”

서문하경은 그것이 자신을 가리키는 말이라는 것을 알아
차렸다.

“네.”

“너는 화산파라 했던가?”

“네, 화산의 일대제자인 서문하경이라 합니다.”

태어나서 처음 보는 아름다운 여인이었다. 그래서 넋을 놓
고 바라보기까지 했는데 상황이 묘해져 버렸다. 자신을 향해
납작 엎드려 용서를 구하는 여인. 그리고 그 여인을 내려다보
고 있는 자신.

“이것이 너희 정파의 모습인가?”

“……”

서문하경도 대답하지 못했다.

“훗.”

환우는 나직이 웃었다.

기대한 것도 없었지만 그럼에도 불구하고 너무나 크게 실
망했다. 아니, 낙담했다.

청풍개에게는 힘으로라도 용아천뢰검을 되찾겠다고 큰소
리를 쳤지만 그래도 그들도 사람이라면 돌려줄 것이라 생각
했다. 하지만 이들을 보니 그것은 자신만의 착각이었다.

아랫물을 보면 윗물을 알 수 있다.

그리고 오늘 자신은 구대문파의 아랫물을 보았다.

"죄를 저질렀다, 정말 잘못했다, 그러니 용서해 달라. 이건 너무 복잡해. 난 복잡한 건 별로 안 좋아해. 죄를 지었으면 죗값을 치르면 그만이야. 그거면 되는 거야. 구태여 머리 조아리고 용서해 달라고 빌고 할 필요 따위 없어. 죄를 저지른 그 순간 그 죄에 상응하는 대가를 지불하면 그뿐이니까. 그럴 각오가 없다면 항상 조심하면서 살아야지."

그 말로 끝이다.

환우는 다시 몸을 돌렸다. 그리고 마일성을 걷어차기 시작했다.

퍽. 퍼퍽.

이제는 끔찍하게만 들리는 격타음이 다시 주루 이층을 가득 채웠다.

"허, 저 대협도 대단하군."

"그러게 말이야."

어느새 환우는 주루에 있는 모든 사람에게 대협이 되어버렸다. 형장으로 시작한 그를 향한 호칭이 진소운을 압도적인 무력으로 곤죽을 만들어 버리면서 대협으로 바뀌었다.

"얼음의 심장을 가진 사람이라도 온몸에 훈훈한 피가 돌게 만든다는 무림오화 중의 화산연화(華山瞱花) 서문하경이 엎드려 용서를 비는데 저런 모습이라니. 정말 사람인지 의심스럽구먼.”

“에이. 이 사람아, 말조심해. 저기 안 보여?”

환우의 자신의 귀를 간질이는 사람들의 대화에 저기 엎드려 있는 여인이 무림에서도 아름답기로 소문이 자자하다는 다섯 명의 여인 중 한 명임을 알았다. 청풍개가 자신에게 무림오화에 대해 이야기해 줄 때의 표정을 잊을 수가 없었다. 환우로서는 살면서 처음 보는 기이하면서도 행복한 표정이었기에 말이다.

그때 청풍개는 자신이라면 무림오화가 반해서 쫓아올 거라고 했었다. 하지만 정작 자신이 반하지 않았던가. 처음 보자마자 넋이 나갔으니 말이다.

‘확실히 무림에서 가장 예쁘다는 말이 허언은 아니었군. 그 영감이 그럴 만도 해.’

청풍개와의 대화를 떠올리자 환우의 얼굴에 작은 미소가 어렸다. 물론 그의 발끝은 열심히 마일성의 몸에 충격을 주고 있는 중이었다.

그런 환우의 미소는 보는 이로 하여금 엉뚱한 오해를 낳게 만들었다.

서문하경은 여전히 엎드린 그대로였기에 환우의 미소는 보지 못했다.

“으, 으악.”

어느새 자신의 발목을 훑고 지나가는 환우의 발 때문에 엉덩방아를 찧으며 쓰러진 조웅인은 비명을 질렀다. 이제 자신의 차례라는 뜻이었기에 공포에 질렸다.

"대협! 부디 자비를 베푸소서!"

조웅인의 비명에 서문하경은 다급히 외쳤다. 한 명이라도 구해야 했다.

"넌 무슨 죄를 지었나?"

서문하경의 외침에 환우가 그녀에게 물었다.

"사문의 존장을 알아뵙지 못하고 강호의 후배로서 예를 다하지 못한 죄. 게다가 무례하기까지 한 죄. 또한 무례하게 구는 일행을 말리지 못한 죄입니다."

서문하경은 막힘없이 대답했다.

"그래? 그럼 너도 기다려."

그 말과 함께 환우의 발끝은 무자비하게 조웅인을 유린했다.

하지만 사람들은 그런 조웅인에게는 아무런 관심을 보이지 않았다. 환우의 마지막 말이 의미하는 바가 그 자리에 있는 모든 이를 얼어붙게 만들었다. 심지어 서문하경 그녀조차도.

"사, 사숙!"

정작 그 말에 다급해진 사람은 치호였다. 다른 사람들은 그나마 남자다. 지금 이 일이 치욕이 될지언정 뒷날 이곳에서 있었던 일을 만회할 방도는 얼마든지 있다. 하지만 서문하경은 달랐다.

그녀는 여인이다. 그것도 무림오화로서 명성을 떨치고 있는 여인이다. 그런 여인이 저런 꼴이라니.

자신이 순간 한눈을 판 일에 대한 대가치고는 그 결과가 너무 엄청났다.

"치호."

"네."

"너부터 할까?"

"……."

사숙의 말에 일순 치호는 할 말을 잊었다. 하지만 여기서 그가 선택해야 할 길은 하나였다. 어느새 사숙의 발이 상당히 빨라졌다. 진소운을 찰 때보다 마일성을 찰 때가 빨랐고 조웅인을 차는 지금은 그때보다 더 빨랐다. 그만큼 빠르게 조웅인이 곤죽이 되었다. 이제 곧 저 발길질은 서문하경을 향하리라.

"알겠습니다."

퍽.

대답을 하는 순간 치호는 눈에 번쩍 불이 일었다. 순식간에 다가온 환우의 발끝이 그의 턱 끝을 올려 찬 것이다.

"이마를 땅에 대라. 손은 뒷짐을 지고, 다리는 벌린 자세에서 허리를 띄워라. 그렇게 양발과 이마만으로 균형을 유지하고 버텨라. 쓰러지면 죽는다. 네놈은 좀 특별해야겠지."

치호는 환우가 시키는 대로 했다. 그리고 환우가 시키는 자세를 취하는 순간 소나기처럼 환우의 발이 치호의 몸에 날아들었다. 치호는 대번에 바닥에 나뒹굴었다.

"크윽."

정신을 차릴 수가 없었다.

"죽는다."

그때 그의 귀를 울리는 음산한 목소리. 치호는 즉각 자세를 바로 했다.

"다음에 쓰러지면 그때는 진짜 죽는다. 버텨."

그 말을 끝으로 환우는 더 이상 치호에게 발길질을 하지 않았다. 대신 몸을 돌려 서문하경에게 다가갔다.

치호는 어떻게든 말려야 한다 생각했으나 입을 뗄 수 없었다. 입을 열어 말을 하면 그 순간 쓰러질 것 같았다.

'그래.'

"내공 써도 죽는다."

다시 울려온 환우의 말에 순간 치호의 머리에 떠올랐던 방책도 무용지물이 되었다.

그사이 환우는 서문하경의 앞에 섰다.

"네 차례다."

환우는 나직이 중얼거렸다.

서문하경의 몸이 살짝 떨린다. 그럼에도 그녀는 여전히 고개를 들지 않고 엎드린 자세 그대로다.

“제일 낫군.”

그 모습에 환우가 피식 웃었다.

환우의 오른발이 서서히 들렸다.

이층의 모든 사람은 마른침을 삼키며 환우의 발을 주시했다. 과연 저 무지막지한 발이 가련한 한 떨기 꽃과도 같은 서문하경을 찰 것인가.

자신에게 힘만 있다면 이번 일만은 말렸을 것이나 힘이 없었기에 이곳의 사람들은 모두 석상이 되었다.

“아미타불.”

환우가 막 발을 움직이려는 찰나 이층에 울리는 나직한 불호 소리.

그 소리에 환우의 눈썹이 꿈틀했다. 불호에는 별로 좋은 추억이 없는 그였기에 듣기만 해도 반응이 왔다.

환우는 발을 내리고 천천히 불호가 울린 곳을 돌아보았다. 그곳에는 이마에 계인이 선명하게 찍힌 노승이 담담한 눈으로 자신을 바라보고 있었다.

第六章 소림사

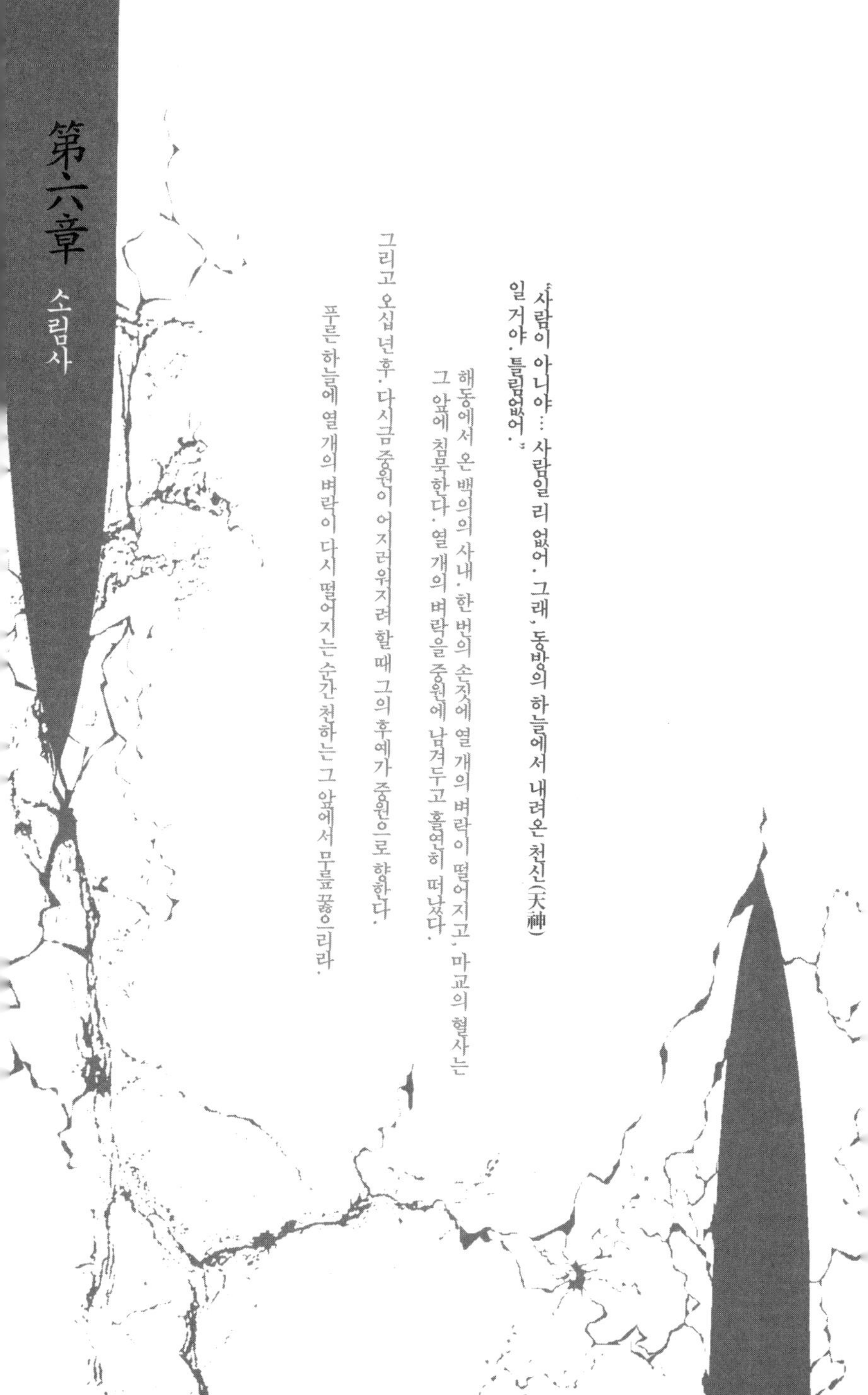

"사람이 아니야… 사람일 리 없어. 그래, 동방의 하늘에서 내려온 천신(天神)일 거야. 틀림없어…"

해동에서 온 백의의 사내. 한 번의 손짓에 열 개의 벼락이 떨어지고, 마교의 혈사는 그 앞에 침묵한다. 열 개의 벼락을 중원에 남겨두고 홀연히 떠났다.

그리고 오십 년 후. 다시금 중원이 어지러워지려 할 때 그의 후예가 중원으로 향한다.

푸른 하늘에 열 개의 벼락이 다시 떨어지는 순간 천하는 그 앞에서 무릎 꿇으리라.

이층에 앉은 사람들은 자신들의 기대를 한껏 담은 시선을 갑자기 나타난 노승에게 보냈다. 이곳 등봉현에서 승려라 함은 바로 소림승이다.

자신들은 힘이 없어 잠자코 지켜보고 있었지만 저 노승이라면 눈앞의 무지막지한 녀석의 발이 아름답디아름다운 서문하경의 몸을 유린하는 것을 막을 수 있으리라. 아니, 반드시 막아내야 했다. 그들은 그러한 열망을 이층으로 올라오는 계단 바로 앞에 있는 노승에게 보냈다.

"시주, 손속이 좀 과한 듯싶습니다."

환우의 시선이 자신을 향하자 노승은 나직한 어조로 말했다.

노승의 말에 환우는 피떡이 되어 있는 세 사람을 둘러본다.

"확실히 좀 과하긴 했군요."

환우는 순순히 노승의 말을 인정했다. 그 한마디를 치호는 도무지 믿을 수 없었다. 짧은 시간이지만 자신이 파악한 사숙의 성격으로는 절대 있을 수 없는 일이라 여겼기 때문이다.

"어떤 연유로 그리 과하게 손을 썼는지는 모르겠습니다만 이쯤에서 멈추는 것이 어떠신지요. 게다가 사내로서 여인에게 발길질을 하려 하시다니요. 이 정도면 저들도 자신의 잘못을 깨달았을 것입니다."

노승은 슬쩍 엎드려 있는 서문하경에게 시선을 준 후 환우를 바라보았다. 그 시선에 환우는 피식 웃었다.

"스님께서는 어이해 그리 말씀하십니까? 저들이 잘못을 했는지 안 했는지 모르실 텐데요. 가령 제가 희대의 악인이라 저들을 핍박하고 있는 것이라면 어찌하시렵니까?"

환우는 입가에 미소를 머금으며 물었다.

"그것은 이곳의 공기가 말을 해주는군요. 시주가 손을 과하게 쓰긴 했으나 그 정당함은 잃지 않았다고요. 그리고 시주의 눈이 그것을 확인시켜 주고 있습니다."

노승은 담담한 미소를 지으며 대답했다. 환우는 그런 노승을 가만히 바라보았다.

"하하하. 대단하십니다, 대단하세요."

갑작스러운 웃음. 가만히 노승을 바라보던 환우의 입에서 느닷없이 터져 나온 웃음에 사람들은 깜짝 놀랐다. 그 상황에서 저런 웃음을 터뜨릴 것이라고 누군들 상상이나 했겠는가.

"스님의 얼굴을 봐서 오늘은 이 정도로 하지요."

환우는 몸을 돌렸다.

그 모습에 이층에 있는 모든 청년들은 안도의 한숨을 속으로만 쉬었다. 저 무지막지한 놈에게서 자신들의 선녀가 구원을 받았으니 얼마나 다행인가.

환우의 말에 서문하경이 천천히 몸을 일으켰다.

"존장의 자비에 머리 숙여 깊이 감사드립니다."

몸을 일으킨 서문하경은 이미 뒤돌아서 있는 환우를 향해 허리를 숙이며 인사를 했다.

"뭐, 넌 운이 좋았어. 하필이면 그때 저런 고승이 나타나시다니 말이야. 나도 절밥을 좀 먹어서 스님 보는 눈은 좀 있는데 땡중이랑 고승은 한눈에 구분이 가. 나타난 사람이 저분이 아니라 다른 땡중이었으면 글쎄, 뭐 말 안 해도 알겠지. 내가 스님 앞에만 서면 약해지기는 하지만 그건 어디까지나 스님 앞에서야."

"풋."

그래서는 안 된다는 것을 알지만 서문하경은 작게 웃음을 터뜨릴 수밖에 없었다. 세상에 소림의 노승을 앞에 두고 고승과 땡중을 운운하다니 보통의 상식을 지니고 있는 사람이라면 절대 할 수 없는 행동이었다.

"네. 제가 운이 좋았습니다. 앞으로는 이런 무례를 범하지 않도록 조심 또 조심하겠습니다. 제 일행에게도 잘 일러두도록 하겠습니다."

서문하경은 언제 웃음을 흘렸냐는 듯 정색을 하고 다시 한 번 고개를 숙였다.

"너무 좋아하지 마. 어쨌든 너는 나한테 갚아야 할 빚을 하나 만든 거니까."

환우는 절대 용서했다는 말을 하지 않았다. 이번은 스님의 얼굴을 봐서 그냥 넘어갈 뿐 그 잘못은 기억하고 있겠다는 것이다. 그것이 빚이 되어 서문하경의 어깨에 내려앉았다.

"명심하겠습니다."

서문하경은 공손히 대답했다.

"재미없군."

서문하경의 대답에 작게 중얼거린 환우는 노승을 향해 걸어갔다.

'그래도 웃음소리는 좋았어. 뭐, 일단 빚은 그걸로 받은 걸로 할까? 굳이 그 사실을 말해줄 필요는 없지만.'

등 뒤에서 들린 서문하경의 웃음에 환우는 그 빚을 받아냈다 생각했지만 굳이 그 사실을 말하지 않았다. 아니, 오히려 빚이 있음을 주지시켰다.

'그래야 다음에 또 볼일이 생기지.'

미묘한 웃음. 오직 노승만이 본 그 웃음의 의미는 정작 자신도 알 수 없었다.

환우가 걸음을 옮기자 치호가 재빨리 몸을 일으켜 환우의 뒤를 따랐다.

"치호야."

"네, 사숙."

재빨리 환우의 뒤를 따라붙으며 치호가 사숙의 부름에 대답했다.

"넌 왜 일어났냐?"

"네?"

"왜 일어났냐구?"

"그건 이 정도로 하신다고 말씀하시기에……."

치호는 사숙의 물음에 무언가 아니라는 생각이 들었다.

"내가 너한테 그랬냐?"

"네?"

"난 너보고 그만 됐다고 한 적 없다."

"네?"

치호는 자신이 잘못 들은 것이기를 바라면서 다시 되물었다.

"박어."

"네?"

다시 되묻는 치호.

"조금 전의 그 자세로 돌아가란 말이다."

"네!"

환우의 몸에서 살기가 이는 것을 느끼자마자 치호는 우렁차게 대답하고 그 자리에서 이마를 바닥에 찍었다. 어찌나 급하게 움직였는지 그 소리가 바닥을 통해 일층 천장으로 울렸다. 그 모습을 지켜보는 서문하경의 눈에 안타까운 빛이 스쳤다. 괴팍한 사숙을 만나 애꿎은 개방의 후개가 고생을 한다 생각한 것이다.

환우의 배분이 분명하게 높았고 구파일방은 서로 다른 방파이되 결코 남이 아니었기에 서문하경은 환우에게 최대한 몸을 낮췄다. 잘못 역시 분명히 진소운에게 있었기에 당연한 행동이었다.

하지만 그에 대한 반응은 그녀의 상상을 초월하는 것이었다. 괴팍해도 이렇게 괴팍할 수가 없었다. 세상에 여자에게 발길질을 하려 하다니 말이다. 그때만큼은 그녀도 눈앞이 깜깜해졌다.

그래도 제법 새롭고 신선한 경험이었다.

'처음이야.'

그렇다. 너라고 불린 것도, 자신의 미모를 보지 않은 사람을 만난 것도, 그리고 여인이 아닌 그냥 한 명의 사람으로 대접을 받은 것도 그녀에게 있어서는 처음이었다.

개방 후개의 사숙, 무림오화의 하나라는 서문하경에게 있어 참으로 괴팍하고 신선한 사람이었다.

"스님께서는 이런 주루에는 어인 일이십니까? 스님께서 올 만한 곳은 아닙니다만."

노승에게 다가간 환우가 물었다.

"허허. 소승이 땡중이라 가는 곳을 가리지 않는다지요."

노승의 대답에 환우가 어색한 웃음을 지었다. 자신이 조금 전 한 말을 의식해서 대답한 것인지 아니면 원래 그러한 대답을 하려 한 것인지 판단이 되지 않았다.

"부처님을 모시는 불자로서 공양을 받아야 하기에 탁발을 나온 길입니다. 세상 중생들의 정성이 담긴 것이라면 쌀 한 톨, 콩 한 쪽도 귀중한 공양이기에 이 땡중은 그곳이 기루든 주루든 가리지 않는 거지요. 마침 이곳에 탁발을 왔다가 이층 의 소란에 주루의 총관이 안절부절못하기에 올라와 본 것이 오."

노승의 대답에 환우는 고개를 끄덕였다.

"그럼 오늘 탁발은 끝나셨습니까?"

"탁발에 끝이 어디 있겠습니까만 오늘은 이 정도면 된 듯 합니다."

"그렇다면 오늘 하루 스님께 잘 곳을 청하여도 될는지요."

"그러도록 하십시오. 누추한 곳일지 모르지만 오는 손을 가리지 않습니다."

노승은 합장을 하며 웃었다.

"그럼 잘 부탁드립니다."

"허허. 가시지요."

주루에 폭풍과도 혼란을 가져왔던 환우는 그렇게 어이없는 결말을 남기며 일층으로 걸음을 옮겼다.

"사, 사숙!"

그때 주루의 바닥에 이마를 대고 엉덩이를 한껏 치켜들고 있던 치호가 다급하게 환우를 불렀다. 이대로 환우가 가버린다면 자신은 그야말로 난감한 상황에 빠져 버리는 것이다. 그렇다고 대뜸 일어서서 따라가기에는 조금 전의 경험이 너무 무서웠다.

"앞으로 반 시진 후에 일어나서 재주껏 찾아와라. 개방의 거지라면 그 정도는 할 수 있겠지."

그리고 환우는 자신이 먹은 음식의 셈을 치른 후 주루를 벗어났다. 개방을 벗어날 때 방주가 여비에 쓰라며 얼마간의 재물을 주었다. 그것은 지금 환우의 품에 있었다.

'나참. 거지에게서 여비를 받아 쓸 줄이야.'

자신을 보며 벌벌 떠는 주루의 주인에게 품에서 동전을 꺼내 주는 순간 환우의 머리를 잠깐 스치고 지나간 짧은 생각이다.

"이곳으로 가면 소승이 기거하는 절이 나옵니다."

노승은 등봉현을 벗어나 꾸준히 걸음을 옮겼다. 그 걸음은 그냥 보통 사람의 걸음 그것이었다.

어느새 사방이 어둑어둑해지고 있었다. 그때 두 사람은 산자락을 지나 어느덧 제법 깊은 곳까지 들어갈 수 있었다.

"다 왔습니다."

사찰이라고 불리기에는 작고 암자보다는 조금 큰 그런 크기의 절이 나타났다.

응당 현판이 걸려 있어야 할 자리가 덩그러니 비어 있었다.

"이 절은 이름이 없습니다?"

"네, 없지요. 절이란 곳이 결국은 부처님을 모셔놓고 속세의 때를 벗으려는 곳. 이름이 무에 소용이겠습니까? 굳이 이름을 붙이자면 무명사(無名寺) 정도가 적당하겠군요."

노승의 말에 환우는 고개를 끄덕였다. 환우도 처음 노승을 봤을 때 주루의 다른 사람들과 마찬가지로 소림의 승려라 생각했다. 그 눈에서 현현하게 비쳐 나오는 수행의 경지가 결코 낮지 않았기에 근처의 유명한 절이자 무림문파라는 소림의 승려라 생각한 것이다.

노승이 환우를 이끈 산도 숭산은 맞았지만 소림사가 위치한 소실봉이 아니었다. 이곳의 지리를 전혀 모르는 환우야 알리가 없는 것이 당연하지만 만약 치호가 같이 왔다면 무언가 이상함을 느꼈을 것이다. 노승은 소실봉이 아닌 준극봉으로 환우를 이끈 것이다.

'재미있어.'

당연히 그럴 것이라 생각했던 것이 그러하지 않고 일이 엉뚱하게 진행되었다. 중원에 들어온 이후 환우로 인해 그 주변 사람들이 겪은 그 상황을 이번에는 그 자신이 겪었다. 하지만 그는 오히려 그것이 재미있었다.

모두들 입을 모아 칭송을 하기에 당연히 유명한 소림사의 승려일 거라 생각했는데 소림의 승려가 아니라는 사실이 재미있었다. 환우는 어딘가 삐딱한 구석이 있었다. 유명하고 당연히 그러해야 하는 이들이 그러하지 못하고 그러지 못할 것이라 생각한 이들이 그러하는 것을 보는 것이 즐겁고 재미있었다.

만일 승려가 안내한 절이 그의 예상대로 소림사였다면 오히려 실망했을 것이다.

"이런 제 소개를 하지 않았군요. 해동에서 온 신환우라 합니다."

그제야 생각이 난 듯 환우는 중원의 예법대로 포권을 하며 허리를 숙였다.

"허허. 소승은 만해(卍解)라 합니다."

"만해 스님이셨군요."

환우의 말에 만해 스님은 빙그레 웃었다.

"해동에서 오셨다 하셨는데 혹 반도의 남동쪽 끝에 있다는 금정이라는 산을 아십니까?"

"네. 알다마다요."

금정산. 환우가 자란 범어사가 자리한 산이다.

"한데 스님께서는 어찌 그곳을 아십니까?"

"한 스님께 들었습니다. 그분도 해동에서 오신 분이라 하셨는데 그 눈빛이 끝을 알 수 없을 정도로 맑고도 깊은 것이 참으로 깨끗한 분이셨죠. 그분이 그러시더군요. 온 대륙의 기가 흘러 모여서 반도의 등줄기를 타고 내려가다가 바다를 만나 그 자리에 멈춰 앉은 곳이 금정산이라고요. 해서 그 산에 서린 기운이 대단하다 들었습니다."

환우는 만해 스님의 말에 깜짝 놀랐다.

무척이나 귀가 따갑게 듣던 말이다. 그것도 무던히 괴로워하면서 듣지 않았던가.

"바다를 만나 갈 곳을 잃은 기운이 위로 올라올라 바위를 뚫고 조그만 샘이 되어 하늘의 기운과 만나니 능히 천과 지의 교통으로 그 영험함은 말할 필요가 없는 곳이라. 그 샘의 이름을 금정(金井)이라 하지요. 그리고 금정이 있기에 그 산이 금정산이 된 것이고요. 이런 말씀 또한 듣지 않으셨습니까?"

계속 이야기를 하려던 만해 스님은 환우가 먼저 입을 열자 빙그레 웃으며 가만히 들었다.

"잘 알고 계시는군요."

만해 스님은 환우의 물음에 고개를 끄덕였다.

"후우."

만해 스님의 대답에 환우의 입에서 한숨이 새어 나왔다.

"놈! 너와 나는 인연으로 이어져 있다. 네놈은 인연으로 맺어진

다는 것이 얼마나 힘들고도 어려운 것인지 아느냐? 사람들이 기이
하게 맺어진 인연을 기연이라 부른다지만 내가 볼 때 세상 모든
인연이 곧 기연이다. 인연 자체가 기이하다 할 수 있는 것이다. 그
러니 나는 그런 인연으로 맺어진 너를 어찌 소홀히 할 수 있겠느
냐."

머리에 울리는 골이 지끈지끈한 잔소리. 그 사람을 떠올리
자 그만 그 잔소리까지 떠올라 버렸다.

환우로 하여금 스님만 보면 그 앞에서 작고 초라해지게 만
든 원흉. 지금 이곳에서 그 흔적을 만나고 말았다. 해동의 삼
천 리 강산에서도 만나기 힘든 그 스님의 흔적을 이 드넓은
중원 대륙에 온 지 얼마나 됐다고 만났단 말인가.

'역시 인연이라는 것인가.'

"왜 그러십니까, 신 시주?"

환우의 기이한 기색에 만해 스님이 걱정스레 물었다.

"혹여 그 스님이 망오(忘吾) 스님이 아니십니까?"

"네. 맞습니다. 그분이지요. 똑같은 말씀을 하신다 하였더
니 아는 분이셨군요."

"알다마다요. 인연이 깊은 분이지요."

"그분으로 인해 저와 시주의 인연이 이어졌나 봅니다."

산문을 지나 법당으로 가면서 만해 스님은 즐거이 말했다.
서로가 같은 사람을 알고 있다는 것, 그것만으로도 서로가 상

당히 가깝게 느껴지는 법이다.

"망오 스님은 근처 소실봉에 있는 소림사에 구경 왔다 하시면서 잠시 이곳에 들르셨습니다. 길을 잃었다 하시더군요. 그게 재작년의 일입니다. 그때 이곳에서 열흘 머무르시면서 많은 대화를 나눴지요. 소승에게 무척이나 도움이 되었답니다. 시주께서는 망오 스님과 어떤 인연을 가지셨는지요?"

만해 스님은 망오 스님을 떠올리자 그때의 즐거웠던 기억이 되살아나는 듯 얼굴 가득 생기있는 웃음이 자리했다.

'기연이자 악연이지요.'

환우는 목구멍까지 올라온 대답을 억지로 내리눌렀다.

현재 범어사에서 법명에 '망' 자를 쓰는 스님은 모두 셋으로 망오 대사, 망아 대사, 망화 대사이다. 이 세 스님은 모두 사형제 간으로 망오 대사가 첫째, 망아 대사가 둘째, 망화 대사가 셋째이다.

어린 환우를 거두어 범어사로 데려간 이는 망아 대사였지만 망오 대사 역시 환우에게 각별한 관심과 애정을 기울였었다. 물론 환우로서는 전혀 반갑지 않은 것이었지만 지금에 이르러서는 그때 망오 대사의 관심과 애정이 많은 도움이 되고 있는 것 또한 사실이다.

보통 사람들이 흔히 알고 있는 절은 현교(顯敎)라 한다. 현교는 나타내서 설(說)해진 가르침으로 일반 사람들에게 널리

부처님의 가르침을 전하여 대승적인 깨달음을 추구하는 밝은 곳의 절인 것이다. 범어사의 주지인 망아 대사는 그러한 현교의 주지였다.

반면 밀교는 비밀로 설해진 가르침이다. 법신불(法身佛)인 대일여래(大日如來)가 깨달은 내용을 스스로 비추어 보면서 즐기는 자수자락(自受自樂) 삼밀(三密)의 가르침을 밀교라 하며 그 수행법은 다양하나 범어사의 밀교는 관법(觀法)을 택하고 있다. 바로 망오 대사가 그러한 범어사 밀교의 주지였다.

보통 사람들은 알지 못하고 오직 절에서 수행하는 이들만이 아는 밀교. 그 밀교의 주지인 망오 대사는 관법 수행 중 하나인 선무도의 달인이었다. 선무도는 신체를 팔, 다리, 배 등 머리의 다섯 부분으로 나누어 수련을 하는 불교 무술로 그 궁극적인 목적은 깨달음을 얻는 것이기에 부드럽고 유려하며 현묘한 기운을 담은 무술이다.

망오 대사의 선무도의 경지는 능히 망아 대사가 날리는 열 개의 벼락을 막아내고 반격까지 할 정도이니 중원의 무인들의 기준에서는 초인이라 일컬어질 만했다. 물론 그러한 사실을 아는 이는 범어사의 승려들 정도다.

"쯧쯧. 그렇게 백날 칼만 던져서 어쩌려고 그러냐? 네가 가진 칼 열 자루를 모두 던졌을 때 상대가 네 품으로 파고들면 어찌하려고 그러느냐? 응?"

환우가 일곱 살이던 어느 날. 평소와 변함없이 부산포의 한 백사장에서 바다를 향해 벽조목검을 던지고 있을 때 불쑥 나타난 망오 대사의 말이었다. 그 말이 환우와 망오 대사의 연을 악연으로 만드는 시발점이었다.

망오 대사의 말이 일리가 있다 생각한 환우는 망오 대사에게 선무도를 배우기 시작했고 그것은 곧 고행이었다. 괴팍하다는 말 정도로는 표현이 불가능한 망오 대사의 성격은 과연 밀교의 주지라 할 만했다.

게다가 환우가 망아 대사나 망화 대사에게 들은 선무도의 특징은 부드럽고 유려하며, 현묘한 기운이라 했는데 망오 대사가 보여주는 선무도는 강하고 패도적이며 파괴적이었다.

"몸을 움직이는 법은 몸이 기억하게 해야 한다."

망오 대사는 그럴듯한 말로 자신의 행동을 정당화하면서 환우를 무수히 두들겨 팼다. 그리고 그사이 입은 한시도 쉬지 않고 잔소리를 했다. 환우로서는 정말 잊고 싶은 과정이었다.

"세상에 대가없이 얻을 수 있는 일은 없다. 더군다나 인연으로 맺어지는 일임에야 그만한 대가를 치러야지."

확실히 환우는 망오 대사에게 대가를 치른 만큼 강해졌다.

범어사에서 가장 강하다는 두 스님. 망아 대사와 망오 대사의 진전을 모두 이은 것이다.

그런 망오 대사가 삼 년 전 환우가 열다섯 되던 해 훌쩍 떠났다.

"석가모니께서는 나란쟈라 강가에서 소녀가 공양하는 우

유죽을 받아먹으시고 심신의 안정을 취한 후 선정에 드신 뒤 드디어 대해탈의 깨달음을 얻으셨다. 그와 같이 깨달음을 구하는 수행의 길은 몸과 마음 중 어느 한쪽으로 치우쳐서도 안 되며 오직 둘의 적절한 조화를 통해서만이 삼매(三昧)를 이룰 수 있다고 하겠다. 여기서 말하는 조화란 몸과 마음은 물론 강(剛)과 유(柔), 동(動)과 정(靜), 주관과 객관, 나와 너 나아가서 우주와 나의 조화를 뜻하는 것이다. 이는 곧 부처님의 중도사상(中道思想)이라 말할 수 있으며 바로 관법수행의 핵심적인 요지이다. 선무도도 결국은 깨달음을 추구하는 관법수행의 한 갈래다. 너는 이 사실을 잊지 말고 꾸준히 수행에 힘써야 할 것이다."

망오 대사가 떠나던 날. 환우를 곤죽이 되도록 쥐어 팬 후 마지막으로 남긴 말이었다. 환우가 가지고 있는 가장 큰 두 가지 화두 중의 하나인 것이다.

사실 주루에서 환우가 진소운 일행을 피떡으로 만든 방법도 자신이 당했던 것이다. 그리고 치호가 벌썼던 자세 그것 또한 환우가 직접 당했던 것이다. 선무도를 익히기 전에 이미 퇴화되거나 기형화된 골(骨), 관절과 근육을 이완하고 교정하여 신체의 균형을 바로잡아 수행의 기본적 체질을 갖추고자 하는 오체유법이란 것의 한 동작인 것이다.

오체유법에 있어서 그와 같은 자세는 아주 기본적이고 쉬운 자세이지만 선무도를 익히는 사람이 아닌 보통 사람에게는 괴롭고도 힘들기만 한 자세일 뿐이다.

"왜 그러십니까, 시주?"

상념이 좀 길었던 것일까? 만해 스님의 온화한 목소리가 환우의 정신을 깨웠다.

"아, 아닙니다."

"허허. 망오 대사님과 참으로 깊은 인연을 맺으신 듯합니다. 그리 깊은 생각에 빠지시다니요."

환우의 모습에서 그가 망오 대사에 대한 생각을 했다는 것을 쉬이 눈치 챈 만해 스님이 너털웃음을 지었다.

"깊은 인연이지요. 망오 스님은 제가 자란 범어사의 밀교 주지셨습니다. 그분께 밀교의 가르침을 받았지요."

"허. 그랬군요. 시주의 몸동작이 범상치 않았다 했더니 과연 밀교의 가르침을 받은 분이셨군요. 아미타불."

환우의 말에 만해가 합장을 하며 불호를 외웠다.

"대단한 것은 아닙니다."

환우는 만해 스님의 행동에 머쓱해하며 말했다.

"오히려 저는 스님의 그 깊은 기운에 감복하였습니다."

"허허. 그저 부처님 앞에 앉아 염불 외울 줄만 아는 땡중이 무어 대단하겠습니까."

환우의 말에 만해 스님은 아무것도 아니라는 듯 말했다. 환우가 보기에 만해 스님은 정말이지 무공과는 아무 상관 없는 보통의 스님이었다. 하지만 그 수행의 깊이가 깊어 나름의 깨달음을 얻는 듯 깊고도 현묘한 기운이 절로 만해 스님에게서 흘러나오고 있었다.

그것이 환우가 만해 스님을 공손히 대하는 이유였다. 만해 스님은 환우가 존경을 표할 만한 경지를 이룬 사람인 것이다.

두 사람의 얼굴에 동시에 미소가 떠올랐다. 이미 서로에 대해 너무나 잘 알게 되었다는 염화시중의 미소. 다른 길을 추구하지만 그 끝이 같았기에 두 사람은 서로를 쉬이 알고 인정할 수 있는 것이다.

"사숙! 사숙!"

그때 절의 산문 쪽에서 치호의 목소리가 들렸다.

"이제 쫓아온 모양이군요. 잠시 나갔다 오겠습니다."

"그러시지요. 저쪽 건물에서 거하시면 됩니다."

많은 이야기를 나누며 걸었기 때문이지 이제야 대웅전 앞에 이르러 있었다. 만해 스님은 대웅전 좌측 구석에 작게 지어진 집을 가리켰다.

"알겠습니다."

환우는 만해 스님에게 포권을 해 보인 후 몸을 돌려 다시 산문으로 걸음을 옮겼다. 자신의 생각보다 무척이나 빨리 쫓아온 것이다.

환우의 모습을 잠시 지켜보던 만해 스님이 대웅전 안으로 들어가자 청아한 목탁 소리가 들렸다.

"사숙!"

환우가 산문 앞에 모습을 드러내자 치호가 반가운 얼굴을 했다. 이미 어둠이 깔린 산속에서 사숙의 흔적을 쫓아온 곳에 떡하니 자리한 것이 현판조차 없는 낡은 건물이니 은근히 불안했던 것이다.

"빨리 왔구나."

"개방도라면 약간의 추적술은 익히고 있습니다."

그랬다. 정보 수집이 주특기인 방파이다 보니 추적술 또한 상당한 수준까지 발달해 있었다. 치호는 후개의 수업 중 하나로 추적술을 배웠다. 실전에 사용한 것은 이번이 처음이지만 말이다.

"그럼 두 시진으로 할 걸 그랬나."

치호의 말에 환우는 아쉬운 듯 중얼거렸다. 그 말에 치호는 얼굴이 노랗게 변했다. 사숙의 성격이라면 앞으로 그런 일이 또 발생할 시에는 반드시 두 시진이 될 것이다. 그 생각이 들자 치호는 자신의 방정맞은 입을 탓했다. 스스로 고난의 길로 들어선 것이다.

주루에서의 반 시진은 얼마나 괴로운 시간이었던가.

자신이 그러고 있기에 다른 이들은 이층에서 서둘러 자리를 비웠다. 이미 자신이 개방의 후개라는 사실을 그 자리의 사람들은 모두 알고 있었기에 차마 그런 그의 모습을 계속 보고 있을 수 없었던 것이다. 다만 서문하경만이 반 시진 동안 자리를 지켜주었다. 따지고 보면 그녀의 일행 때문에 일어난 일이니 먼저 자리를 뜰 염치가 없었던 것이다.

진소운을 비롯한 다른 두 명을 사람을 시켜 의원에게 보낸 후 정확히 반 시진이 될 때까지 그 자리에 있던 서문하경 덕에 치호는 그나마 그 시간을 버틸 수 있었다. 이층에 올라와서 이제 그만 가라고 자꾸 눈치를 주는 총관의 모습에도 말이다.

치호가 이층에서 그러고 있으니 다른 손님들이 이층에 가려 하지 않았고 주루는 정확히 반 시진 동안 이층을 비워두며 상당한 손해를 안아야 했다.

"저, 그 스님께서는 소림의 분이 아니셨습니까?"

치호는 이곳으로 오면서 의아하게 생각했던 것을 물었다.

반 시진 후 황급히 환우를 쫓던 치호는 사실 여유가 있었다. 그 역시 그 스님을 소림의 고승이라 판단했기에 별 생각 없이 소실봉으로 방향을 잡은 것이다. 하지만 한참을 가다가 정신을 차려보니 사숙의 흔적이 없었다.

그때부터 부리나케 달리며 흔적을 찾으니 이곳 준극봉으로 이어져 있었던 것이다.

엉뚱한 길로 가다가 다시 흔적을 찾아 달려온 것치고는 놀랄 만큼 빨리 온 것으로 보아 치호 역시 보통 실력은 아니었다. 다른 것은 몰라도 일단 경공과 추적술에 있어서는 개방의 후개 자리를 차지하고 있을 만큼 상당한 실력을 가진 것이다.

'다음에는 다른 것을 시험해 봐야겠군.'

환우는 다른 생각을 하느라 치호의 물음을 제대로 듣지 못했다.

"으응? 무어라 했느냐?"

"예. 그 스님께서는 소림의 분이 아니신가 여쭈었습니다."

"아, 그래. 아니시더라. 이런 절에 그런 높은 경지의 고승께서 계시다니, 역시 세상은 겉모습만으로 판단할 것은 아니야."

산문을 지나 안으로 들어서며 환우가 말했다. 치호는 그 뒤를 조용히 따랐다.

"내일은 소림이란 곳에 가보자. 그곳은 얼마나 대단한 고승이 있는지 말이야."

"네."

환우의 말에 치호는 그저 공손히 대답만 할 뿐이다. 그동안 당한 구박도 구박이지만 오늘 당한 것이 치호의 가슴 깊이 새겨졌기 때문이다. 덕분에 치호의 행동은 더욱 조심스러웠다.

*　　　*　　　*

고요하던 산사가 들썩인다. 이미 해는 져 사방에 어둠이 깔린 밤이다. 여느 밤과 다름없이 별들이 총총히 하늘을 밝히고 어둠 속에 움직이는 산짐승들이 하나둘 모습을 드러낼 시간, 무림의 태산북두라는 소림이 소란에 휩싸였다.

"어허. 아미타불."

소림의 내약당의 당주인 법진의 입에서 절로 불호가 새어 나왔다. 그는 지금 자신의 눈앞에 있는 세 환자가 과연 사람이 맞는지 심각하게 고민했다. 머리가 있고 몸통에 팔 두 개, 다리 두 개가 붙어 있는 것을 보니 분명 사람일진대 그 모습이 너무 처참했다.

해질녘 서문하경이 사람을 시켜 들것에 들고 온 진소운, 마일성과 조웅인이었다. 이들은 사흘 후 있을 소림의 방장 불요대사의 설법을 듣기 위해 소림의 손님으로 온 각대문파의 제자들이었다.

지금 내약당의 밖에는 제자들의 상태를 걱정하며 찾아온 무당과 점창, 그리고 해남파의 장로들이 안절부절못하고 있었다. 이들을 데리고 온 서문하경은 이미 장로들에게 불려간 후였다.

"허어. 대체 어떻게 하면 사람이 이렇게 될 수 있단 말인가."

다행히 내상은 크지 않았지만 너무 처참한 외상에 금창약을 바르고 붕대를 감는 법진의 손길이 바빴다. 다행히 등봉현의 의원의 솜씨가 좋은지 응급 처치가 잘 되어 있었다. 이제는 경과에 따라 추가적으로 약을 더 발라주는 정도면 충분했다.

"하경아, 그게 진실이더냐?"

서문호는 자신의 딸의 말을 도무지 믿지 못하겠다는 듯 다시 물었다.

총명하고 사리를 분별할 줄 아는 딸아이다. 그러니 그 말에 한 점 거짓은 없을 것이다. 하지만 그 내용이 너무 터무니없었다.

"이게 대체 어찌 된 일이오, 만취개 장로!"

서문하경의 설명이 끝나자 무당의 장로인 무허 진인이 그 자리에 있는 개방의 장로인 만취개에게 따지듯 물었다.

만취개로서는 그야말로 난감한 상황이었기에 아무런 대답도 못하고 이마를 짚은 채 인상을 쓰고 있을 뿐이었다.

'아니, 치호의 젊은 사숙이라니 그게 대체 어찌 된 것이오, 방주?'

개방의 방주인 소천걸은 개방 장로들의 막내 사제다. 즉, 그보다 어린 사제가 있을 수 없는 것이다. 하지만 서문하경은 치호가 사숙이라 부른 인물이 서문하경과 비슷한 또래로 보인다고 했다. 만취개로서는 전혀 들은 바가 없으니 그야말로 난감한 상황인 것이다.

만취개가 이곳 소림사로 온 것은 한 달 전이다. 즉, 환우가 중원에 오기 전인 것이다. 그러니 개봉의 총타에서 벌어진 일을 그는 모르는 것이다.

"우리도 이번 일은 그냥 넘어가지 않을 것이오."

해남파의 장로인 서가진이 잔뜩 화가 난 얼굴로 말했다. 점창파의 장로인 호치덕 역시 사나운 얼굴로 앉아 있다.

구대문파 중 세 문파의 장로들의 매서운 기세에 만취개는 그야말로 좌불안석이었다.

"아미타불."

그때 장로들과 함께 자리하고 있던 소림의 방장 불요 대사가 나직이 불호를 외었다.

"자, 무언가 오해가 있겠지요. 산 아래 등봉현에 왔다는 것은 목적지가 이곳 소림이라는 이야기일 테니 가까운 시일 내에 올 것이라 생각됩니다. 그때 오해를 풀도록 하는 것이 어떻겠습니까?"

불요 대사가 중재에 나서자 만취개는 안도의 한숨을 쉬었다. 그도 어찌 된 상황인지 전혀 모르기에 아무 할 말이 없는 상황인 것이다.

"흥. 오해라니요. 우리 소운이가 피떡이 된 것은 엄연한 사실입니다. 개방은 반드시 이 일의 책임을 져야 할 것입니다."

불요 대사의 중재에도 무허 진인은 꿈쩍도 하지 않았다. 눈에 넣어도 아프지 않을 사질이다. 자신들의 소사제를 제외하면 가장 뛰어난 재능을 보였기에 일대제자들 중에서도 기대를 한 몸에 받던 아이다. 그런 아이가 저런 몰골이 되었으니 그 화를 쉬이 가라앉히기 힘들었다.

“너무 그렇게 핍박하지 마시지요.”

무허 진인의 말이 결국 만취개의 심기를 건드렸다. 자신도 상황을 몰랐기에 아무런 말을 하지 않고 있었지만 사람이 참는 것도 한계가 있다. 개방이 책임을 지라는 소리가 나오자 그도 결국 될 대로 되라는 심정으로 맞부딪쳤다.

“사실 일을 따지고 보면 무당의 진소운이라는 아이의 잘못이 크지 않습니까?”

“뭐, 뭐요?”

“저기 저 아이의 말에 의하면 처음 검을 뽑은 것도 진소운이요, 공격한 것도 진소운이라 하지 않습니까. 치호의 사숙이라면 저와 같은 배분입니다. 비록 문파가 다르다 하나 우리 구파일방은 한가족이나 다름없이 지내는 사이. 저와 진인의 배분 또한 같으니 진소운이라는 아이는 저에게 검을 뽑은 것이나 다름없는 일입니다. 응당 맞을 짓을 한 것이지요.”

“이, 이……”

만취개의 말이 사리에 맞았다. 그랬기에 무허 진인은 무어라 받아치지 못하고 얼굴이 붉으락푸르락해져서 이를 악물뿐이었다.

“하지만 그래도 도가 지나쳤습니다. 존장이라면 존장답게 말로써 잘 타일렀어야지요. 그리고 후개의 사숙이라는 자는 끝까지 자신의 이름을 밝히지 않았지 않습니까? 게다가 스스로 후개의 사숙이라고 밝히면 될 것을 밝히지 않고 알아내 봐라 이랬다니 그게 무슨 경우입니까? 말해주지 않은 것을 어찌 압니까? 그리고 그렇다고 사람을 시체로 만들어놓다니요. 그 아이들이 지금 숨만 쉬고 있다뿐이지 어찌 사람이라 하겠습니까?"

점창의 호치덕이 만취개를 향해 사나운 공세를 취했다.

"그리고 저는 개방의 방주께 어린 사제가 있다는 이야기는 금시초문입니다. 개방의 방주께서는 전대 방주의 막내 제자가 아니었습니까?"

해남의 서가진이 호치덕에게 힘을 보탰다.

양쪽에서 연이어 터져 나오는 공세에 만취개는 제대로 대응하지 못했다. 다른 것은 차치해 두고라도 그는 환우를 몰랐다. 그러니 평소라면 능히 받아칠 말도 받아치지 못하고 있는 것이다.

"자자, 그만들 하시지요. 하경이의 말로는 소림의 고승으로 보이는 스님과 함께 갔다지 않습니까. 그럼 조만간 올라오겠지요. 그때 다시 이야기하는 것이 어떻겠습니까?"

보다 못한 서문호가 끼어들어 좌중을 진정시켰다. 그 역시 이번 일의 당사자 중 한 명이었기에 다른 삼 파의 장로들은 못마땅한 얼굴로 입을 다물었다. 사실 서문호의 심사라고 편할 리가 없었다. 비록 그의 딸은 무사하다 했으나 사람이 잔뜩 모인 주루에서 바닥에 엎드렸다고 했다. 무인으로서 치욕도 그런 치욕이 없었다.

밤이 깊어 그날의 논의는 그것으로 끝이 났다. 다른 각파의 장로들은 자신들이 기거하는 거처로 돌아가고 방에는 오직 불요 대사만이 남아 있었다.

"허어, 이건 또 무슨 일이란 말인가. 그 일이 있은 지 얼마나 되었다고. 개방의 방주는 어찌 보내야 할 사람은 보내지 않고 엉뚱하게 사제를 만든 것인지……."

소천걸은 환우를 만난 후 그에 대한 사항을 아직 불요 대사에게 알리지 않았다.

환우가 떠난 즉시 폐관에 들었기 때문이다. 간단한 서신 하나만 보내줘도 충분한 일이었다. 하지만 그는 간신히 움켜쥔 깨달음의 한 자락을 놓칠 수 없다고 그 간단한 일조차도 하지 않았다. 사실 환우와의 대화에서 얻은 깨달음을 향한 실마리에만 온 신경이 몰려 있어 소림의 방장에게 소식을 알려야 한다는 사실을 까맣게 잊고 있었다. 덕분에 간단히 끝날 수 있었던 일이 소란이 되어버렸다.

"그나저나 탁발을 하는 노승이라니… 소림에는 그런 인물이 없거늘."

탁발이란 수행의 한 방편으로 주로 젊은 승려들이 나간다. 불요 대사가 알기로 현재 소림에는 탁발을 하는 노승은 없었다. 장로들에게는 굳이 그 사실을 말하지 않았지만 계속해서 일어나는 알 수 없는 일들이 불요 대사를 미혹의 길로 들어서게 만들었다.

　산속의 아침은 상쾌한 법이다.
　환우는 오랜만에 상쾌한 공기를 가슴 깊이 들이마시며 기분 좋은 얼굴을 하고 있다. 만해 스님에게 인사를 하고 무명사를 나선 후 준극봉을 벗어나 소실봉의 산자락에 접어들고 있었다.
　"얼마나 더 가야 하냐?"
　"소림사는 소실봉의 북쪽 기슭에 있다 하니 점심때쯤은 되어야 당도할 듯합니다."
　"그래? 그럼 점심은 오랜만에 절밥인가? 절밥이 확실히 맛은 있는데 말이지. 점심때 놓치기 전에 서둘러 가자."
　전날 무명사에서 먹었던 저녁과 오늘 아침은 모두 간단한 채소와 과일이었다. 탁발을 받아온 쌀은 부처님께 하루 동안 공양을 드린 후 먹기에 간단히 과일과 채소로 해결을 한 것이다. 물론 그것도 굉장히 맛있었다. 치호는 어떨지 모르지만 환우는 이미 익숙했으니까.
　'하지만 역시 조선 사람은 밥이지.'
　그랬다. 밥이 아쉬운 것은 사실이다.
　환우는 지금 자신으로 인해 소림사에서 어떤 일이 벌어졌는지, 소림사에서 어떤 일이 자신을 기다리고 있는지도 전혀 모른 채 소림사로 가는 걸음을 빨리했다.

오로지 맛있는 절밥을 먹기 위해 점심때를 놓치면 안 된다는 일념으로.

第七章

정파의 명숙들

사람이 아니야… 사람일 리 없어. 그래, 동방의 하늘에서 내려온 천신(天神)일 거야. 틀림없어.¨

해동에서 온 백의의 사내. 한 번의 손짓에 열 개의 벼락이 떨어지고, 마교의 혈사는 그 앞에 침묵한다. 열 개의 벼락을 중원에 남겨두고 홀연히 떠났다.

그리고 오십 년 후. 다시금 중원이 어지러워지려 할 때 그의 후예가 중원으로 향한다.

푸른 하늘에 열 개의 벼락이 다시 떨어지는 순간 천하는 그 앞에서 무릎 꿇으리라.

환우가 재촉하며 서두른 덕인지 아직 해가 남쪽 하늘을 향해 오르고 있는 때에 소림의 산문 아래에 당도할 수 있었다. 절의 점심시간까지는 아직 반 시진 정도 남은 상태였다.

"후후. 이 정도면 점심은 먹을 수 있겠군."

환우는 만족한 미소를 지으며 소림의 산문으로 향하는 계단을 올랐다. 치호는 그 뒤를 조용히 따랐다. 전날 진소운 등과의 대화에서 듣기로 그들은 소림의 방장인 불요 대사의 설법을 듣기 위해 각파의 장로들과 함께 소림사에서 거하고 있다고 했다.

그런 그들은 그렇게 만들어 보냈으니 과연 소림사에 들어가서 아무 일도 없을지 걱정이 되었던 것이다.

"저… 사숙."

산문 아래에 오는 동안 그러한 사실을 사숙에게 말해야 할지 말지 고민하던 치호가 드디어 결심을 하고 입을 열었다. 일단은 알리고 봐야 한다고 판단을 내린 것이다.

"왜?"

환우의 목소리가 평소와는 다르게 들떠 있었다. 곧 맛있는 절밥으로 허기를 채운다는 생각에 기분이 절로 좋아진 것이다.

복잡하고 알 수 없는 성격을 지닌 반면 이렇게 단순할 때도 있었다.

"어제 일 말입니다."

"응? 어제?"

"그, 주루에서요."

"아, 아. 그래, 그 일이 왜?"

그제야 환우는 생각났다는 듯 고개를 끄덕였다.

"저, 그분 소협들은……."

"알아. 무당파, 화산파, 점창파, 해남파. 모두 구파에 속한 대문파들이란 거지."

환우가 치호의 말을 끊었다.

"네. 그렇습니다. 게다가 그들 문파의 장로님들이 이틀 후 있을 소림의 방장이신 불요 대사님의 설법을 듣기 위해 지금 소림에 거하고 계시답니다. 물론 그 소협들도 소림에 머무르고 있고요.”

치호의 말에 환우는 대답이 없었다. 그저 계단을 오를 뿐이다. 사숙에게서 아무런 반응이 없자 치호는 침을 꿀꺽 삼킨다. 이런 침묵 뒤에는 반드시 엄청난 일이 터질 것이다. 치호의 감각이 그렇게 경고하고 있었다.

소실봉의 산들바람이 환우와 치호 사이를 가르고 지나간다.

“그러니까, 지금 소림사에 가면 그놈들이 있고 또 그놈들 문파의 장로들이 있다는 거지?”

“네.”

환우의 목소리가 달라질 거라 생각했지만 여전했다. 치호는 자신의 감각이 빗나갔다는 사실에 안도했다. 사숙이 별다른 반응을 보이지 않는 것이 그에게는 얼마나 다행스러운 일인지 모른다.

“으음. 장로쯤 되면 용아천뢰검을 가지고 있을까? 아니겠지. 그래도 소재 정도는 알고 있지 않을까? 잘됐네. 한 번에 다섯 자루의 소재를 알게 되다니. 그러면 이제 남은 건 네 자루인가?”

환우는 전날 자신이 그들 문파의 제자들에게 한 일은 전혀 생각하지 않고 오로지 용아천뢰검의 소재를 알아낼 수 있다는 사실만 생각하고 있었다.

'아, 그리고 빚쟁이도 하나 있겠군. 후훗.'

알 수 없는 미소가 환우의 입가에 살짝 떠올랐다 사라진다.

"저, 사숙. 하지만 어제 그런 일이 있었으니 그분들이 사숙을 곱게 보지는 않을 겁니다."

치호의 말에 환우의 눈썹이 꿈틀했다.

"어제 일?"

"네. 구파 중 세 문파의 제자들을 그렇게 피떡으로 만들어 놓으셨으니."

"그게 뭐? 걔들이 잘못했잖아. 네가 그래, 그 무당파의 장로라는 사람한테 이놈, 저놈 하면서 칼을 겨누고 죽이네 살리네 하면 어떻게 될 것 같냐? 물론 모르고 그랬다고 하더라도 말이지."

환우의 물음에 치호는 생각할 것도 없다는 듯 즉각 대답했다.

"그야 죽지만 않으면 다행이죠. 제가 개방의 후개이니 사부님의 체면을 봐서라도 죽이지는 않겠지만 그래도 크게 낭패를 볼 겁니다. 그리고 사부님께서 직접 사과를 하셔야 할 것이고요."

"그래. 내가 왕 영감님한테 들은 정파, 아니, 무림이라는 곳의 배분은 그런 거였어."

"네."

사숙의 너무나 당연한 소리에 치호는 고개를 끄덕이며 대답했다.

"난 너한테 뭐냐?"

"사숙입니다."

"청풍개 왕 영감은 너한테 뭐냐?"

"사숙입니다."

"청풍개 왕 영감이나 나나 너한테 사숙이란 말이고 왕 영감은 장로지? 그럼 난?"

"아……."

환우의 물음에 치호는 그제야 환우가 말하고자 하는 바를 깨달을 수가 있었다. 환우가 개방의 장로는 아니지만 분명 배분상으로는 장로 급의 인물이다. 게다가 사부의 의동생이지 않던가.

"네 사부가 날 이용해서 여러모로 귀찮게 하려고 하니까 그럼 나도 네 사부가 나에게 준 걸 최대한 이용해야 하지 않겠냐? 뭐, 그걸로 인해 개방이 귀찮아지든 곤욕을 치르든 난 상관없는 일이고. 어쨌든 난 개방 방주의 의동생, 배분상으로는 개방의 장로 급, 그걸 구파일방에 확대 적용시키면 역시 다른 문파의 장로 급이라는 이야기야. 올라가서 사과를 받을 사람은 나라고."

환우의 너무나 당당한 말에 치호는 입을 쩍 벌렸다. 이미 일을 벌일 때부터 여기까지 계산이 되어 있었다는 것이다. 자신의 사부가 그를 이용하려 하니 자신 역시 사부와 개방을 이용하겠다, 그 말이 치호에게는 너무나 큰 충격이었다.

치호는 적어도 성심성의껏 환우를 사숙으로 모시고 있었다. 그런데 자신의 사숙이 자신의 방파를 생각하는 마음이 그러했다니 아직은 어린 치호에게 있어서 그것은 충격이 아닐 수 없었다.

"짜식. 놀랐냐? 세상이란 게 원래 그런 거야. 목적을 가지고 사람을 사귀면 결국 그 자신도 다른 목적에 이용되는 법이지. 사람을 사귈 때는 시답잖은 목적이나 계산 따위 집어던지고 진심으로 사귀어. 네 사부는 그러지 않았지만 사부한테서 그런 못된 것은 배우지 말고 너만은 사람을 진심으로 사귀어라."

치호는 다시 한 번 놀랐다. 지금까지 본 적이 없는 사숙의 모습이었다. 사숙이 자신을 향해 하는 말에는 진심이 담겨 있었다.

그러는 사이 두 사람은 소림사의 산문에 당도할 수 있었다. 산문 앞에는 봉을 든 두 명의 승려가 서 있었다. 그들은 이미 환우와 치호가 산문 아래의 계단을 오를 때부터 알아보고 안에 기별을 넣은 터였다.

"아미타불. 시주들께서는 어쩐 일이십니까?"

산문의 좌측에 선 승려가 합장을 하며 물었다. 환우의 눈짓에 치호가 앞으로 나섰다.

"안녕하십니까. 저는 개방의 후개인 장치호라고 합니다.

이분은 저의 사숙이십니다. 방주님의 명으로 사숙님과 함께 소림의 장문인을 뵈올까 하여 찾아왔습니다.”

치호는 과연 개방의 후개였다. 겨우 열다섯에 불과한 나이임에도 그 행동이 당당했다.

“아, 개방의 장 시주셨군요. 이리로 오시지요.”

산문을 지키고 있던 승려 중 하나인 무비는 환우와 치호를 소림사의 산문 안으로 안내했다. 이미 안에 기별을 넣어둔 터라 지객당에 다른 소림의 어른들이 와 있을 것이다. 무비의 역할은 이들을 지객당으로 안내하는 것 정도다.

그도 이미 전날의 소동을 들었다. 그리고 화산의 서문하경이 말한 이 둘의 인상착의도 숙지한 터다. 두 사람이 오를 때 그럴 것이라 여기고 안에 기별을 넣어두었는데 과연 개방의 후개 일행이었다.

“저곳이 저희 소림이 손님들을 맞이하는 지객당입니다. 저곳에 들어가 잠시 기다리시면 됩니다.”

무비는 지객당의 입구에서 좀 떨어진 곳에서 합장을 하며 말했다. 본래는 지객당의 방까지 배정을 해주어야 한다. 그래야 그곳에서 손님이 편히 찾아온 사람을 기다릴 수 있는 것이다.

하지만 이 둘은 그럴 필요가 없었다, 이미 지객당 안마당에 그 둘을 기다리는 사람들이 모두 모여 있을 테니까. 무비는 합장을 한 후 몸을 돌려 다시 산문으로 걸음을 옮겼다.

그 모습에 치호가 고개를 갸웃거렸다.

"왜 그래?"

"네? 아, 제가 알기로는 원래 지객당의 방까지 배정을 해준다고 들었거든요."

"그래? 뭐, 그럼 아무 방에나 들어가면 되겠지."

그러면서 환우는 연신 하늘을 힐끔거린다. 해의 위치를 가늠하기 위한 행동이다.

"사숙, 아직 점심때 전인 것 같습니다."

소림사 한 곳에서 모락모락 피어오르는 밥 짓는 연기를 본 치호가 싱긋 웃으며 말했다. 그 역시 본래 거지인지라 밥 때에 관해서는 굉장한 관찰력과 직관력을 가지고 있었다.

환우의 말에 치호는 안심한 듯 웃으며 지객당의 담을 따라 걸어갔다. 그들을 이곳으로 안내한 승려는 문에서 열 걸음 정도 떨어진 곳에서 인사를 하고 돌아갔기 때문에 환우와 치호 단둘이서 지객당의 문을 지나쳤다.

"응?"

환우의 뒤를 따라 들어오던 치호는 지객당의 안마당을 채우고 서 있는 각양각색의 사람들의 모습에 눈을 동그랗게 떴다. 하지만 환우는 이미 이곳에 사람들이 이리 모여 있다는 것을 알고 있었다는 듯 별다른 변화가 없었다.

"아미타불. 어서 오십시오, 장 시주. 저는 지객당의 당주를 맡고 있는 법홍이라고 합니다."

지객당의 당주인 법홍이 합장을 하며 인사를 했다.

"안녕하십니까. 개방의 후개인 장치호입니다."

치호는 마주 포권을 하며 인사를 했다.

"저분은?"

법홍의 시선이 환우를 향하자 환우가 포권을 하며 허리를 숙였다.

"신환우라고 합니다."

"제 사숙이십니다."

환우의 인사에 곁에 있던 치호가 말을 보탰다.

"으음."

치호의 말에 사람들 사이에서 신음 소리가 새어 나왔다. 그들은 모두 구파 중 사 파의 인물이었다. 상대가 진실로 후개의 사숙이라는 것은 그들이 그를 응징할 명분 하나가 줄어든 셈이었기 때문이다.

"이놈, 치호야!"

그때 사람들 사이에서 한 거지가 걸어나왔다.

"아, 주 사숙."

자신을 부른 익숙한 얼굴, 만취개의 모습에 치호는 반색을 했다.

"대체 이게 어찌 된 일이냐?"

"네?"

갑작스러운 사숙의 호통에 치호는 어리둥절했다.

"네 뒤에 서 있는 저 녀석 말이다. 난 저런 사제가 생겼다는 이야기는 들은 적이 없다."

만취개의 손가락은 환우를 가리키고 있었다. 그 행동에 환우의 눈썹이 꿈틀했다.

'저 영감은 또 어디서 삿대질이야.'

만취개의 물음에 그 자리에 모인 모든 사람들이 흥미로운 눈으로 치호를 바라보았다. 이미 치호가 청삼을 입은 청년을 사숙으로 인정을 했다지만 아직 납득하지 못하는 사람이 남아 있었다.

만취개는 그것을 눈치 채고 오히려 먼저 나서서 치호에게 그 연유를 설명하게 함으로써 명분을 더 확실히 다지려고 한 것이다. 그 과정에서 손가락질 정도는 그에게는 사소한 문제였다. 환우의 가슴에 앙금이 생기든지 말든지 말이다.

"그것이… 방 내의 일인지라, 이 자리에서 말씀드리는 것은 좀……."

치호는 주변을 둘러보며 난처한 표정을 지었다. 과연 개방의 후개인지라 방 내의 일을 다른 문파의 사람이 있는 곳에서 말하는 것은 꺼려졌던 것이다. 그것은 만취개 역시 마찬가지였다. 하지만 이번 일은 많은 사람들이 듣는 곳에서 확실히 해야 했다.

"상관없다. 말하거라."

만취개가 단호한 얼굴로 말했다. 치호는 고민했다. 환우 사숙이 자신의 사숙이 된 연유를 설명하려면 사부와의 비무 이야기도 해야 했다. 당시 그것은 단순히 서로의 감정이 부딪친 싸움이었을 뿐이지만 치호의 눈에는 비무로 보였다. 그것이 치호가 난처해하는 이유다.

"그것이……."

어렵사리 입을 연 치호는 그간 있었던 일을 이야기했다. 사람들은 치호의 말 한마디, 한 음절도 놓치지 않겠다는 듯 집중해서 들었다. 치호의 이야기가 진행될수록 그러한 사람들의 얼굴에는 놀람의 빛이 역력했다. 도무지 믿을 수 없는 이야기들이었기 때문이다.

"…이렇게 된 겁니다."

이윽고 치호의 설명이 끝났다.

"으음……."

"허어……."

그와 동시에 사방에서 들려오는 신음과도 같은 작은 소리.

"그렇단 말이지."

만취개는 연신 고개를 주억거렸다. 그리곤 걸음을 옮겨 환우에게 다가갔다. 그리고 환우의 어깨에 턱하니 올려진 손.

"그렇다면 자네는 분명 치호의 사숙이고 나의 사제네. 하하하하."

만취개는 더 이상 다른 문파에서 이의를 제기할 수 없는 확고한 명분을 얻었기에 호탕하게 웃음을 터뜨렸다. 단지 환우의 눈썹은 한 번 더 꿈틀했다.

'이, 입 냄새… 누가 거지 아니랄까 봐… 어디다 얼굴을 들이밀고 이 고약한 냄새를 풍겨?'

이미 만취개는 첫인상이 안 좋았기에 그 행동 하나하나가 환우의 마음에 들지 않았다.

사람이란 첫인상이 중요한 법이다.

"말도 안 되는 소리!"

그때 한 인물이 사람들 사이를 헤쳐 나오며 소리쳤다.

무당파의 장로인 무허 진인이었다. 그의 얼굴은 분노로 시뻘겋게 물들어 있었다.

"그따위 말도 안 되는 소리로 이번 일을 무마하려는 거요? 우리 무당은 절대 용납할 수 없소이다."

분노에 찬 목소리. 그의 외침에 환우가 물끄러미 그를 바라보았다.

"대체 무슨 일로 그러시는 겁니까?"

만취개 자신이 무어라 하기 전에 환우가 먼저 입을 열었기에 그는 일단은 돌아가는 상황을 지켜보기로 했다.

"네놈이 정녕 몰라서 묻는 것이냐?"

무허 진인의 말에 환우의 미간에 주름이 생겼다 사라졌다.

"무얼 말입니까?"

받은 만큼 돌려준다는 것이 환우의 지론이었지만 일단은 상황을 지켜보기로 했다.

"네 이놈. 네놈이 등봉현의 주루에서 우리 무당의 제자 하나를 말도 안 되는 시비로 피떡으로 만들어놓지 않았느냐!"

무허 진인의 호통에 고개를 끄덕이며 두 사람이 더 그의 곁으로 걸어나왔다. 점창파의 장로 호치덕과 해남파의 장로 서가진이었다.

"피떡으로 만든 것은 사실입니다만 말도 안 되는 시비를 건 적은 없습니다만."

"무어라?"

"그렇지 않습니까? 저는 개방의 방주인 소천걸 의형의 의제입니다. 그렇다면 그 위치에 걸맞는 배분이 있는 법. 솔직히 뉘신지 모르겠지만 저는 당신에게 이런 막말을 듣고 있을 사람이 아니라는 겁니다."

"무… 무… 무엇이……."

무허 진인의 말이 분노로 인해 제대로 이어지지 않았다.

"당신은 당신의 의제에게 여기 치호가 칼을 들이대고 죽이네 살리네 하면 가만히 있겠습니까?"

"그, 그것과 이것은 다르다. 너는 단지 개방의 방주의 개인적인 의제일 뿐이다. 그것으로 어찌 무림 방파 간의 배분을 논하려고 하느냐. 말도 안 되는 소리다. 네놈이 말하는 그 배분이라는 것도 개방 안에서는 통용이 될지 몰라도 그것을 다른 문파에까지 강요할 수는 없는 것이다. 네놈은 개방의 제자가 아니지 않느냐? 개방의 제자도 아닌 자가 개방의 장로와 같은 배분이라니 있을 수 없는 일이다.”

억지였다. 그래도 그 나름의 논리는 있었기에 고개를 주억거리는 사람도 몇 있긴 했다. 하지만 무림의 관례상 무허 진인의 말은 경우를 벗어나 있었다. 한 문파의 명숙이 자신의 문파와 아무런 관계가 없는 사람과 의형제를 맺는다면 그 의형제 역시 그 문파의 명숙과 준하는 대우를 해주는 것이 무림인들 사이의 암묵적인 관례요, 예의였다.

무허 진인의 말은 그런 관례를 완전히 무시하고 있는 것이다.

환우의 얼굴이 딱딱하게 굳었다.

그가 알고 있는 무림의 관례와 예법상 지금 큰소리를 쳐야 할 것은 자신이었다. 큰 소리로 호통 치고 사과를 받아야 할 것은 자신인 것이다. 그런데 저 말코 도사가 말도 안 되는 소리를 지껄이며 억지를 쓰고 있다. 가뜩이나 구파를 좋게 보지 않고 있는데 그들이 보여주는 모습 하나하나가 더욱 인상을 나쁘게 만들고 있었다.

“쳇. 지랄하고 있네.”

결국 환우의 성격이 폭발하며 입술을 비집고 육두문자가 튀어나왔다, 그것도 구파 중에서도 소림과 함께 가장 세력이 강하다는 무당파의 장로를 향해서.

노심초사하는 마음으로 환우를 치켜보던 치호는 결국 터져 나온 사숙의 성격에 한숨을 쉬며 고개를 돌렸다.

조용했다.

지금 들린 말이 무슨 뜻인지 모른다는 듯 환우의 맞은편에 모인 무림의 명숙들은 멍한 얼굴로 조용히 있었다.

"무… 무엇이라? 네, 네놈이 정녕 그 입으로 그딴 말을 지껄였단 말이더냐!!"

침묵을 깬 것은 무허 진인이었다. 그가 가장 먼저 환우가 한 말을 알아들었고 그에 대한 반사적인 행동이 이루어졌다. 그는 부들부들 떨리는 손으로 환우를 가리키며 분노에 찬 일갈을 터뜨렸다.

"그래, 내가 이 입으로 분명히 말했다. 그래서 어쩌라고? 지랄을 하니 지랄한다고 하지. 어디다 대고 삿대질이야?"

일단 한 번 성격이 터져 나오자 점점 더 심한 말이 환우의 입에서 쏟아져 나왔다.

"이… 이… 잡놈이……."

환우의 폭언에 이성을 잃었음인가? 무허 진인 역시 도인이라고는 믿을 수 없는 욕설을 입에 담았다.

"잡놈? 쳇, 뭐 눈에는 뭐만 보인다더니."

시선을 옆으로 획 돌리며 상대도 하기 싫다는 행동. 그 모습이 더욱 화를 돋우었다.

"아미타불."

그때 지객당의 당주인 법홍이 끼어들었다.

"두 분 시주께서는 일단 흥분을 가라앉히시지요. 그리고 신 시주의 말씀이 조금 지나쳤습니다."

일단 법홍이 말리고 나서자 무허 진인은 씩씩거리는 거친 숨을 몰아쉬면서도 진정을 하는 듯했으나 환우는 여전히 시선을 돌리고 무시할 뿐이다.

"신 시주, 사과를 하시고 이야기를 풀어감이 어떨까 싶습니다만."

그런 환우의 무시에도 법홍은 미소를 지으며 예의를 잃지 않고 화해를 권했다.

"사과라니요? 제가 사과할 일을 저질렀단 말입니까?"

오히려 당당한 얼굴로 되묻는 환우의 반응에 법홍은 일순 할 말을 잃었다.

"분명 시주의 말은 무림의 명숙에게 하기에는 다소……."

"그러니까 그 무림의 명숙이라는 분과 내가 배분이 같다는 것 아닙니까? 그런데 극구 그 배분을 인정할 수 없다고 우기니 내가 열을 안 받겠습니까?"

법홍이 무어라 말을 하려는 순간 환우가 말을 자르고 자신의 말만 했다.

"그것은 사람이 받아들이기 나름인지라……."

"역시 가재는 게 편이라고 법홍 스님도 저 말코 녀석 편을 드는군요."

"뭐, 뭣이라? 말코? 내 오늘 네놈을 죽이지 않으면 사람이 아니다!"

환우의 말에 눈에 핏발까지 세운 무허 진인이 법흥을 제치고 앞으로 나섰다. 그의 손은 검병을 꽉 움켜쥐고 있었다.

"호오라. 이제 말로는 안 되니까 힘으로 하시겠다? 좋아. 당신도 무인이라면 검을 뽑은 일의 결과에 대한 책임은 알고 있겠지?"

환우가 눈을 반짝 빛내며 말했다. 그의 눈 깊은 곳에 자리한 만족의 빛, 그것을 알아본 이는 아무도 없었다.

"어서 무기나 뽑아라. 무림의 선배로서 후배에게 선공은 양보해 주마."

언제든 발검을 할 수 있는 자세를 취한 무허 진인은 환우를 보며 생각해 준다는 듯이 말했다.

"흥, 누가 후배인지는 잠시 후면 알게 되겠지."

그의 말에 환우는 코웃음을 치며 오른손을 품으로 집어넣었다가 뺐다. 그의 손에는 다섯 자루의 나무로 만든 단검이 들려 있었다.

"가소롭구나. 목검으로 나를 상대하겠다니."

"지껄일 수 있을 때 마구 지껄여 둬. 그 수염은 몽땅 잘라 줄 테니까."

그 말과 함께 환우는 다섯 자루의 단검을 동시에 던졌다. 그와 동시에 무허 진인의 검이 검집을 박차고 나왔다. 선공을 양보한다고 하고선 환우가 공격을 개시하자마자 그것을 선공으로 간주하고 자신도 마주 공격을 시작한 것이다.

“홍. 역시 입만 살아 정파라 하지, 하는 짓은 비겁하기 짝이 없구나.”

그 말과 함께 왼손이 품에 들어갔다 나오면서 다시 다섯 자루의 나무로 만든 단검을 꺼냈다.

채채챙채챙.

무허 진인은 능숙한 움직임으로 자신을 향해 날아오던 단검을 모두 쳐냈다. 목검을 쳐내는 것치고는 손에 전해진 감촉이 이상했지만 개의치 않았다. 이제 무방비 상태로 목검을 들고 있는 저 건방진 녀석의 목을 따버리면 그걸로 끝이다.

“쯧쯧쯧. 엉성하기는.”

그 모습에 안타깝다는 듯 혀를 차면서 고개를 가로젓는 상대의 모습에 무허 진인의 눈이 불을 뿜었다.

“네 이놈!”

태청검의 초식에 따라 움직이는 검은 자못 날카로운 살기를 흩뿌리면서 환우를 향해 다가왔다.

“뒤를 조심하십시오!”

그때 갑자기 들려오는 법홍의 외침에 무허 진인은 몸을 돌리며 검을 흩뿌렸다.

채챙채채챙.

다시 한 번 울리는 다섯 번의 충돌음. 그것은 처음에 그가 쳐냈다고 생각했던 단검들이었다.

“어, 어떻게?”

있을 수 없는 일이었기에 무허 진인은 황망한 시선으로 자신이 다시 한 번 쳐낸 단검들을 바라보았다.

응당 땅에 떨어져야 할 단검이다. 하지만 그러지를 않았다. 그가 쳐낸 단검은 조금 튕겨 나간 후 여전히 공중에 둥둥 떠서는 자신을 향해 날을 겨누고 있었다.

"네놈! 무슨 사술을 부리는 것이냐?"

환우를 향해 사나운 눈빛을 보내면서 무허 진인이 외쳤다. 하지만 환우는 태연했다.

"흐음. 이걸 사술이라고 한단 말인가?"

그 말과 동시에 가볍게 왼손을 털었다. 그러자 손을 떠난 다섯 자루의 단검이 환우 주변을 에워싸며 둥둥 떠 있었다.

그 모습에 주위가 소란스러워졌다.

"거, 참 신기하군. 개방의 방주는 이걸 보고 이기어검이라고 하던데 무당의 장로라는 작자는 사술이라 하는군. 당최 누구 말이 맞는지 말이야."

그 말에 소란은 더욱 커졌다.

"네, 네놈! 믿을 수 없다! 어디서 알량한 사술을 이기어검과 같은 고명한 수법으로 포장하려 하느냐?"

"마음대로 생각하서. 뭐, 몸으로 겪어보면 알겠지."

어깨를 으쓱거리면서 어찌 되었든 상관이 없다는 듯한 대답을 했다. 하지만 대답을 마친 순간 환우의 눈이 날카롭게 빛났다.

그리고 허깨비처럼 사라지는 환우의 몸.

"뭐, 뭐냐?"

갑작스러운 상황에 당황한 외침이 무허 진인이 입에서 터져 나왔다.

"뭐긴? 이런 거지."

자신의 외침에 대한 대답이 바로 아래에서 들려오자 무허 진인은 자연스레 고개를 숙였다.

퍽!

하늘에 별이 빛나는 듯하다.

퍼퍼퍽!

이제는 어지럽기까지 하다. 대낮이 분명한데 눈에 별이 보이고 머리는 어지럽다니 무언가 잘못되었다는 생각이 들었다.

무엇이 잘못되었을까?

하지만 무허 진인은 더 이상 생각을 이어갈 수가 없었다. 온몸에서 느껴지는 둔중하면서도 고통스러운 충격.

머리끝에서 발끝까지 어디 하나 빼놓는 곳 없이 고통이 밀려왔다.

"저, 저……."

환우가 무허 진인을 두드려 패는 모습을 그 자리에 모인 명숙들은 입을 벌리고 지켜볼 수밖에 없었다. 시비를 건 것은 환우 같았지만 어쨌든 분명한 것은 무허 진인 스스로가 검을 가지고 싸우러 나갔다는 것이다.

이것은 이른바 비무와 같은 상황. 아무나 끼어들 수가 없는 상황인 것이다.

하지만 그렇다고 그냥 지켜보기에는 무림의 명숙이자 무당의 장로로 이름이 높은 무허 진인의 모습이 너무 처참했다. 그야말로 복날 개가 두드려 맞듯 맞고 있었으니 말이다. 지금 무허 진인은 정신을 잃은 듯 자신이 맞고 있다는 자각도 하지 못하고 환우의 주먹과 발에 몸을 맡기고 있을 뿐이다.

환우가 때리는 힘과 방향, 각도가 절묘해 무허 진인이 조금 전 검을 들고 서 있는 자세 그대로였다. 단지 변한 것이라고는 손에 힘이 빠져 그가 쥐고 있던 검이 바닥에 떨어져 있다는 것 정도였다. 그는 여전히 두 다리로 서서 환우의 주먹과 발에 몸을 맡기고 있었다.

"말려야 합니다!"

그때 무당의 제자 중 하나가 더 이상 무허 진인의 비참한 꼴을 보지 못하고 무리를 벗어나 환우를 향해 한 걸음 앞으로 나섰다.

그때 조용히 움직여 그의 눈앞에 가만히 떠 있는 단검. 분명 환우 주변에 떠 있던 단검이 그가 움직이자 그를 노리기라도 한 듯 움직였다.

"아직 안 끝났어. 원한다면 이다음에 상대해 줄 테니까 기다려."

표정 하나 변하지 않고 무허 진인을 두드려 패고 있는 환우
의 입에서 나온 담담한 말. 그 말에 한 발 앞으로 나갔던 무당
의 제자는 얼굴에 식은땀을 흘리며 다시 한 발 물러섰다. 본
능은 정직한 것이다. 그는 자신이 저렇게 맞게 된다는 상상을
하자 너무도 자연스럽게 움직이는 자신의 몸이 그렇게 원망
스러우면서 한편으로는 고마웠다.

털썩.

환우가 움직임을 멈추자 무허 진인은 힘없이 바닥에 쓰러
졌다. 그는 이미 완전히 기절한 상태였다. 몸 곳곳에 나 있는
구타의 흔적. 아마도 하루가 지나면 얼굴을 알아볼 수도 없을
정도로 부어오르리라.

이미 몸 곳곳에 퍼렇게 멍이 든 부분이 보였다. 그 모습에
몇몇 무당 제자들은 차마 똑바로 바라보지 못하고 고개를 돌
렸다.

“저, 시주…….”

구타가 진행되는 동안 아무 말도 못하고 있던 법홍이 한 발
앞으로 나서며 입을 열었다.

“아직 안 끝났습니다.”

차갑게 돌아온 대답. 그 말에 법홍의 발걸음이 멈췄다. 아
무리 속세를 벗어나 부처님을 모시며 수행을 하는 그이지만
조금 전 본 장면은 분명히 뇌리에 각인되어 두려움으로 남았
다. 환우의 대답에 반사적으로 몸이 딱딱하게 굳은 것이다.

환우는 다시 한 번 품에 손을 넣었다.

이번에 그의 오른손에 들려 나온 것은 목검이 아니었다.

새하얀 빛을 발하는 날이 잘 선 단검이었다.

"자, 그럼 이제 시작해 볼까?"

단검을 든 환우의 손이 무허 진인의 얼굴을 향해 다가갔다.

좌중에 모인 인물들은 모두 환우가 무엇을 하려는지 알고 있었다. 분명 비무—가 아닌 일방적인 구타—가 시작될 때 환우가 한 말을 똑똑히 듣지 않았던가.

지금까지 보인 모습만 하더라도 앞으로 무허 진인은 무림 동도들에게 고개를 들지 못할 정도의 수치를 당한 것인데 저 단검이 그들이 우려하는 일을 그대로 행한다면 무허 진인은 그야말로 무림에서 은퇴해야 했다.

'아, 안 돼. 만약 신 시주가 정말로 자신이 했던 말을 지킨 다면 무허 진인은 금분세수(金盆洗手)를 하는 수밖에 없다. 그 일만큼은 막아야 해.'

법홍은 다급했다. 하지만 아직 몸이 마음먹은 대로 움직여 주지 않았다.

그가 살아온 오랜 세월을 보여주는 듯이 새하얗게 아래로 자라 내린 수염. 정갈히 빗겨져 있는 그 모습이 평소 무허 진 인이 얼마나 아끼며 관리를 해왔는지 알 수 있었다.

그곳을 향해 역시나 하얀 빛을 번뜩이는 날카로운 단검이 혀를 날름거리며 다가가고 있다.

환우가 쥔 단검이 무허 진인의 수염에 닿으려는 찰나 모두들 차마 그 모습을 지켜보지 못하고 고개를 돌렸다.

스윽스윽.

단검이 새하얀 수염을 가르고 지나간다. 그 예리함은 수염 올이 단검 날에 닿자마자 잘리게 만들었다. 수염의 삼 분지 일 정도가 홀홀히 흩날렸다.

"아미타불."

그때 환우의 귀를 때리는 불호성. 그 소리에 담긴 웅혼한 힘에 손이 멈췄다.

환우의 고개가 돌아갔다.

인자한 얼굴의 노승이 반장을 하고는 그를 지그시 내려다보고 있다.

"누구신지요?"

환우는 무허 진인의 수염을 잘라가던 용아천뢰검을 거두고 허리를 펴며 몸을 일으켰다. 눈앞의 노승이 풍기는 기도에 그도 예의를 차려 대한 것이다. 이 정도 기도를 풍기는 인물이라면 필시 범상한 신분은 아닐 것이라는 생각에서였다.

"허허. 시주, 그 정도면 충분하다 생각하는데 이제 그만 손을 멈춤이 어떻겠습니까?"

환우는 자신의 물음에 대한 대답이 아닌 다른 말이 들려온 것에 살짝 눈가를 찡그렸다. 하지만 아무리 봐도 자신이 허투루 대할 수 있는 인물이 아니었다.

노승이 나타나는 순간 주변의 기운이 일변했다. 모두들 침묵을 지킨 채 노승을 존경 어린 시선으로 바라보고 있지 않은가?

환우가 아무리 막나가는 성격이라고 해도 주변의 분위기를 감지하는 눈치 정도는 있었다. 지금은 예의를 차릴 때였다.

환우의 눈이 힐끗 무허 진인을 향했다. 탐스럽게 기른 새하얀 수염의 삼 분지 일이 뭉텅 잘려 나간 모습이 그렇게 보기 흉할 수가 없었다.

'훗. 그래. 전부 자르는 것보다 차라리 이렇게 두는 것이 오히려 더 나을 수도 있겠군.'

환우는 결정을 내렸다.

"노스님의 말씀도 있고 하니 이쯤에서 멈추도록 하지요."

환우가 정중히 포권을 하며 말했다. 그러자 주변에서 감탄 어린 존경의 눈빛이 다시 한 번 노승을 향했다. 과연 대단하신 분이라는 빛이 역력한 기색들이다.

"허허. 시주의 넓은 마음에 감사하는 바이오. 아미타불."

감사하고 말고 할 것도 없었다. 무허 진인은 이미 철저하게 박살이 나 있었고 망신도 이런 개망신이 없었으니.

"별말씀을요. 한데 노스님께서는 누구십니까?"

"부족하나마 소림의 방장을 맡고 있는 불요라 하오이다."

불요 대사는 담담한 목소리로 환우의 물음에 답했다. 그제야 환우는 주변의 분위기가 이해가 되었다. 모든 이들이 눈앞의 노승을 향해서 보내는 존경의 시선. 이곳이 아무리 소림이라 하나 오직 소림의 방장만이 그런 시선을 받을 자격이 있으리라.

'과연.'

환우는 불요 대사의 모습을 보고서야 왜 소림이 중원에서 무림의 태산북두라 불리는지 그 이유를 알 수 있었다. 환우의 눈에 비친 불요 대사는 그만큼 대단한 사람이었다.

'전력을 다한다고 해도 이길 자신이 없어.'

중원에 들어와서 자신이 그 실력의 끝을 알 수 없는 사람을 만나기는 눈앞의 불요 대사가 처음이었다.

사실 환우는 지금까지 중원을 우습게 여기는 경향이 있었다. 중원 최대의 방파라는 개방의 방주도 쉬이 상대하고 구대문파의 제자는 물론 조금 전에 구대문파의 장로까지 우습게 상대하지 않았던가.

환우로서는 이 땅에 들어선 후 처음 겪는 곤혹스러운 상황이었다.

하지만 곤혹스럽기는 불요 대사 역시 마찬가지였다.

그는 개방 후개의 사숙이라는 이 인물이 누구인지 대강 짐작이 갔다. 지금 개방에서 소림사로 보낼 이는 단 하나였다.

오늘 즈음 해서 올 거라 여기고 준비를 시켰으나 그만 명상에 빠져 깜빡 시기를 놓친 것이다. 그에게 잠시 다가온 작은 깨달음의 실마리에 집착하는 사이 그만 이런 사단이 벌어진 것이다.

그렇다고 불요 대사가 그 실마리는 잡아낸 것도 아니었다.

결국 그는 작은 깨달음에 대한 욕심으로 그 어느 것도 취하지 못한 것이다.

'허어. 이 나이가 되도록 욕심을 버리지 못하여 이런 일이 벌어지다니… 불요야, 불요야, 그래서야 네 어디 불제자라 하겠느냐.'

처참하게 당해서 쓰러져 있는 무당의 장로 무허 진인의 패배도 문제라면 문제였지만 지금 그의 모습이 더욱 문제였다. 탐스럽던 수염의 삼 분지 일이 뭉텅 잘려 나간 흉한 모습. 이제 그는 더 이상 무림에서 얼굴을 들고 다니지 못하리라.

'세 걸음, 아니 한 걸음만 빨랐더라도……'

불요 대사는 자신이 이 자리에 조금이라도 더 빨리 오지 못한 것이 못내 후회스러웠다.

불요 대사와 환우.

두 사람은 서로의 생각에 빠져 그렇게 눈을 마주치고 있었다. 지객당의 앞마당은 침묵에 빠져들었다.

이곳의 분위기를 주도하는 두 사람이 서로 마주 본 채 아무 말이 없었기에 덩달아 모든 이들이 숨죽여 두 사람을 지켜보고 있는 것이다.

'일단은 묶인 매듭부터 풀어야 할 터.'

불요 대사는 이 일이 어떻게 꼬여 있는지 잘 알고 있었다. 지금 상황에서 그것을 풀 수 있는 이는 자신밖에 없었기에 손수 나선 것이다.

"내 조금 전에 개방 방주께 전갈을 받았소이다, 시주. 그때문에 조금 늦게 나왔으니 부디 넓은 아량으로 양해를 부탁드리오."

불요 대사가 합장을 하며 말했다.

소림의 방장이 갓 약관도 되지 않은 청년에게 보이기에는 너무나 스스로를 낮추는 자세다. 이 자리에 모인 정파의 명숙들은 도무지 이해할 수 없다는 눈으로 그런 불요 대사를 바라보았다. 하지만 감히 그의 말에 끼어드는 이는 없었다.

"저는 별로 불편한 것이 없었으니 괘념치 마십시오."

환우의 뻔뻔한 대답에 불요 대사는 실소가 새어 나오려는 것을 억지로 참았다. 이 난장판이 불편한 것이 없었다는 말로 끝날 일이란 말인가.

그래도 풀어야 할 일은 풀어야 했다.

"개방 방주의 소식에 의하면 개방의 후개와 함께 본 산을 찾은 분이 제가 감히 개방을 통해 먼 길을 청한 분이라 들었습니다. 우리 소림에 오기 전에 개방에 들러 방주와 의기투합해 의형제를 맺었다는 이야기도 들었습니다."

의기투합이라는 말에서 이번에는 환우가 입술 사이로 비어져 나오려는 실소를 억지로 집어넣었다. 환우는 절대 그 뻔뻔하고 의뭉스러운 너구리 방주와 의기투합한 적 없다. 단지 강요당해 맺은 엄청 손해 본 거래와 억지로 떠안은 짐짝이 있을 뿐이다.

하지만 그런 환우의 심정과는 상관없이 주변이 술렁였다. 이 자리에 모인 이들은 지금 불요 대사가 하는 말의 내용을 대강 파악하고 있는 것이다.

즉, 저 건방지기 짝이 없는 천붕벌거숭이 녀석이 불요 대사가 청한 손님이라는 것이다.

"시주께서 그분이 맞으신지요?"

너무나 뻔한 불요 대사의 물음이다. 하지만 환우도 이미 불요 대사가 하고자 하는 일의 의도를 알아차린 바 장단을 맞춰 줘야 했다. 불요 대사의 몸에서 새어 나오는 위엄과 기품이 환우로 하여금 그렇게 하도록 만든 것이다.

다른 사람이 그런 수작을 부렸다면 성격상 환우는 오히려 더욱 날뛰었을 것이다.

오직 불요 대사였기에, 환우가 그를 인정했기에 이렇게 자신이 먼저 한 발 물러서는 것이다.

"네, 맞습니다."

환우의 대답에 주변이 다시 한 번 술렁인다.

"허어. 이거 정말로 면목이 없습니다. 제가 청하고서는 이리 소홀히 대접을 하다니……."

불요 대사가 말을 제대로 맺지 못했다. 그 모습에서 비춰지는 안타까움이란… 불요 대사의 연기는 일품이었다.

"아까도 말씀드렸습니다만 저는 괜찮으니 너무 신경 쓰지 마십시오."

환우가 정중히 대답했다.

"시주께서 그러시다면 참으로 다행입니다. 그렇다면 시주께서 오십 년 전 무림을 구하고 동쪽으로 떠나신 그분 은공의 제자 분이 맞으신지요?"

"네, 그렇습니다."

쿠쿵.

환우의 대답에 주변에 충격이 몰아쳤다.

전혀 생각지도 못한 불요 대사의 물음과 그에 이어진 환우의 대답은 장내에 충격을 던져 주기 충분했다.

누구도 예상치 못한 환우의 신분.

그것은 지금 지객당 앞마당에 모인 모든 이들의 머리를 뒤흔들었다.

동방신협(東方神俠).

어느 날 홀연히 동쪽에서 나타나 정파와 마교의 싸움인 정마대전에서 마교 교주를 격살하고 다시 동쪽으로 사라진 인물이다. 그 인물에 관해 알려진 것은 거의 없으나 그때의 일로 인해 무림에서는 그를 동방신협이라 부르고 있었다.

그때로부터 오십여 년이 지난 지금에 이르러서는 전설이 되어 떠도는 인물이었다.

지금 불요 대사는 환우가 바로 그 동방신협의 제자라 말하고 있는 것이다.

"허어……."

"어, 어떻게……."

"동방신협의 제자라니……."

곧 여기저기서 탄성이 터져 나왔다. 놀람, 안타까움, 아쉬움 등 갖가지 감정이 섞여 있는 탄식이다.

사람들의 반응에 환우의 어깨가 으쓱했다. 망아 스님이 무림이라는 곳에서 상당한 존경을 받는다는 것은 추측할 수 있었다. 개방의 방주의 태도만 보더라도 그것은 가능한 일이다. 하지만 이렇게 많은 사람들이 동시에 그러한 반응을 보이자 아무리 환우라 할지라도 뿌듯한 무언가를 느끼게 된 것이다.

"자, 잠깐, 동방신협의 제자라면 배분이……."

그때 누군가가 생각났다는 듯 작게 중얼거렸다.

환우와 무허 진인의 싸움. 그것에는 두 사람의 배분 문제도 크게 한몫을 했기에 누군가가 무심코 꺼낸 말이었으나 곧 주변은 조용해졌다. 누구도 생각하지 않았던 것을 지적한 말이었기 때문이다.

이 자리에 고수 아닌 사람이 없다. 그 누군가는 혼자 작게 중얼거린 것일지 모르나 그 소리를 듣지 못한 사람 역시 없었다.

어색한 침묵이 공간을 지배했다.

누구도 감히 환우의 배분을 따지려 하지 않았다. 따지지 않아도 누구나 추측이 가능했다.

동방신협의 모습을 기억하는 인물들은 이제 무림에서도 노명숙의 반열에 드는 사람들 정도였다.

"허허. 비향 사숙께서 동방신협과 호형호제하는 사이셨지요."

그때 불요 대사가 작은 너털웃음과 함께 나직이 말했다.

그것으로 끝이었다.

모든 매듭은 풀렸다.

이제 감히 조금 전 이곳에서 환우가 벌인 일에 대해 무어라 할 사람은 없을 것이다. 불요 대사가 직접 환우의 든든한 방패막이 되겠다고 선언한 것이다.

그것도 지극히 우회적인 방법으로 말이다.

하지만 사실 환우의 사부와 배분이 밝혀지면서 무당으로서는 구겨졌던 체면이 조금 살았다.

강한 자에게 패하는 것은 당연한 일이다. 치욕이 아니다.

게다가 환우의 배분이 확실히 증명되었으니 무허 진인이 당한 치욕에 대해서는 더 이상 무어라 할 수 없게 되어버렸다.

물론 그 망신이 사라지는 것은 아니다. 그리고 그로 인해 생길 그의 원한이 사라지지도 않을 것이다.

하지만 적어도 공개적으로 오늘의 일로 왈가왈부할 사람

은 없을 것이다.

환우의 사부와 배분이 그것을 가능하게 만들었다.

"그럼 저 소협의 배분은 적어도 불요 대사님과 동배라는 것인가……."

인정할 수 없으나 인정할 수밖에 없다는 듯한 목소리다.

비향 대사는 소림의 전대 장경각주로 그 괴팍한 기행으로 유명했던 인물이다. 그런 괴팍함 덕분일까 바람처럼 나타나 홀연히 사라졌다고 알려진 동방신협과는 막역한 친분을 나누었었다.

물론 그 사실을 알고 있는 이는 극소수였고 불요 대사가 그 중 한 명이었다.

'비향 스님이라……'

환우는 가물가물한 기억 속에서 아주 예전에 중원에서 범어사를 찾아왔던 한 스님을 기억할 수 있었다.

망아 스님이 불법에 정진할 뜻을 굳히게 만들어주었다는 은인, 환우는 그렇게 비향 대사에 대한 이야기를 들었다.

"그럼 이곳에서의 소란은 이만 정리하는 것이 어떻겠습니까? 아미타불."

다른 사람도 아닌 소림의 방장 대사가 하는 말이다. 다들 순순히 걸음을 돌렸다. 모든 이들이 사라지고 지객당의 앞마당에는 불요 대사와 환우, 치호만 남았다.

"허허. 어서 오시게나, 신 소협."

불요 대사가 눈웃음을 지으며 환우를 반겼다.

"번거로운 일을 하셨습니다."

어떻게 잘 무마된 것이 다행이기는 했지만 환우는 어째 조금 찝찝했다.

이런 식으로 일을 정리했다는 것은 왠지 환우 자신에게 잘못이 있었기 때문이라는 느낌이 들었기 때문이다. 적어도 환우 자신은 스스로에게 떳떳했기에 가히 좋지 않은 기분이었다.

그런 환우의 기분을 알아차린 불요 대사의 입이 열렸다.

"너무 언짢아하지 말게나. 아무리 소협이 스스로에게 떳떳하다 하나 세상이 소협을 더럽히면 어쩔 수 없네. 세상은 개인의 대의로 움직이는 것이 아니라네. 세상 그 스스로의 대의로 움직이지. 그리고 세상의 대의를 정하는 것은 사람들이야."

알 수 없는 말이다. 무언가 앞뒤가 안 맞는 듯하고 이해가 갈 듯 가지 않는 말이다.

"쩝. 어렵네요."

환우는 솔직히 말했다.

"허허. 잘 생각해 보면 그리 어려운 것도 아니야. 세상살이라는 것이 알고 보면 어렵고도 쉬운 것이지."

불요 대사가 지혜 가득한 눈으로 환우를 보며 말했다.

"뭐, 모든 일이 간단하면서도 복잡하고, 쉬우며 또 어려운 것 아니겠습니까?”

환우의 대답에 불요 대사는 빙그레 웃었다.

“아, 귀한 손님을 세워두었구만 그래. 자, 안으로 자리를 옮기도록 하세나.”

불요 대사가 몸을 돌리며 방장실로 걸음을 옮겼다. 환우와 치호는 그 뒤를 따랐다. 그러던 중 소림의 경내를 둘러보던 환우의 눈길이 무심코 하늘을 향했다. 그리고 그대로 멎었다.

환우의 걸음도 멎었다.

환우가 갑자기 멈추는 기색에 불요 대사도 걸음을 멈추고 뒤를 돌아보았다.

“왜 그러는가?”

환우의 얼굴이 상당히 심각하게 굳었다. 영문을 알 수 없었기에 불요 대사는 그런 환우를 가만히 지켜보았다.

“너무 소란스러워서 깜빡하고 있었습니다.”

“무얼 말인가?”

“제가 이곳에서 가장 먼저 하려던 일을요.”

“그게 뭔가?”

환우의 손가락이 하늘을 가리킨다.

“응? 하늘이 무에 이상이 있는가?”

환우가 고개를 가로저었다.

불요 대사가 다시 한 번 환우의 손가락을 유심히 바라보다 그것이 가리키는 방향으로 시선을 돌린다. 그것의 끝은 태양을 향하고 있었다.

"해로군."

그제야 불요 대사가 알았다는 듯 말하자 환우는 고개를 끄덕였다.

"그런데 해에 무슨 문제라도 있는가? 내가 보기에는 늘 우리에게 빛을 주는 해 그대로인 듯하네만."

불요 대사가 알 수 없다는 듯 말했다. 그때 치호는 자신의 머리를 번뜩 스치고 지나가는 생각에 사숙이 무얼 말하고 싶어하는지 알 수 있었다. 소림의 산문을 향해 오르며 사숙이 한 말을 떠올린 것이다.

"해에는 아무 문제가 없습니다. 단지 그 위치가 문제이지요."

그 말에 불요 대사가 하늘을 다시 한 번 힐끔 쳐다보았다.

"흐음. 해가 남중하여 조금 기울었으니 정오가 조금 지났군."

불요 대사의 말에 환우가 크게 고개를 끄덕였다.

"그렇습니다. 바로 그게 문제지요."

환우의 큰 소리에 불요 대사가 깜짝 놀라며 그를 쳐다보았다.

"아니, 그게 왜 문제인가?"

시간이 문제가 된다니 불요 대사로서는 도무지 알 수가 없었다.

꼬르륵.

그때 불요 대사의 귀를 자극하는 지극히 원초적이고 본능에 충실한 소리가 있었다. 불요 대사는 소리가 들린 곳으로 시선을 돌렸다.

"헤헤헤."

그곳에는 치호가 머리를 긁적이며 어색한 웃음을 짓고 있었다.

"자네… 설마……."

그제야 무언가를 떠올린 불요 대사가 그럴 리 없다는 눈으로 환우를 바라보았다. 설마 하니 동방신협의 제자씩이나 되는 인물이 겨우 밥 때문에 저렇게 심각한 얼굴을 할 것이라고는 생각할 수 없었던 것이다.

불요 대사, 그는 아직 환우를 몰랐다.

"네. 그렇습니다. 벌써 시간이 이렇게 되었네요. 잘못하면 경내의 점심시간이 끝날 것 같군요."

환우의 얼굴은 심각하기까지 했다.

절의 식사 시간은 짧다. 소림의 경우는 정오부터 반 시진이 점심시간이었다. 이제 그 반 시진이 모두 지나가기에는 일각 정도의 시간이 남았을 뿐이다.

오랜만에 먹을 맛있는 절밥을 기대하며 걸음을 서둘렀었다. 게다가 적당한 허기도 있었다.

그것들은 무허 진인과의 싸움 때문에 잠시 깜빡했던 것이다.

"허."

짧은 헛웃음과 함께 불요 대사는 어이없다는 얼굴로 환우를 보았다. 하지만 환우는 아랑곳 않고 무척이나 진지한 얼굴로 물었다.

"대사님, 식당은 어디입니까?"

그 모습에 불요 대사는 손을 들어 식당 건물이 있는 방향을 가르쳐 줄 수밖에 없었다.

그 순간 환우는 사라졌다.

"사숙!"

그 뒤를 치호가 헐레벌떡 쫓아간다.

"허어. 저 소협을 믿고 일을 맡겨도 된단 말인가……."

불요 대사는 불안한 듯 중얼거렸다.

불요 대사.

그는 환우를 잘 몰랐다.

第八章 께름칙한 음모

사람이 아니야… 사람일 리 없어. 그래, 동방의 하늘에서 내려온 천신(天神)일 거야. 틀림없어.

해동에서 온 백의의 사내. 한 번의 손짓에 열 개의 벼락이 떨어지고, 마교의 혈사는 그 앞에 침묵한다. 열 개의 벼락을 중원에 남겨두고 홀연히 떠났다.

그리고 오십 년 후. 다시금 중원이 어지러우려 할 때 그의 후예가 중원으로 향한다.

푸른 하늘에 열 개의 벼락이 다시 떨어지는 순간 천하는 그 앞에서 무릎 꿇으리라.

고즈넉한 선방에 차분한 기분을 가지게 해주는 다향이 감미롭게 피어올랐다.

사방 한 장 정도의 공간이 있는 작은 방이다.

소림의 방장실이다. 이곳에 환우가 불요 대사와 마주 보고 앉아 있다. 환우의 곁에는 살짝 주눅이 든 치호가 있었다.

"허허. 그래 점심 식사는 잘 하였는가?"

불요 대사의 물음에 환우가 웃는 얼굴로 고개를 끄덕이며 대답했다.

"네. 모처럼의 절밥이라 그런지 더욱 맛있더군요. 하하. 게다가 이 차 또한 상당히 좋군요."

환우의 칭찬에 불요 대사는 잔잔한 미소를 머금었다. 중대한 대화를 앞두고 밥을 먼저 먹어야 한다는 말에는 내심 당황했었지만 어쨌든 이리 마주 보고 앉아 소림의 칭찬을 들으니 그 기분이 나쁘지 않았다.

불요 대사로서도 소림의 밥맛에 대한 칭찬을 들으며 미소를 짓게 되는 날이 오리라고는 상상도 못했을 것이다. 하지만 그는 그 사실에는 크게 개의치 않았다. 아니, 사실은 환우가 차 맛을 칭찬한 것에 그는 무척 만족스러웠다.

지금 환우 앞에 내놓은 차는 그가 소일 삼아 숭산에서 직접 제배한 차나무에서 수확한 것이기 때문이다.

"신 소협이 만족한다니 노납도 기분이 좋네."

불요 대사는 진정 환우의 반응에 만족한 듯했다. 환우도 방 안에 감도는 부드럽고도 편안한 분위기가 마음에 들었다. 그랬기에 그는 거리낌없이 소림으로 향하면서 생각했던 것을 그대로 실행할 수 있었다.

척.

불요 대사의 눈에 쫙 펼쳐져 자신을 향해 내밀어진 환우의 손바닥이 들어왔다.

"이것이 무슨 뜻인가?"

불요 대사는 영문을 알 수 없다는 눈으로 환우를 보며 물었다.

"달라구요."

역시 환우다. 그야말로 간단하고도 깔끔하게 자신이 원하는 바를 말했다. 환우가 소림에 가진 볼일은 단 하나였다.

용아천뢰검의 회수.

그것만 끝내면 환우는 더 이상 소림에는 볼일이 없었다.

하지만 환우의 표현 방식은 스스로에게는 간단, 깔끔할지 몰라도 그 상대방으로서는 이해하는 데 상당한 노력이 필요한 것이었다.

"그러니까 무엇을 말인가?"

불요 대사가 여전히 알 수 없다는 듯 다시 한 번 물었다. 그러자 금세 환우의 얼굴에 답답하다는 기색이 떠올랐다.

다른 사람이 그런 반응을 보인다면 환우도 기꺼이 다시 한 번 자세히 말해줄 용의가 있다. 자신이 생각해도 지금 자신의 행동과 말은 상당히 생뚱맞았다.

하지만 상대가 소림 방장이라면 이야기가 달라진다. 이미 자신이 중원에 온 까닭을 알고 있는 사람이다. 개방 방주와 둘이 의논해서 일을 진행시켰다 하니 너무나 당연한 일이다.

자신이 소림으로 간다 하고 개방을 떠나고 상당히 시일이 지났다. 너구리 같은 개방 방주라면 분명히 다른 인편이나 전서구 따위를 통해 자신의 소식을 전했을 것이다.

그렇다면 불요 대사는 분명 자신의 일을 상당히 자세히 파악하고 있다는 소리다.

그런데도 저렇게 모른다는 얼굴로 되물으니 정말로 모르

는지 아니면 알면서도 모르는 척 의뭉을 떠는 건지 분간이 가지 않았다. 그랬기에 금세 답답함이 가슴에 밀려온 것이다.

"오십 년 전에 사부님이 흘리고 간 칼이요."

역시나 간단한 대답이다. 압축을 해도 어쩌면 저리도 간결하게 용건을 표현할 수 있을까?

"아!"

그제야 불요 대사의 얼굴에는 알겠다는 듯한 기색이 떠올랐다.

"그래. 그 단검을 말하는 것이로구만."

불요 대사의 반응에 환우의 입가에 살짝 미소가 떠올랐다.

"네."

"그래, 줘야지. 본디 주인이 있는 물건이니 제대로 돌려줘야지. 한데 말일세, 내 마음대로 행동하기에는 조금 문제가 있다네."

그 말에 환우의 얼굴이 살짝 일그러졌다.

이미 개방 방주에게 들은 말이 있다. 하지만 환우는 소림은 그러지 않을 거라 생각했다. 소림은 불문이다. 그리고 중원 최고의 정파라 추앙받는 곳이다. 그런 곳에서 아무리 뛰어난 기물(奇物)이라 하지만 한낱 단검을 돌려주지 않겠다 할 리 만무하다고 환우는 그렇게 생각했다.

그랬기에 첫 번째 행선지를 소림으로 잡은 것이다.

"그게 무슨 말씀이시죠?"

환우의 목소리가 약간 날카로워졌다.

"허허. 내 소협의 심정은 이해하나 조금 진정하고 들어보게나."

환우의 기색에도 불요 대사는 전혀 동요를 보이지 않았다.

"용아천뢰검이라고 했던가?"

불요 대사의 물음에 환우가 고개를 끄덕였다.

"동방신협께서 우리에게 맡긴 열 자루의 단검. 중원을 구한 은인이 맡긴 물건인데 어찌 소홀할 수 있겠는가? 우리 소림은 그야말로 정성을 다해 그 단검을 보관했다네. 그런데 말일세, 일 년쯤 전에 그 단검을 도둑맞았네."

도둑맞았다는 말을 꺼낼 때는 아무리 소림의 방장이라도 미안했는지 살짝 환우의 시선을 피했다.

환우는 뒤통수를 맞은 듯한 느낌이었다. 설마 용아천뢰검을 도둑맞는 일이 생길 것이라고는 상상도 못한 것이다.

게다가 용아천뢰검은 그냥 봐서는 대단한 보물로 보이지 않는다. 그저 평범한 단검일 뿐이다. 도둑들이 본다면 오히려 이런 평범한 물건을 왜 이리 소중히 보관하나 의아심이 들 정도다. 이렇듯 용아천뢰검은 값어치는 높지만 그에 반해 지극히 평범해 보이는 검이다. 결국 절대 도둑맞을 수 없는 조건을 갖춘 검이라는 소리다.

하지만 소림의 방장씩이나 되는 고승이 거짓을 말할 리 없었다. 그렇다면 결국 소림에 맡겨졌던 용아천뢰검은 도둑맞은 것이고 이곳에는 없다는 것이다.

'그렇다면 내가 헛걸음했다는 거야?'

환우의 머릿속에서 이 일에 대한 결론이 내려졌다.

환우는 개봉에서 하남성 등봉현까지 완전히 헛걸음을 한 것이다.

"그런가요? 알겠습니다."

이곳에 용아천뢰검이 없다면 더 이상 소림에 볼일은 없었다. 환우는 들을 이야기는 없다는 듯 몸을 일으켰다. 그런 환우의 갑작스러운 행동에 불요 대사는 당황했다.

"아니, 신 소협, 이 무슨 행동인가?"

불요 대사는 서둘러 몸을 일으켜 방장실을 빠져나가려는 환우를 막았다. 한 발 앞으로 내딛던 환우는 자신이 생각하기에는 갑작스러운 불요 대사의 행동에 그를 멀뚱히 쳐다보았다.

"무언가 더 하실 말씀이라도?"

그야말로 이제 소림에서 더 이상 볼일은 없다는 듯한 환우의 행동에 불요 대사는 어이가 없었다.

언제 소림이 이런 대접을 받아본 적이 있었던가? 당장 개봉의 후개라는 저 치호라는 아이도 소림의 방장실에 온 것에 못내 감격스러운 얼굴로 조심조심하고 있는데 이 환우라는 청년은 그야말로 거칠 것 없이 행동하고 있다.

더군다나 자신이 받으러 온 것이 사라졌다는 말에 미련없이 몸을 일으키는 행동이라니. 보통 사람이라면 어떻게 그런 일이 벌어졌는지 그 연유부터 들으려 하였을 텐데 환우는 정말로 상식 밖의 행동을 연속해서 보여주고 있었다.

"자네는 어찌하여 용아천뢰검을 도둑맞았는지 궁금하지 않은가?"

환우는 불요 대사의 물음에 고개를 가로저었다.

"지금은 별로요. 그런다고 없어진 검이 돌아오는 것도 아니잖아요."

환우의 대답에 불요 대사는 다시 한 번 할 말을 잃었다.

"그건 그렇네만……."

불요 대사는 떨떠름하게 말을 이었다. 눈앞의 청년은 도무지 자신이 생각할 수 없는 방향으로만 튀어나가고 있었다.

"게다가 소림이 성심을 다해 보관하던 것을 도둑맞았습니다. 그렇다면 그럴 만한 이유가 있는 것이겠지요. 저로서는 소재가 불분명한 이곳의 용아천뢰검보다는 소재가 분명한 다른 문파의 용아천뢰검을 먼저 회수하는 것이 나을 듯하군요."

누가 듣더라도 합리적인 말이었다. 도둑맞아서 이미 사라진 검의 행방에 매달리는 것보다는 소재를 알고 있는 검을 찾는 것이 분명 효율적인 일이다.

"허허. 신 소협은 거기까지 생각하고 이렇게 빨리 자리를 일어선 것인가? 그렇다면 노납이 더 이상 할 말은 없네만, 그래도 소림의 변명이라 생각하고 나의 이야기를 조금만 더 들어주는 것이 어떤가? 그것이 앞으로 소협이 하려는 일과도 적지 않은 관련이 있으니 말일세.”

무림의 최고 어른 중 한 명인 소림의 방장 불요 대사가 그렇게까지 말하니 환우도 어쩔 수 없다는 얼굴로 다시 자리에 앉았다. 마음 같아서는 일단 무당으로 가고 싶었지만 도무지 쉬이 보내줄 기색이 아니었다.

더군다나 앞으로 할 일과 관련이 있을 것이라는 말이 그의 발을 붙들었다.

“자네는 우리가 용아천뢰검을 어디에 보관하고 있었는지 아는가?”

환우가 가만히 고개를 가로저었다. 그저 소림에 있다는 것만 알고 왔을 뿐 소림의 어디에 있는지는 알지 못했다.

“조사동에 보관하고 있었다네.”

불요 대사의 말에 치호의 두 눈이 동그랗게 변했다. 개방의 후개인 그는 소림의 조사동이 어떠한 곳인지 잘 알고 있었다. 환우 역시 상당히 놀란 듯했다. 그가 자란 범어사에도 조사동이라는 곳이 있었고 그곳이 얼마나 중요한 곳인지도 알고 있었다.

다른 곳도 아닌 조사동.

소림의 문을 처음 연 발타 선사부터 시작하여 달마 대사를 걸쳐 무수한 조사들이 모셔진 곳이다. 그곳은 소림의 제일 중지로 그곳에 보관한 물건이 없어졌다는 것은 보통 일이 아니다.

환우는 용아천뢰검을 조사동에 보관하고 있었다는 불요 대사의 말에서 그가 얼마나 소중히 검을 보관해 왔는지 알 수 있었다. 그랬기 때문일까? 상황에 어울리지 않게 그의 입에는 한줄기 미소가 걸렸다.

자신이 중원에 들어올 때부터 가지고 있던 대문파에 대한 편견이 어느 정도 사라지는 것 같았다.

"조사동에 보관해 둔 용아천뢰검을 도둑맞다니 보통일이 아니군요."

환우는 심각한 어조로 말했다. 그 말에 불요 대사가 가만히 고개를 끄덕인다.

"그렇네. 내 그래서 소협의 발을 억지로 잡은 게야. 소림의 조사동에 보관해 둔 물건을 훔쳐 낼 수 있는 사람은 없으니 말일세."

불요 대사의 말대로다. 달리 소림 제일의 중지가 아니다. 그곳에 들어가려면 무수한 기관과 기문진을 뚫어야 한다. 황궁의 비고와 비견해서도 결코 뒤떨어지지 않는 엄중한 방비를 자랑하는 곳이다.

불요 대사는 이미 식어버린 찻잔을 입으로 가져갔다가 내려놓았다.

"부끄러운 말이네만 그곳에 도둑이 든 적이 한 번 더 있었다네.”

의외의 말에 환우의 시선이 불요 대사의 얼굴을 향해 고정되었다.

“조사동이 중요한 이유는 그곳에 두 권의 비급이 있기 때문이네. 달마 대사의 심득이 담겨 있는 두 권의 책. 바로 역근경과 세수경 말일세.”

쿠쿵.

놀라운 충격이 환우와 치호의 머리를 두드렸다.

환우 역시 불문에 있던 몸, 달마가 남긴 역근경과 세수경에 대한 이야기는 알고 있었다.

소림이 가진 천고의 비급, 역근경과 세수경.

그것이 소림의 조사동에 보관되어 있었다니 참으로 놀라운 일이다. 세간에 알려져 있기를 소림의 모든 비급은 장경각에 보관되어 있다 했다. 그래서 으레 역근경과 세수경도 장경각에 있으리라 생각했다.

한데 그것이 조사동에 있었다니.

두 사람의 놀라워하는 모습과는 상관없이 불요 대사는 자신의 이야기를 계속했다.

“그때가 아마 오십 년 조금 더 전인 듯하군. 그때 소림의 역사상 단 한 번 조사동에 도둑이 들었네.”

그 말에 환우와 치호의 얼굴에는 다시 한 번 더 경악이 어렸다. 더 이상 놀랄 수 없다는 듯한 표정.

"그때 그가 훔쳐 간 것이 세수경이네."

더 이상 놀랄 수 없었던 것 같았던 환우와 치호의 얼굴에 더욱 큰 놀라움이 떠올랐다.

세상에 달마가 남긴 세수경을 소림이 도둑맞다니 소림의 방장으로부터 들은 말이지만 믿을 수 없었다.

"대체 누굽니까?"

환우가 떨리는 목소리로 물었다.

아무리 환우라도 이런 이야기를 들으면 목소리가 떨릴 수밖에 없었다.

"당시 마교의 구장로 중 한 명인 천리비마(千里飛魔)의 소행이었지."

"허."

불요 대사의 말에 환우의 입에서 헛웃음이 튀어나왔다.

"사실 우리는 그가 훔쳐 갔는지도 모르고 있었네. 세수경이 소림에 돌아오고 나서야 알았지."

"그 말씀은 천리비마 그자로부터 세수경을 되찾았다는 말씀이십니까?"

"그렇네. 부끄럽고도 부끄러운 말이네만 누군가가 찾아준 것이지."

불요 대사의 말에 환우의 눈이 잠시 빛났다. 왠지 그 사람이 누구인지 알 것 같았다.

"바로 소협의 사부 되시는 동방신협께서 찾아주셨지. 마교

의 교주를 격살하고 용아천뢰검을 우리 소림에 맡기시면서
세수경도 같이 돌려주셨지. 천리비마의 품에 있었다고 하시
더군. 그제야 우리는 조사동에 도둑이 들었다는 것을 알았었
네.”

환우의 얼굴이 살짝 굳어들었다. 오십여 년 전에 유일하게
소림의 조사동에 숨어들어 그곳에 있던 세수경을 훔쳐 간 천
리비마.

하지만 그는 환우의 사부인 망아 대사의 손에 명을 달리했
다. 환우의 머리가 빠르게 돌아갔다.

“하면 대사께서 제게 하고 싶으신 말씀은…….”

환우의 물음에 불요 대사는 깊은 눈빛을 환우에게 보내며
고개를 끄덕였다.

“그렇네. 소림의 역사상 단 한 명만이 소림의 조사동에 들
어갔다 무사히 나왔네. 그리고 이번에 다시 그런 일이 일어났
어. 다른 사람일 가능성도 있을 수 있겠지만 현재로서는 그의
후인이 나타났을지도 모른다고 생각할 수밖에 없지 않겠나?”

천리비마의 후인이 나타나 조사동에 보관 중인 용아천뢰
검을 훔쳐 갔다. 보통 일은 아니었다.

“그렇다면 역근경과 세수경은 무사합니까?”

환우의 물음에 불요 대사가 고개를 끄덕였다.

“정말 알 수 없는 일이네만 그 두 권의 책은 무사했다네.
동방신협게 감사하는 마음으로 용아천뢰검과 역근경, 세수경

을 함께 두었는데도 유독 용아천뢰검만을 가지고 갔더군.”

환우의 눈가에 주름이 만들어졌다.

알 수 없는 행동이었다. 천고의 기서 두 권을 두고 일견하기에는 평범한 단검밖에 되지 않는 용아천뢰검을 가지고 가다니.

“신 소협이 무엇에 의구심을 느끼는지 잘 알겠네. 우리 역시 그런 의구심을 느꼈었지. 그래서 더욱 천리비마의 후인이 나타났다 생각하게 된 걸세.”

환우와 치호의 눈이 불요 대사의 얼굴에 고정되었다.

“나는 아직도 그날의 그 장엄한 광경을 잊을 수가 없네. 동방신협의 손끝에서 떨쳐져 나간 열 줄기의 벼락이 마교 교주의 몸에 내리꽂히는 그 모습을 말일세. 정파인 우리 입장에서야 장엄하고도 위대해 보이는 모습일지 모르나 마교도의 입장에서는 정반대일지도 모르지. 그런 마교의 인물들에게 있어 동방신협의 열 자루의 용아천뢰검이야말로 반드시 세상에서 없애야 할 물건일 수도 있는 것이네. 그래서 천리비마의 후인이 조사동을 뚫고 들어가 용아천뢰검을 훔쳐 간 것이 아닌가 추측하고 있네. 사실은 이와 같은 일이 있어 개방에 부탁을 하여 동방신협을 청한 것이네. 마교가 다시금 발호할 조짐이 보이는데다가 조사동에서 그와 같은 일이 벌어졌으니 말일세.”

길게 이야기하던 불요 대사는 잠시 입을 닫았다. 그리고 자애로운 눈빛으로 지그시 환우를 쳐다보았다.

"게다가 소림의 용아천뢰검을 훔쳐 갔다면 다른 문파의 용아천뢰검 역시 노리고 있을 터. 내 그래서 바삐 가려는 소협을 불러 세운 걸세."

그걸로 자신의 할 말이 끝이 났는지 불요 대사는 두 눈을 감고 가만히 정좌를 하고 있었다. 그의 오른손 손가락이 굵은 염주알을 하나하나 만지고 지나갈 뿐이다.

"마교의 발호를 저에게 막아달라고 한 것이 그 때문입니까?"

환우의 물음에도 불요 대사는 그저 눈을 감고 있을 뿐이다. 그저 작은 미소가 입에 걸려 있었다.

불요 대사의 모습에 환우도 입을 닫고 가만히 생각에 잠겼다.

'나에게 발호를 막아달라고 한 것이 결국은 용아천뢰검을 찾는 일과 관련이 있어서 그렇다는 거지. 흐음……'

환우는 고민에 휩싸였다.

불요 대사의 말대로라면 이 길로 다른 문파를 찾아간다 하더라도 그곳에 용아천뢰검이 있다고 보장할 수 없었다. 또한 이곳 소림에서처럼 자신에게 호의적일지도 몰랐다.

이윽고 결론을 내린 환우의 시선이 다시 불요 대사를 향했다. 환우가 결심을 했음을 느꼈음인지 어느새 불요 대사도 눈을 뜨고 환우를 바라보고 있었다.

"일단은 다른 문파로 가도록 하겠습니다. 그리고 가는 중에 제 나름대로 이곳에서 있었던 일에 대한 조사도 해보도록 하겠습니다. 감히 제가 알아낼 수 있을지 모르겠습니다만."

환우의 말에 불요 대사는 고개를 끄덕였다.

그가 환우를 잡은 것은 지금까지의 말을 전하기 위해서다. 나머지 판단은 전적으로 환우의 몫이다. 불요 대사가 억지로 소림에서 잃어버린 것부터 찾으라 강요할 자격은 없었다.

"그런가? 소협의 뜻이 그러하다면 그렇게 해야겠지. 모든 것은 순리대로 흘러갈 테니 말일세. 허허허."

'순리대로……'

무언가 환우의 가슴 한쪽을 잡아끄는 말이다. 지극히 당연한 말임에도 환우는 알 수 없는 기이한 기분을 느꼈다.

"네."

"그래, 소림을 떠나면 어디로 갈 텐가?"

불요 대사의 물음에 환우의 시선이 치호를 향했다. 사숙의 시선이 무엇을 의미하는지 치호는 이제 어느 정도 눈치를 챌 수 있었다. 치호는 짧은 시간을 같이했음에도 환우의 성격에 대해 어느 정도 파악하고 있었다. 그러하지 못하면 치호 자신의 몸이 엄청나게 힘들었기에 치호로서는 정말로 필사적인 노력 끝의 결과였다.

치호의 머리가 빠르게 돌아갔다. 그의 머릿속에 순식간에 중원의 전도가 그려졌다. 개방의 제자로서 이 정도는 기본 중의 기본이었다.

분명 지금 자신의 사숙이 바라는 곳은 이곳 소림에서 가장 가까운 문파일 것이다.

소림이 있는 하남성에서 다른 구대문파가 있는 곳은 서쪽의 섬서와 남쪽의 호북이다. 숭산이 하남성의 서쪽에 조금 치우쳐 있으니 결국 소림에서 가장 가까운 곳은 섬서성 회음현의 화산파다.

"화산파입니다."

치호의 대답이 나오기까지 걸린 시간은 환우가 치호를 바라보고 딱 한 번 눈을 감은 후였다. 실로 빠른 대답이었다.

"그렇답니다."

환우의 대답에 불요 대사가 고개를 끄덕였다.

애초에 환우의 생각은 소림 다음은 무당이었지만 화산이 더 가깝다고 하니 화산으로 가기로 마음을 고쳐먹었다. 일단 가까운 곳부터 돌자는 생각에서다.

"지금 본 사에 화산의 장로이신 서문호 대협이 와 계시다네. 자네만 괜찮다면 그분이랑 함께 움직이는 건 어떤가? 마침 화산으로 간다 하니 하는 말일세."

불요 대사가 무언가를 생각하는 듯하더니 그 말을 꺼냈다. 그 말에 환우는 잠시 고민에 빠졌다.

'서문이라… 그렇다면 서문하경이라는 그 소저와 관련이 있을지도 모르겠군. 같이 간다고 한다면 그녀와 함께 움직이는 건가?

환우가 고민을 한 이유는 간단했다. 바로 서문하경의 존재였다. 첫 만남이 그리 좋다고 할 수는 없지만 어쨌든 환우는 서문하경의 미모에 강렬한 인상을 받았었다.

환우가 흔들리고 있었다.

하지만 고민의 시간은 길지 않았다.

"장로시라 하면 용아천뢰검에 대해서는 모르시겠군요."

"아마도 그럴 걸세."

"그렇다면 그냥 먼저 화산으로 가겠습니다. 그분이 이곳에 오신 까닭은 대사님의 법회 때문인 듯하니 시일이 좀 걸릴 것 같군요."

"좋으실 대로 하게."

환우의 대답에 불요 대사는 별다른 변화 없이 고개를 끄덕였다. 짧은 만남이었지만 눈앞의 젊은이와의 대화에서는 그 어떤 말이 튀어나오더라도 평정심을 잃지 않는 것이 스스로에게 좋다는 사실을 불요 대사는 조금 터득했다.

"그럼 이만 가보도록 하겠습니다. 좋은 말씀 감사합니다."

"그러게. 검을 돌려주지 못하고 도둑맞은 일, 다시 한 번 정말로 미안하네."

"아닙니다. 천하의 소림의 조사동에 도둑이 들었다면 그것이야말로 불가항력이라는 것일 테지요."

환우는 잔잔한 미소를 머금으며 대답을 하고는 방장실을

벗어났다.

치호는 그 뒤를 쫄래쫄래 따른다.

"멀리 나가지 않겠네."

반장을 하며 인사하는 불요 대사를 향해 환우도 포권을 하며 인사했다. 그리고 미련없이 걸음을 돌렸다.

방장실에서 환우가 점점 멀어져 갔다. 차차 작아져 가는 환우의 모습을 지켜보는 불요 대사의 얼굴에는 미소가 어렸다.

들어올 때와 달리 소림을 벗어나는 것은 별로 힘들지 않았다. 다만 오자마자 다시 떠난다는 사실에 사람들이 의아해했을 뿐이다.

환우와 구파의 제자들 사이에 얽힌 일은 이미 정리가 되었기에 누구도 신경을 쓰지 않았다. 아니, 아마도 일부러 외면하는 것이리라. 그들의 입장에서는 환우가 조금이라도 빨리 소림을 떠나주는 것이 고마운 일이었으니까.

불요 대사와의 대화가 상당히 길었던 것일까? 소림의 산문을 뒤로하고 소실봉을 내려가는 길에 이미 하늘은 붉게 물들어 있었다.

"오늘은 아래 마을에서 묵고 가야 할 듯하네요."

하늘을 바라본 치호가 말했다.

그러나 환우는 치호의 말을 듣는 둥 마는 둥이었다.

"사숙."

치호가 조심스레 환우를 불렀다.

"응?"

그제야 환우가 뒤를 돌아보았다.

"뭐라고 했지?"

"아무래도 오늘은 아래 등봉현에 묵어가야 할 듯하다고
요."

그제야 환우의 시선이 하늘로 향한다.

"그래. 그래야 할 듯하네."

고개를 끄덕이며 대답을 하는 사숙의 모습에 치호가 고개
를 갸웃거렸다.

"무슨 일 있으신 거예요?"

무슨 일이 있을 리 없었다. 지금까지 치호는 사숙과 계속
같이 있지 않았던가. 자신이 아무 일도 없는데 사숙이 별일이
있을 수 없었다. 하지만 지금까지 보지 못한 모습이기에 그렇
게 물었을 뿐이다.

"아니다. 별일 아냐."

환우는 고개를 저으며 대답했다. 그러면서 고개를 돌려 멀
리 작게 보이는 소림사를 슬쩍 쳐다보았다.

'분명 다 이치에 맞는 말인데… 영 께름칙하단 말이야. 마
치 무슨 음모처럼… 왜 이렇게 뒤통수가 간질거리지?

환우가 다른 생각에 잠겨 있었던 것은 자신의 가슴 한구석
에서 스멀스멀 피어올라 뒤통수를 자극하는 어떤 불안과도

같은 것 때문이었다.

"뭐, 별일이야 있을라고. 또 있으면 어때?"

"네?"

갑자기 튀어나온 사숙의 말에 치호가 놀라서 물었다.

"응? 아냐. 어서 가자. 해 지기 전에 숙소를 잡아야지."

그러면서 환우의 걸음이 점차 빨라진다. 치호도 서둘러 그 뒤를 따랐다.

갑자기 보여준 사숙의 알 수 없는 모습에 고개를 갸웃거리면서.

第九章
화산의 은자

"사람이 아니야… 사람일 리 없어. 그래. 동방의 하늘에서 내려온 천신(天神)일 거야. 틀림없어."

해동에서 온 백의의 사내. 한 번의 손짓에 열 개의 벼락이 떨어지고, 마교의 혈사는 그 앞에 침묵한다. 열 개의 벼락을 중원에 남겨두고 홀연히 떠났다.

그리고 오십 년 후. 다시금 중원이 어지러워지려 할 때 그의 후예가 중원으로 향한다.

푸른 하늘에 열 개의 벼락이 다시 떨어지는 순간 천하는 그 앞에서 무릎 꿇으리라.

　중원에는 커다란 산이 다섯 곳이 있다. 아니, 단지 크기가 크고 지세가 험준하기만 한 산이라면 더 많다. 하지만 그 앞에 서면 절로 가슴속 깊은 곳에서 경외감이 솟아 나오는 신령스러운 산은 다섯 곳이 있다.

　사람들은 그 다섯 곳의 산을 일컬어 중원오악이라 불렀다.

　동악이라 불리는 태산, 서악이라 불리는 화산, 남악이라 불리는 형산, 북악이라 불리는 항산, 그리고 중악이라 불리는 숭산. 이 다섯 곳이 중원인들이 우러러보는 다섯 산 중원오악이다.

　환우와 치호는 이미 중악인 숭산을 다녀온 터다. 그리고 지금 오악 중 서악의 자리를 차지하고 있는 화산을 오르고 있었다.

"허어. 역시 명불허전이군. 이런 기운이라니."

환우는 산 언저리에 들어서면서부터 연신 감탄을 흘렸다. 숭산에 갔을 때도 그 순수하고 넓은 기운에 놀랐었지만 이곳 화산도 그에 못지않았다.

환우가 익히고 있는 무공은 중원의 그것과는 그 궤를 달리하고 있다. 특히 주변의 기운을 느끼는 것에 있어서는 중원의 무공과는 비교도 할 수 없을 정도로 민감하다.

환우는 지금 전신으로 스며 들어오는 산의 기운을 기분 좋게 받아들이고 있었다. 덕분에 그의 얼굴에는 은은한 미소가 걸려 있었다.

그 모습이 치우에게는 내심 얼마나 다행스러운 것인지 몰랐다. 어디로 튈지 모르는 사숙이지만 적어도 저렇게 기분 좋은 미소를 입가에 걸고 있을 때는 별다른 일이 없었기 때문이다.

"화산파까지는 얼마나 남았어?"

길안내는 전적으로 치호의 몫이다.

사실 환우는 처음 치호를 떠맡았을 때만 해도 기분이 별로 좋지 않았다. 중원 땅이 아무리 넓다 해도 충분히 용아천뢰검을 찾아다닐 자신이 있었다. 하지만 막상 치호와 다니니 확실히 편했다.

매일같이 구박을 하긴 하지만 적어도 이동을 할 때 편하고 빠른 길을 찾는 능력은 발군이었다. 그 덕에 치호를 보는 환우의 눈도 많이 부드러워져 있었다.

대개방의 차기 방주로 내정된 후개 장치호의 가치가 환우에게는 그저 길안내, 딱 그 정도였다.

중원의 다른 무인들이 알게 된다면 뒷목 잡고 넘어갈 일이었으나 그런들 어쩌랴. 당사자인 환우는 아무 상관도 없는 일이었으니 말이다.

"벌써 연화봉도 거의 다 올라왔으니 한두 시진이면 도착할 듯싶습니다."

"그래?"

치호의 대답에 환우는 고개를 끄덕이며 걸음을 옮겼다. 이제 잠시 후면 도착한다는 생각 덕일까? 그의 걸음에는 더욱 힘이 들어갔다.

그렇게 세 시진이 흘렀다.

치호가 이야기한 시간에서 무려 한 시진 이상의 시간이 더 흘렀다. 이미 사방은 어두워져 있었다.

하지만 환우는 여전히 화산의 산속을 헤매고 있었다.

환우의 얼굴은 딱딱하게 굳어 있었다.

그 뒤에는 어쩔 줄 모르는 얼굴로 고개를 푹 숙이고 있는 치호가 조심스레 걸음을 옮기고 있었다.

치호를 안심하게 해주던 환우 입가의 미소는 사라진 지 오래다. 대신 그 자리를 차지한 것은 짜증과 언짢음, 그리고 피로였다.

지금 자신의 사숙은 건드리면 터진다. 치호는 그 사실을 잘 알고 있다. 그리고 그렇게 된 이유도 잘 알고 있다.

바로 치호 자신이었다.

그렇다.

치호는 화산의 연화봉에서 길을 잃은 것이다.

개방의 후개인 자신이 길을 잃다니 체면이 말이 아니었다. 하나 지금은 체면이 문제가 아니다. 어떻게 사숙의 화를 피하느냐 그것이 지금 치호에게 당면한 최대의 문제였다.

그렇게 안절부절못하며 사숙의 뒤를 따르던 치호의 눈에 무언가가 들어왔다.

치호는 두 눈을 크게 떴다.

불빛이다. 분명히 불빛이었다.

"사, 사숙, 저곳에 불빛이 보입니다."

산에서 맞이하는 밤은 위험하다. 그리고 또 험준한 산은 낮이라 할지라도 위험하다.

화산은 험준한 산이고 지금은 밤이다. 게다가 길까지 잃었다. 그런 차에 보인 불빛에 치호는 기쁘다는 듯 환우에게 재빨리 말했다.

치호로서는 자신의 실수를 조금이라도 만회할 생각에 서둘러 말한 것이다. 하지만 예상한 반응은 돌아오지 않았다.

그저 환우는 조용히 걸음을 옮기고 있을 뿐이었다.

"저, 사, 사숙?"

치호는 조심스레 환우를 불렀다.

"치호야."

"네."

환우의 목소리가 낮게 깔려 있었다. 치호는 긴장했다.

"네가 길을 잃은 것이 언제지?"

"한 시진 전입니다."

"그때부터는 누구 마음대로 가고 있냐?"

"사숙님이요."

"그렇다면 넌 내가 아무 생각도 없이 이 험한 산속을 휘적 휘적 걷고 있었을 거라 생각하냐?"

아니었단 말인가? 치호는 사숙이 될 대로 되라는 듯 산속을 이리저리 걷고 있는 것이라고만 생각했다. 이런 험한 산에서는 그거 말고는 뾰족한 수가 없을 거라는 자신만의 생각에 자연히 그리 판단해 버린 것이다.

"아, 아닙니까?"

딱!

어두운 산속에 요란한 소리가 울렸다. 치호는 어느 정도 자신의 사숙을 파악했음에도 임기응변에는 아직 약간의 손색이 있었다.

당연히 아니라고 대답해야 할 것을 그렇게 티가 나게 대답을 했으니 환우의 성격에 손이 가만히 있을 리가 없었다.

"내가 살던 절도 산에 있었다. 이처럼 험한 산은 아니지만 그 기운만은 이곳에 못지않은 명산이야. 아니, 기운만으로 따지자면 금정산이 낫지. 암. 그런 곳에서 자란 나다. 산이 좀 더 험준하다지만 길도 못 찾을 리가 없지."

"그렇다면……?"

치호가 믿을 수 없다는 눈으로 물었다. 응당 환우의 주먹이 한 번 더 치호의 머리에 들렀다 간 것은 당연했다. 치호는 임기응변에 대해서는 조금 더 수련을 할 필요가 있어 보였다.

"그때부터 이 산을 벗어날 수 있는 길을 찾아서 움직였어. 그리고 반 시진쯤 전부터 사람의 흔적이 보이기에 그 흔적을 따라온 거고. 그리고 저기 불빛이 보이는 거다. 알겠나?"

"네."

환우의 설명에 치호는 순순히 대답했다. 이번에는 환우의 주먹이 움직이지 않았다.

'휴우.'

치호가 내심 안도의 한숨을 내쉬는 그때 그는 눈앞에 번쩍이는 별을 보았다. 그리고 찌르르 울리는 뒤통수의 통증. 이번에도 어김없이 환우의 주먹이 그의 머리에 방문한 것이다.

하지만 이번에는 억울했다. 정말로 결단코 이번에는 사숙에게 책잡힐 행동을 하지 않은 것이다.

치호는 자신의 그런 억울함을 모두 눈에 담아 사숙을 쳐다보았다. 보통 때라면 상상도 못할 일이지만 이번만큼은 그런 미친 짓을 할 정도로 억울했다.

"허? 이놈 봐라."

치호의 행동이 하도 어이가 없었기에 환우는 헛웃음을 먼저 터뜨렸다.

"왜? 지금 맞은 것이 억울하다 그거냐?"

환우는 치호의 마음을 정확히 짚었다. 정확히는 치호의 눈에 담긴 감정을 정확히 읽어낸 것이다.

치호가 살짝 고개를 끄덕였다. 꽉 쥔 치호의 두 손이 부르르 떨렸다.

억울함으로 인한 떨림인지 앞으로 나가올 일에 대한 두려움으로 인한 떨림인지는 오직 본인만이 알 일이다.

"내가 반 시진 전쯤부터 뭘 봤다고 했지?"

"사람의 흔적이요."

환우는 치호의 대답에 고개를 끄덕였다.

"그래. 사람의 흔적. 그럼 넌 그때 뭘 봤지?"

두 번째 물음에 치호는 아무런 대답도 못했다. 그때는 사숙의 무거운 분위기에 고개를 푹 숙이고 땅만 보고 걸을 때였다. 무슨 흔적을 발견하고 그럴 여유가 없을 때였다. 치호가 본 것은 그저 자신의 발이 움직이는 땅이 전부였다.

"따… 땅이요……."

환우가 한심하다는 듯 치호를 바라보았다.

"너, 중원 무림 최대의 문파이자 최고의 정보력을 자랑하는 개방에 대해서 그간 나한테 얼마나 떠들었냐?"

맞다. 숭산에서 화산으로 오는 동안 어느 정도 사숙에게 적응한 치호는 길안내를 하면서 정말로 자랑스럽게 개방에 대한 이야기를 했었다. 물론 전부 자기 문파 자랑이었다. 그때는 치호 덕에 길을 편하게 가던 때라 환우도 진지하게 그 이야기를 들어줬었다. 그것이 지금 치호의 무덤을 파고 있었다.

"게다가 넌 그 대단한 개방에서 무려 차기 방주로 내정된 후개라면서?"

"네……."

정말로 모깃소리만 한 목소리로 치호가 대답했다.

"근데, 응? 근데? 말만 떠들면 뭐 하나? 이런 곳에서 나도 쉽게 찾는 흔적 하나 못 찾고, 아니, 찾으려고도 안 하고 땅만 보고 걸어? 그러다가 불빛이 보인 다음에야 기쁜 듯이 말을 해? 네가 그러고도 그렇게 자랑스레 떠들던 개방의 제자냐?"

치호는 할 말이 없었다.

사숙의 말대로 자신이 잘한 것은 아무것도 없었다. 길을 잃었다면 다시 바른 길을 찾기 위해 할 수 있는 모든 노력을 했어야 함에도 그저 사숙의 화가 무서워 고개를 푹 숙이고 수동적으로 움직였다.

명백한 자신의 잘못이었다.

"잘못했습니다."

억울함을 호소할 때의 기세는 모두 사라지고 치호는 고개를 푹 수그렸다. 환우의 주먹이 그런 치호의 머리를 한 번 더 어루만졌음은 너무 당연한 이야기일까?

그래도 환우는 내심으로는 어느 정도 치호가 마음에 들었다. 억울하다고 발끈 대드는 모습도 귀여웠고 또 자신의 잘못을 인정하고 순순히 용서를 구하는 모습도 보기 좋았다.

환우는 알게 모르게 그렇게 조금씩 치호에게 정이 들고 있었다.

그러고 나서 이각쯤 더 걸었을까? 작은 초막이 두 사람의 눈에 들어왔다. 초막의 창에서 은은한 불빛이 새어 나오고 있었다.

두 사람이 본 그 불빛이었다.

발길은 자연히 불빛을 내비치고 있는 초막으로 향하고 있었다. 어차피 길도 잃고 날도 저문 차에 염치 불구하지만 눈에 띈 초막에 하룻밤 신세를 질 생각이었다.

"계십니까?"

최소한의 거주만이 가능해 보이는 초라한 초막의 입구에서 환우가 조심스레 주인을 찾았다.

"들어오십시오."

이미 두 사람이 올 것을 알고 있었던 것일까? 초막 안에서 굵직한 남자의 음성이 들렸다.

주인의 허락이 떨어졌기에 환우는 초막의 문을 열고 안으로 들어섰다. 밖에서 보는 것과 달리 안은 정갈하게 정리되어 있었다.

불빛을 은은히 뿜어내고 있는 초가 올려진 탁자에 한 남자가 앉아서 책을 보고 있었다.

"늦은 시간에 불쑥 죄송합니다."

환우가 꾸벅 허리를 숙이며 말했다.

"아닙니다. 본 파에 오르시려다가 길을 잃으신 것이지요? 가끔 그런 분들이 이곳으로 온답니다. 소림과 달리 본 파를 찾는 길은 제법 복잡하답니다. 하하하."

이제 이십대 중후반으로 보이는 인상 좋아 보이는 사내는 읽던 책을 덮고는 유쾌하게 말했다.

사내의 말에 치호의 얼굴이 조금 밝아졌다. 사내의 말로 미루어 그는 화산파의 인물인 듯했다. 화산의 사람도 길이 복잡하다 하니 초행인 자신이 길을 잃을 수도 있다는 생각에서였다. 결국은 자신의 잘못에 대한 죄책감을 조금 덜었다고 할까.

"네. 길이 무척 험하더군요. 이 녀석이 길을 잘 안다고 자신하기에 안심하고 오다가 낭패를 봤습니다."

환우가 쓴웃음을 지으며 말했다.

"저런. 개방의 소협 같으신데 아직 길을 잡는 데 익숙하지가 못하신 듯하군요."

사내는 단번에 치호의 출신을 알아보았다. 환우가 냄새가 난다며 깨끗이 씻게 하고 깨끗한 옷을 입게 했음에도 한눈에 개방의 제자임을 알아본 것이다.

"눈썰미가 대단하시군요."

사내가 치호의 출신 문파를 한 번에 알아본 것은 환우로서도 의외였다.

"아닙니다. 이 초막에서 이런저런 사람을 보다 보면 각기 풍기는 분위기라는 것이 있게 마련이죠. 특히나 무림인들은 더하답니다. 저 소협에게서 개방도들에게서만 볼 수 있는 분위기를 보았기에 그리 말한 것뿐입니다."

사내의 말에 환우의 눈에 흥미가 동했다.

"그럼 저는 어느 문파의 사람으로 보이십니까?"

"어렵군요. 소협처럼 독특한 분위기를 풍기는 분은 본 적이 없어서요. 하지만 중원 분이 아니시라는 것과 불가 쪽의 분이시라는 것은 알겠군요."

사내의 대답에 환우의 얼굴에는 놀람의 기운이 번져 나갔다. 아무런 정보 없이 그는 단번에 환우에 대한 것을 두 가지나 맞춘 것이다. 그것도 가장 중요한 것을 말이다.

"정말 대단하시군요."

환우는 정녕 감탄했다는 얼굴로 말했다.

"저는 해동에서 온 신환우라고 합니다. 객으로서 지금까지 제대로 인사를 드리지 못한 점 사과드립니다."

환우가 정중히 포권을 하며 정식으로 자신의 소개를 했다.

“아닙니다. 저는 화산의 제자인 장용걸이라 합니다. 홀로 명상을 하며 수련하는 것을 즐기기에 본 파를 떠나 이런 곳에 초막을 짓고 지내고 있습니다.”

두 사람이 인사를 나누자 그제야 치호도 포권을 하며 인사를 했다.

“개방의 장치호입니다.”

인사를 하는 치호의 얼굴에 은은한 경악과 존경심이 떠올라 있었다. 그 존경심은 스스로를 장용걸이라 밝힌 사내를 향한 것이었다.

화산신부(華山神斧) 장용걸.

화산의 제자이면서 특이하게 검을 익히지 않고 부를 익힌 것으로 유명한 이다. 더욱이 별호에 ‘신(神)’ 자가 들어갈 정도로 그 경지가 높은 것으로 더욱 유명하다.

이제 약관이 좀 지난 나이로 그와 같은 경지에 올랐기에 무림의 젊은 후기지수들이라면 누구나 동경하는 인물이기도 했다.

최고의 다섯 후기지수라는 신주오룡(神州五龍) 중에서도 최강의 자리를 다투는 이가 바로 그였다.

“이런. 개방의 후개셨군요. 제가 미처 알아보지 못했습니다. 개방의 후개를 만나게 되다니 참으로 반갑습니다.”

장용걸이 반색을 하며 치호에게 인사를 했다.

“아닙니다. 저야말로 명성이 자자한 화산신부를 뵙게 되어 참으로 영광입니다."

치호의 음성에는 진심이 가득했다. 치호는 정말로 최고의 후기지수라는 장용걸을 만난 기쁨에 몸을 떨고 있었다.

"감당하기 힘든 말씀이십니다. 그저 번잡한 곳을 떠나 조용히 지내는 무인일 뿐입니다."

환우는 조용히 두 사람이 서로의 얼굴에 금칠을 하면서 대화를 나누는 것을 가만히 지켜보았다. 하지만 두 사람의 화제에서 자신이 완전히 벗어나 있는 것이 마음에 안 든다는 기운이 은연중 주위로 번져 나오고 있었다.

이미 한 번 호되게 당한 경험 덕일까? 치호는 즉시 그런 환우의 기색을 눈치 챘다.

"아, 사숙, 이분 장 소협은 현재 무림에서 가장 뛰어난 다섯 후기지수라는 신주오룡 중에서도 가장 뛰어나다고 그 명성이 자자하신 분입니다."

재빨리 치호는 환우에게 장용걸에 대해 소개를 했다. 두 사람의 대화로 미루어 대강 짐작하고 있던 내용이었지만 확실히 듣는 것과 짐작만 하는 것은 다르다.

"대단한 분이셨군요. 그런 분의 처소에서 하룻밤 신세를 질 수 있다니 참으로 기쁜 일입니다."

"아닙니다. 저야말로 개방 후개의 사숙을 모시게 되어 영광입니다."

특유의 굵직한 목소리와 함께 울리는 장용걸의 말이 가히 기분 나쁘지는 않았다. 아니, 오히려 기분 좋게 들렸다.

인사를 하면서도 장용걸은 내심 의아함을 느끼고 있었다. 자신의 기억 속에는 개방의 방주에게 저렇게 젊은 사제는 없었던 것이다.

"이분 신 사숙은 얼마 전 방주께서 의동생으로 삼으신 분입니다."

눈치 빠른 치호가 재빠르게 환우에 대한 소개를 덧붙였다. 그제야 장용걸은 이해했다는 듯 고개를 끄덕였다.

서로에 대해 어느 정도 알게 되자 세 사람은 이런저런 이야기를 나누며 의기투합해 갔다. 같은 젊은 나이의 무림인으로서 통하는 것이 많았다.

특히 치호는 장용걸에게 많은 것을 배웠다. 애초에 일반적인 무림인과 생각이 다른 환우와 함께 지내다가 무림인다운 무림인을 만났기에 더욱 신이 난 듯했다.

환우와 장용걸은 서로에게 감복했다.

환우는 자신이 지금까지 만난 명문거파의 제자들과는 전혀 다른 모습을 보이는 장용걸의 심성에 감탄했고 장용걸은 보통 무림인과는 전혀 다른 환우의 생각에 감복했다.

"이 장 모가 참으로 오랜만에 눈을 뜬 듯합니다. 이렇게 젊은 소협께서 그런 생각을 가지시다니 저로서는 상상도 못했습니다."

"아닙니다. 저야말로 중원에 들어와 처음으로 협사다운 협사를 만난 듯합니다.”

두 사람은 기분 좋게 대화를 나누었다.

밤이 깊어감에도 세 사람의 대화는 그칠 줄을 몰랐다.

날이 밝았다.

깊은 밤까지 대화를 나누다가 잠이 들었음에도 초막에는 아무도 없었다.

이제 막 해가 떠오르려고 하는 새벽녘.

저마다 아침의 수련을 위해 일찍부터 사라졌다.

환우는 그저 일찍 눈이 떠졌기에 산책 삼아 숲 속으로 들어 갔다. 산의 기운이 온몸을 감싸는 것이 기분이 좋았기에 그 기분을 만끽하고 싶어 산책을 나선 것이다.

환우는 지나온 길을 확인하면서 걸음이 닿는 대로 움직였 다. 신선한 아침 공기와 함께 느껴지는 산의 기운은 온몸을 상쾌하게 만들어주었다.

“타핫!”

그때 환우의 귀에 우렁찬 기합 소리가 들렸다. 굵직한 음성 이 아마도 장용걸인 듯했다.

“응?”

환우는 장용걸의 목소리에 절로 걸음을 그곳으로 옮겼다. 무인이라면 남의 수련은 보지 않는 것이 예의였으나 환우에 게는 그런 개념이 없었다. 범어사에서는 그저 남이 보든 말든 자신이 편한 곳에서 수련을 했기 때문이다.

중원에서는 다른 이의 수련을 허락없이 보는 것은 큰 실례다. 하지만 그것은 너무나 당연한 사실이었기에 누구도 환우에게 그 사실을 알려주지 않은 것이다.

덕분에 환우는 장용걸의 수련에 대한 호기심으로 기합 소리가 들려온 곳으로 천천히 다가갔다.

"응?"

울창한 숲 속에 있을 것 같지 않은 공터가 휘황찬란한 빛으로 뒤덮여 있었다. 그 빛의 가운데 장용걸이 서 있었다.

환우는 그의 모습을 지켜보면서 고개를 갸웃거렸다.

"이상한데……."

이상했다. 이상해도 너무 이상했다.

환우도 화산파가 검으로 유명한 문파라는 것쯤은 중원에 온 이후에 들어서 알고 있다.

분명 장용걸은 화산파의 제자라고 했는데 손에 들린 것은 검이 아니었다.

그것은 분명 부(斧)였다.

"화산의 제자가 부라니… 아!"

그제야 환우는 전날 치호에게서 들은 장용걸의 별호를 기억해 냈다.

"화산신부라… 그래서 그런 별호였군."

지난밤의 기나긴 이야기에는 서로의 무공에 대한 이야기

는 빠져 있었다. 그래서 서로의 무공에 대해 알지 못했다.

환우는 장용걸의 별호를 흘려들었기에 그가 부를 쓸 것이라고는 전혀 예상도 못한 것이다.

그가 부를 들고 수련하는 모습을 지켜본 후 기억을 더듬어서야 겨우 별호를 떠올릴 정도였다.

"누구십니까?"

환우가 장용걸의 손에 들린 부에 대한 궁금증을 풀어갈 때 장용걸은 양손에 부를 든 채 환우가 서 있는 곳을 지그시 바라보고 있었다.

마치 처음부터 그렇게 서 있었다는 듯한 고요한 모습이었다. 바로 조금 전까지 격렬한 수련을 했었다고는 믿을 수 없었다.

"아, 접니다."

장용걸의 날카로운 눈빛을 맞으며 환우가 모습을 드러냈다. 환우의 모습을 확인한 장용걸의 눈에는 의외라는 빛이 역력했다.

그가 환우의 기척을 느낀 것은 조금 전이었다. 환우와의 거리는 불과 일 장. 그는 자신의 또래에서 자신의 이목을 속이고 일 장 이내에 들어올 수 있는 자가 있다고는 믿을 수 없었다. 겸손한 모습을 보였지만 장용걸 그도 결국은 무인 자신의 무공에 대한 나름대로의 자부심을 가지고 있었다.

그런데 그런 자부심을 환우가 깨버린 것이다.

환우의 모습으로 보아서 특별히 자신 몰래 숨어서 지켜보려고 기척을 죽인 것도 아니었다. 그저 자신을 방해하지 않기 위해 조심스레 접근한 정도일 뿐이다. 그런데 기척을 제대로 감지하지 못했다니 충격이라면 충격이었다.

"신 형이시로군요. 이른 시간에 이곳까지는 어쩐 일이십니까?"

장용걸 특유의 굵직한 목소리가 낮게 울렸다.

"산의 기운이 좋아 이리저리 거닐다가 우렁찬 기합성에 이끌려 그만 여기까지 왔습니다. 장 형의 수련하시는 모습이 워낙 보기 좋아 계속 지켜보고 있었군요."

환우는 미소를 머금으며 대답했다. 그의 미소에는 한 점의 거짓도 없는 순수 그 자체였다.

사람을 보는 안목이 탁월한 장용걸이 그 미소에 들어 있는 뜻을 모를 리 없었다. 본디 남의 수련을 지켜보는 것은 크나큰 실례지만 그는 화를 낼 수가 없었다. 환우의 그런 미소를 보고 화를 낼 정도로 속이 좁은 남자가 아니었다.

"그러셨군요. 못난 모습을 보였습니다."

장용걸이 머쓱한 웃음을 배어 물었다.

"신 형, 앞으로는 다른 사람이 수련을 하는 곳에 갈 때는 미리 기척을 내도록 하십시오. 중원에서는 다른 무인의 수련을 훔쳐보는 것은 대단한 결례랍니다."

"이런. 몰랐습니다. 제가 큰 실례를 범했군요."

환우는 황급히 사과를 했다. 장용걸이 앞으로 혹시라도 자신이 범하게 될 실수를 걱정해 해준 말임은 충분히 느낄 수 있었다. 그랬기에 고마운 마음과 미안한 마음에 서둘러 사과를 한 것이다.

"아닙니다. 저는 별로 개의치 않습니다. 신 형께서 다른 의도가 있어서 그러신 것이 아니라는 것을 잘 압니다."

두 사내는 서로를 마주 보며 진한 미소를 지었다. 서로가 서로의 마음을 이해할 때 나오는 미소다.

"한데 그 무기는……."

환우의 시선이 장용걸의 양손에 들린 부로 향했다.

손잡이와 날까지 모두 해 대략 삼 척이 조금 안 될 듯한 짧은 부였다.

"아, 특이하지요? 화산의 제자가 검을 놔두고 도끼를, 그것도 쌍 도끼를 사용한다니 말이죠? 하하하."

장용걸은 양손의 도끼를 들어 보이며 기분 좋은 듯 웃었다. 그의 웃음소리에는 호탕함이 한껏 배여 있었다.

"선화부(宣花斧)라고 하는 도끼입니다."

자신이 든 선화부를 바라보는 그의 눈에는 병기에 대한 애정이 잔뜩 묻어 있었다.

"화산검파로도 불릴 정도로 검으로 유명한 화산의 제자가 도끼를 든 사연을 알려면 우선 우리 화산파의 유래에 대해 알아야 합니다. 화산파는 불가를 대표하는 소림, 도가를 대표하는 무당과 어깨를 나란히 하는 속가를 대표하는 문파입니다. 구파일방이라 열 개의 대문파를 묶어서 말하지만 저는 감히 화산, 소림, 무당의 세 문파는 그 열 개의 문파 중에서도 특출하다 믿고 있습니다.”

그의 눈에서는 자신의 문파인 화산파에 대한 자부심이 가득했다. 환우와는 별 상관 없는 이야기였지만 굳이 내색하지는 않았다. 그도 솔직히 장용걸이 검을 놔두고 도끼를 든 사연이 궁금했던 것이다. 그 궁금증을 해결하려면 장용걸의 이야기의 맥을 끊어서는 안 될 것 같았다.

“본래 화산에는 수많은 군소방파들이 있었습니다. 그 방파들이 이합집산을 하면서 점차 하나로 합쳐졌지요. 그렇게 수많은 방파들이 하나로 합쳐져서 탄생한 것이 지금의 화산파입니다. 수많은 방파들이 있었음에도 유독 검을 사용하는 문파들이 많았기에 자연 화산의 절기는 검이 되었습니다. 하지만 그 과정에서 사라진 아까운 절기들이 많이 있지요. 저는 그중 하나를 찾았습니다. 왠지 저에게는 검이 맞지를 않았습니다. 너무 가벼운 느낌이 난다고 할까? 아무튼 검에서는 충실함을 느낄 수가 없었어요. 그래서 찾은 것이 마운부(摩雲斧)라는 무공입니다. 처음 찾은 순간 정말로 기뻤지요. 마치 내 몸에 꼭 맞는 옷을 입은 것 같다는 느낌이랄까요?”

자신의 사연을 이야기하는 장용걸의 입에는 어느새 은은한 미소가 걸려 있었다. 그때 그 순간은 다시 생각하더라도 그에게는 감격적이었던 것이다.

"그래서 지금에 이르게 된 것입니다. 화산에는 마운부 외에도 검이 아닌 병기를 사용하는 훌륭한 무공들이 많답니다. 그 내부분이 묻혀 있어 빛을 보시 못하는 것이 안타깝군요."

"그럼 장 형이 본 파를 떠나 이곳에서 생활하는 것도 혹 검이 아닌 무공을 익혔기 때문입니까?"

환우의 물음에 장용걸은 고개를 저었다.

"아닙니다. 제가 익힌 마운부도 엄연한 화산의 무공. 화산의 무공을 익히는데 그 병기가 검이 아니라고 소외시킬 정도로 화산의 품이 좁지 않습니다. 다만 제가 숨어 명상을 하며 수련하는 이런 생활을 동경하기 때문이지요."

대답을 하는 장용걸의 눈에는 아련한 동경의 빛이 떠올라 있었다.

"신 형은 혹 강호쌍은(江湖雙隱)이라는 명호를 들은 적이 있습니까?"

"처음 듣는 명호로군요."

"그렇군요. 그 명호는 전혀 관계가 없는 두 사람을 지칭하는 명호이지요. 하지만 두 사람은 공통점을 가지고 있습니다. 바로 사람들에게 모습을 드러내기 싫어하는 은자라는 것이지요. 두 사람 모두 제 또래입니다만 그 경지가 이미 우리 또래와는 비교를 할 수 없을 정도로 높아 따로 강호쌍은이라 불린답니다. 감히 제가 속한 신주오룡이라는 후기지수들과는 비교도 할 수 없는 경지를 쌓았지요. 그 두 사람은 제 동경의 대상이자 목표입니다. 그래서 그들을 따라 이렇게 홀로 조용히 지내는 것인지도 모르지요.”

환우로서는 상당히 소득이 있는 아침 산책이었다. 우연히 장용걸이 수련하는 모습을 발견하여 참으로 흥미있는 이야기를 듣게 된 것이다.

“재미있군요.”

환우의 반응에 장용걸은 고개를 저었다. 그리고는 가만히 허공을 바라보더니 천천히 입을 열었다.

“강호에 은자가 둘 있으니 잠룡과 복호라. 잠룡이 눈을 뜨고 복호가 허리를 펴니 능히 천하를 얻을 것이다.”

“무슨 말입니까?”

환우가 흥미롭다는 얼굴로 물었다.

“바로 그 두 사람을 지칭할 때 따라 나오는 말입니다. 누가 그런 말을 퍼뜨렸는지 몰라도 어느새 누구나 인정하는 말이 되었지요.”

장용걸의 말에 환우는 살짝 놀랐다. 분명 장용걸 또래의 두 사람이라고 했다. 그런데 감히 천하를 논할 수 있는 수준에 올랐다니 놀라지 않을 수 없었다.

환우가 아무리 천방지축을 날뛰던 성격이라 하더라도 천하라는 말이 의미하는 바는 잘 알고 있다.

그도 함부로 입에 올리지 않는 무거운 말이 바로 천하다.

“정말로 그렇다면 참으로 대단한 분들이군요. 기회가 된다면 꼭 한 번 만나보고 싶군요.”

“저도 그렇답니다. 하하하.”

환우의 말에 장용걸은 호탕한 웃음을 터뜨린 후 두 자루의 선화부를 등허리에 교차시켜 맸다. 가만히 보니 선화부를 맬 수 있는 가죽 허리띠를 하고 있었다.

“이제 시간도 제법 지났으니 그만 돌아가도록 합시다. 제가 화산으로 가는 길을 안내해 드리겠습니다.”

장용걸의 말에 그제야 환우는 자신이 화산파를 찾아가다가 길을 잃어 장용걸에게 하룻밤 신세를 졌다는 것을 떠올렸다. 그와의 대화가 너무나 재미가 있어 잠시 화산을 찾은 진짜 목적을 깜빡하고 있었던 것이다.

두 사람은 함께 장용걸의 초막으로 걸음을 옮겼다.

“두 분이서 함께 어딜 다녀오십니까?”

아직 이마에 땀이 송골송골 맺혀 있는 치호가 두 사람을 보자 반갑게 말했다. 그도 어디에선가 자신이 익히고 있는 무공을 수련하다가 왔는지 얼굴이 발갛게 상기되어 있었다.

환우로서는 매일 아침 보는 치호의 모습이었다. 자신과 함께 움직인 이후로 치호는 단 하루도 아침 수련을 빼먹지 않았다. 그 성실함이 또 환우의 마음에 들었다. 물론 치호는 그런 사실을 전혀 몰랐다.

사실 환우가 치호에게 보여주는 행동에서 환우가 치호에

게 은근한 호감을 가지고 있다는 것을 알아차리기는 힘들었다.

"하하. 과연 개방의 후개이신 장 소협입니다. 이렇게 열심히 수련을 하시는 모습을 보니 같은 무림 동도로서 이 장 모 무척이나 기쁘군요."

장용걸의 칭찬이 머쓱한지 치호는 머리를 긁적였다.

"두 분은 잠시 쉬고 계십시오. 제가 곧 아침 요깃거리를 대접하겠습니다."

그 말을 남기고 장용걸은 자신의 초막 안으로 들어갔다.

그를 기다리는 사이 산의 부드러운 바람이 치호의 이마에 솟아 있는 땀을 시원하게 식혀주었다.

오래지 않아 장용걸이 작은 소반을 들고 나왔다. 그곳에는 간단한 산채들이 차려져 있었다.

"산속이라 먹을 것이 이런 것밖에는 없습니다."

넓적한 바위 위에 상을 내려놓으며 그가 말했다.

"이 정도면 훌륭하지요."

절에서 자란 환우다. 산나물이라면 질리도록 먹었다. 하지만 산나물이라는 것이 그렇게 많이 먹어도 결코 질리지가 않았다. 아니, 오히려 산나물의 맛이 가진 매력에 흠뻑 빠져들었다. 단지 변화를 원하였기에 종종 고기를 먹곤 했던 것이다.

기운이 좋은 산에서 자란 산채들이다. 그 맛이 안 좋을 리 없었다.

환우는 정말로 맛있게 장용걸이 대접한 식사를 해치웠다. 장용걸은 그 모습을 기쁘게 바라보았다.

치호는 본디 거지다.

거지가 가리는 음식이 있을 리 없다. 치호 역시 아주 맛있게 아침 식사를 해결했다.

두 손의 그런 모습은 장용걸의 기분을 절로 즐겁게 만들었다.

간단한 아침 식사를 마친 후 장용걸은 치호에게 화산으로 올라가는 길을 가르쳐 주었다. 치호는 연화봉을 오르면서 아주 작은 실수를 범해 그만 이곳으로 오고 만 것이다. 하지만 초행인 이들은 항시 그곳에서 길을 잃어 이곳으로 오곤 했다.

덕분일까, 장용걸은 알기 쉽게 길을 가르쳐 주었고 환우와 치호는 아쉬운 작별의 인사를 남기고 연화봉으로 향했다.

장용걸은 그런 두 사람의 모습이 보이지 않을 때까지 지켜보고 있었다.

"신환우라… 재미있는 자가 나타났어. 그가 어인 일로 본파를 찾았는지… 오랜만에 나도 본 파에 올라볼까?"

구름 사이로 높게 솟아 있는 연화봉을 바라보는 그의 입가에 미소가 걸렸다.

"치호야."

"네."

나무 사이로 비치는 햇살을 받으며 걸음을 옮기던 중 환우가 치호를 불렀다.

"강호쌍은이라고 아냐?"

"당연하죠!"

환우의 물음에 치호는 흥분해서 대답했다.

"유명해?"

"두말하면 잔소리입니다!"

여전히 흥분한 채 대답했다.

콩!

그 대답과 동시에 환우의 주먹이 치호의 머리에 쥐어박혔다.

"그런데 왜 지금까지 나한테 말을 안 해줬어?"

"그건……."

아픈 머리를 문지르는 치호는 마땅히 대답할 말을 찾지 못했다. 개방을 위주로 무림의 정세를 이야기하다 보니 그만 깜빡한 것이다.

"말해봐."

환우의 짤막한 말에 치호는 서둘러 입을 열었다.

"에, 강호쌍은은 두 사람을 묶어서 지칭하는 말이죠. 현재 무림에는 일존, 쌍마, 쌍은, 오성이라 불리는 열 명의 고수가 십대고수의 자리를 차지하고 있어요. 그중 일존은 절대검존(絕對

劍尊) 남궁명 대협이에요. 남궁세가의 전전대 가주시지요. 그
분 덕에 현재 남궁세가가 최전성기를 구가하고 있어요."

"절대검존이라……."

별호에시부터 엄청난 기도가 느껴졌다. 중원의 인물들은
과장이 심하지만, 또 다른 이를 칭찬하는 데도 박하다. 그런
사람들이 맞서 대적할 자가 없다는 뜻의 '절대'를 별호에 붙
였다. 그만큼 대단하다는 것이다.

"그리고 쌍마는 마교의 교주와 현재 사파들의 연합체인 사
천맹(邪天盟)의 맹주이자 사파제일고수라 불리는 마도(魔刀)
천정호예요."

"마교 교주가 쌍마? 마교는 오십여 년 전에 패퇴하고 그때
교주는 죽지 않았었나?"

"물론 그렇지요. 하지만 정파의 사람들은 항상 마교를 두
려워하고 있어요. 그들이 가진 패도적인 강함은 치가 떨릴 정
도지요. 그래서 항상 마교 교주가 마의 한 자리를 차지해요.
설사 누구도 그 실체를 확인하지 못했다 하더라도요. 오직 패
도만을 숭상하는 마교의 교주라면 당연히 그 자격이 있다는
거죠."

치호의 설명에 환우는 고개를 끄덕였다. 그럴 법한 이야기
였다.

"그리고 다음이 쌍은이지요. 이 쌍은이라는 말을 처음 쓴
사람은 우리 개방의 장로님이에요. 역마살이 있어 한 곳에는

머무르지 않고 천하 곳곳을 돌아다니시는 분이죠."

"장로라면 그 왕 영감님과 같은 위치인가?"

"네. 오대장로 중 한 분이시죠. 본 방의 오결 제자인 구지개의 사부이기도 하신 분으로 무영개(無影丐)라고 해요. 워낙에 돌아다니는 것을 좋아해서 그림자도 없다는 뜻이지요."

"그래?"

"네. 어지간한 사람들은 쌍은이라는 말을 누가 처음 한 것인지 모르죠. 무영개 장로님이 그러셨는데 돌고 돌아 쌍은이라는 말만 남았으니까요. 하지만 저는 무영개 장로님께 직접 들었어요."

"강호에 은자가 둘 있으니 잠룡과 복호라. 잠룡이 눈을 뜨고 복호가 허리를 펴니 능히 천하를 얻을 것이다. 이 말 말이냐?"

환우가 장용걸에게 들었던 말을 기억해 내며 물었다.

"네. 바로 그 말이요. 사실 강호에 떠도는 기인이사에 관한 이야기 중 사 분지 일 정도는 무영개 장로께서 만들어낸 거예요. 또 그만큼 그분의 사람 보는 눈은 정확하기로 정평이 나 있지요."

"그렇다면 너는 쌍은에 대해서 잘 알겠구나."

"그렇죠. 직접 들었는걸요. 쌍은이라 불리는 두 명은 아직 젊은 무인이에요. 현재 이십대 후반 정도지요. 한 명은 검을 써서 잠룡은검(潛龍隱劍), 다른 한 명은 창을 써서 복호비창(伏

虎秘槍)이란 별호를 가지고 있지요. 사실 강호에는 알려지지 않은 별호예요. 이것도 무영개 장로께서 지으신 거니까요. 그 둘은 자신들이 강호에서 유명한 쌍은이라는 것도 모를 것이라 하더라구요. 그저 스스로를 갈고닦고 정진하는 데 최선을 다하는 진정한 무림의 은자라고 무영개 장로께서 말씀하셨죠. 또한 가지고 있는 지혜 또한 깊어서 무림에 나오면 가히 영웅으로 손색이 없다 하셨어요."

치호의 말에 환우가 고개를 갸웃거렸다.

"중원의 무공 체계로 보아 아직 젊은 나이라면 그 무공에 한계가 있을 텐데 어떻게 무림의 십대고수의 반열에 들 수 있는 거지?"

"무영개 사숙께서 직접 시험해 봤다고 하시더라고요. 수련 중인 사람에게 억지로 시비를 걸어서요. 그런 걸 보면 참 그분도 괴짜예요. 그 결과 장로께서는 오 초를 버티지 못했대요. 방주와의 비무에서도 오십 초는 무난하게 버티는 분이 말이지요."

그 정도라면 납득이 간다.

개방의 방주 소천걸은 강한 무인이다. 환우 자신도 비장의 수는 숨겼지만 그도 비장의 수는 숨겼다. 그때의 싸움을 돌이켜 보면 환우 자신이 전체적인 흐름을 지배한 듯 보였지만 왠지 소천걸의 의도대로 끌려 움직인 것만 같았다. 게다가 그에게 깨달음의 실마리를 제공하기까지 하지 않았던가. 아무리 생각해도 손해 보는 장사를 한 것 같았다.

'너구리 같으니……'

소천걸을 떠올리자 환우의 얼굴에 살짝 주름이 졌다.

"무슨 일이지요?"

환우의 표정 변화에 치호가 민감하게 반응했다.

"아니다."

환우는 별일 아니라는 듯 손을 저었다.

"으음, 마지막으로 오성은 정파의 다섯 고수를 말하는 거예요. 먼저 불성(佛聖)은 소림의 방장이신 불요 대사님, 검성(劍聖)은 무당의 장로이신 무진 진인, 도성(刀聖)은 현재 오대세가 중 팽가의 가주이신 팽탁 어른, 비성(飛聖)은 조금 전 말씀 드렸던 본 방의 무영개 장로님, 권성(拳聖)은 오대세가 중 한 곳인 언가의 전대 가주이신 언종호 어르신이죠."

"오대세가라……."

"왜요?"

세가에 대한 환우의 반응에 치호가 눈을 말똥말똥 뜨고 물었다.

"일개 가문이 거대한 문파 못지않은 성세를 구가한다는 것이 신기해서 그런다."

"뭐, 세가라고 한 집안으로 구성된 것은 아니에요. 가신들이 되는 가문 몇을 거느린 곳도 있지요. 남궁세가와 서문세가가 그래요. 반면에 당가, 언가, 팽가는 철저히 한 가문으로 이루어진 곳이지요."

치호의 보충 설명에 환우가 고개를 끄덕였다.

중원 무림.

알면 알수록 신기하고도 재미있는 곳이다. 물론 자신의 용 아천뢰검을 꿀꺽하려는 수작은 마음에 들지 않지만 모두가 그런 것은 아니었다.

조용하고 한적한 해동의 범어사에만 있다가 이렇게 흥미 로운 중원에 오게 되었으니 환우는 망아 대사에게 감사하는 마음이 생기기도 했다. 오매불망 범어사를 떠나고 싶어했었 는데 이렇게 중원에 오고 보니 과연 무척이나 재미있었다.

"아, 한 분 빠뜨렸네요. 세외일신이라 불리는 분이세요."

"세외일신?"

"네."

환우의 물음에 치호가 의뭉스러운 웃음을 샐쭉 지어 보였 다.

"사숙도 아주 잘 아는 분이지요."

"내가?"

치호의 심상치 않은 표정을 볼 때 환우의 머리에 스치는 생 각이 있었다.

"설마……."

"네. 바로 동방신협이세요. 그분은 천하십대고수의 위에 올려져 절대적인 존경을 받고 계시죠. 정마대전에서 중원을 구하신 분인걸요."

치호의 얼굴에는 절대적인 존경이 어려 있었다. 치호의 나이라면 정마대전에 대한 이야기만을 듣고 자랐을 터, 그런데도 동방신협에게 저런 존경을 보인다면 실제 정마대전을 겪고 살아남은 강호의 노고수들이 동방신협, 아니, 망아 대사에게 가지는 존경심은 어느 정도일까?

그 생각을 하자 환우의 얼굴에 절로 미소가 지어졌다.

갑자기 자신의 사부가 무척이나 자랑스러워졌다.

"이제 다 왔나 본데요?"

치호가 가리키는 손가락 끝에는 날아갈 듯한 필체로 쓰여진 화산파라는 현판이 보였다.

第十章 검끝의 매화 향기

「사람이 아니야… 사람일 리 없어. 그래, 동방의 하늘에서 내려온 천신(天神)일 거야. 틀림없어.」

해동에서 온 백의의 사내. 한 번의 손짓에 열 개의 벼락이 떨어지고, 마교의 혈사는 그 앞에 침묵한다. 열 개의 벼락을 중원에 남겨두고 홀연히 떠났다.

그리고 오십 년 후. 다시금 중원이 어지러워지려 할 때 그의 후예가 중원으로 향한다.

푸른 하늘에 열 개의 벼락이 다시 떨어지는 순간 천하는 그 앞에서 무릎 꿇으리라.

어둠이 사위를 잠식하고 있는 공간이 넓게 펼쳐져 있다. 어둠의 한가운데 존재하는 태사의에 앉아 있는 인영은 턱을 괸 채 깊은 생각에 잠겨 있었다.

"본 교의 신물을 얼마나 회수했는가?"

천마공자(天魔公子) 위청운. 현재 마교의 소교주의 위치에 있는 그의 입이 열렸다.

"모두 다섯 자루의 신물을 회수했습니다."

위청운의 물음에 태사의 아래에 부복하고 있던 인물이 고개를 숙이며 대답했다.

"다섯이라… 딱 절반이로군."

"네, 소교주. 그것도 모두 교주님의 안배 덕입니다."

"하긴. 정파 놈들을 그렇게 이간질한 것은 교주님이 아니시고서는 힘든 일이지. 그 천고의 신물을 제 욕심에 멀어 서로 감추기에 급급하니 말이야. 엄연히 주인이 있는 물건인데 말이지."

"그렇습니다. 열 자루의 뇌룡아(雷龍牙)는 본 교의 수호신물이지요. 그 신물의 진정한 가치를 아는 이는 오직 우리 천마신교의 교주님과 소교주님뿐이십니다."

부복한 노인은 존경심이 가득한 목소리로 말했다.

"분명 그렇지. 하지만 웃긴 일이기도 해. 교의 수호신물에 전대 교주께서 유명을 달리하시다니……."

"그것은 모두 그 간악한 배신자 놈들 때문입니다. 뿌드득."

노인은 그때의 일을 떠올리자 다시 한 번 온몸에 분노가 이는 것을 느꼈다. 결코 잊을 수 없었다. 그날의 그 일을. 2대의 교주를 섬기는 마교의 군사로서 어찌 그날의 그 치욕을 잊을 수 있겠는가.

마제갈(魔諸葛) 귀연수.

노인의 이름이다. 마교 최고의 두뇌로 지금의 마교가 있기에 절대적인 공헌을 한 인물이다. 오십 년 전 정마대전의 패배로 기울어가던 마교를 당시 약관에 불과하던 그가 다시 일으켜 세우다시피 했다. 이제 고희를 넘은 나이였지만 그는 여전히 정정했다.

뛰어난 머리 못지않은 무공을 몸속에 갈무리하고 있는 것이다.

"놈은 어디로 가고 있는가?"

"배신자의 후예 말씀이십니까?"

귀연수의 물음에 위청운은 고개를 끄덕였다.

"화산으로 향했다 합니다."

"화산이라……."

위청운은 대답을 듣고는 턱을 괴고 생각에 잠겼다. 그 시간은 길지 않았다.

"분명 화산의 것은 회수하지 못했지?"

"화산신검이 항상 지니고 있어서 은밀히 빼내지 못했습니다."

"화산신검이라… 그렇다면 그곳은 포기해야 하나?"

"아무래도 그래야 할 듯합니다. 현재의 화산파는 그 성세가 최강입니다. 무림이 너무나 평화로운 탓에 그 힘을 제대로 평가받지 못하고 있을 뿐입니다. 현재의 화산신검이라면 능히 오성에 버금가는 실력을 지니고 있습니다."

귀연수의 말에 위청운은 고개를 저었다.

"아마도 오성보다도 위일 거야. 화산은 그만큼 강해."

귀연수는 위청운의 말에 경악한 표정을 지었지만 아무 말도 하지 않았다. 소교주가 그렇다고 하면 그런 것이다. 소교주 위청운은 충분히 그만한 능력을 가진 인물이었다.

"화산이 웅크리고 있던 시간이 길긴 길었습니다."

"그런 것도 있지만 현재 화산의 장문인이 뛰어난 인물이지. 매화소선(梅花笑仙). 대단한 인물이야. 구파일방의 문주 중 절반만 그와 같은 인물이 있었다 하더라도 본 교가 다시 천하에 모습을 드러내려 하지 않았을 정도니까."

"그렇긴 합니다. 그렇게 뛰어난 인물 아래서 긴 세월을 웅크리고 있었으니까요."

귀연수가 고개를 끄덕이며 답했다.

"신검(神劍)과 신부(神斧). 가히 화산의 두 기둥이라 할 수 있지. 신검이 현재의 기둥이라면 신부는 미래의 기둥이야."

"그렇다면 신부는 채 기둥이 되기도 전에 쓰러지겠군요. 크흐흐."

귀연수는 이미 마교가 중원 무림을 제패하기라도 한 듯한 웃음을 지었다.

"화산. 본 교의 중원 무림 제패에서 조심해야 할 상대 중 하나야."

위청운은 귀연수의 웃음소리에 같이 미소를 지으며 나직이 말했다.

*　　　　*　　　　*

환우와 치호는 화산파의 정문을 마주 보고 섰다.

정문에는 엄격한 수련을 받은 두 제자가 엄정한 눈으로 전방을 주시하며 서 있었다. 그들의 허리에 매인 매화수실이 달린 검이 유독 빛나 보였다.

"본 파에는 어인 일이십니까?"

결코 예의에 어긋나지 않으면서도 스스로를 낮추지 않는 태도의 물음이다.

환우의 눈짓에 치호가 한 걸음 앞으로 나섰다. 아무래도 이런 명문정파를 방문함에 있어서는 치호의 신분이 편했다. 이제 환우도 어느 정도 무림의 명문정파들의 속성에 익숙해져 가고 있었다.

"저는 개방의 후개인 장치호라고 합니다."

치호가 한 발 앞서 포권을 하며 인사를 하자 정문을 지키고 있던 두 무사의 표정이 변했다. 개방의 후개라는 말은 곧 개방의 다음 대 방주라는 말, 같은 구파일방에 속한 한 문파의 제자로서 자연스러운 반응이다. 그들의 얼굴에 호감과 존경의 기운이 어리기 시작했다.

정문을 지키는 것은 보통 이대제자나 삼대제자의 일이다. 개방의 후개의 배분은 화산파로 치자면 일대제자의 배분이다. 정문을 지키는 두 무사와의 배분 차를 생각하면 존경의 기운이 어릴 만했다. 자신들보다 어려 보이는 나이에 후개의 위치에 있으니 그 능력이 얼마나 뛰어나다는 것이겠는가. 지

금 화산의 제자들은 자신들보다 뛰어난 인물에게 진심 어린
존경을 표시할 수 있는 마음가짐을 가지고 있었다.

"이쪽은 제 사숙이십니다. 사숙께서 귀 파의 장문인께 긴
히 드릴 말씀이 있다 하시어 이렇게 실례를 무릅쓰고 찾아왔
습니다."

치호의 말에 두 무사의 얼굴에는 경악이 어렸다. 후개의 사
숙이라면 개방의 장로 급의 배분이다. 그런 배분을 지닌 이가
그토록 젊으니 놀랄 수밖에 없었다.

"안에 속히 기별을 넣도록 하겠습니다."

두 무사 중 한 사람이 황급히 안으로 뛰어 들어갔다.

"이쪽으로 오시지요."

남은 한 무사가 두 사람을 정문 안으로 안내했다. 정문 안
쪽에 잠시 앉아서 쉴 수 있는 공간이 마련되어 있었다.

"이곳에서 잠시 기다리고 계십시오. 곧 제 동기가 소식을
가지고 올 것입니다."

예의를 잃지 않는 무사의 모습이 환우는 무척이나 마음에
들었다. 그래서인지 짧지 않은 시간을 기다림에도 환우의 얼
굴에서 기분 나쁜 기색을 찾을 수가 없었다.

잠시 후 앞서 소식을 전하러 갔던 무사가 중년의 무인을 대
동하고 돌아왔다.

"개방의 후개와 장로 분이 오셨다 들었습니다만."

중년의 무인은 정중히 포권을 하며 환우와 치호에게 인사

를 했다.

“제가 개방의 후개인 장치호라 합니다. 그리고 이쪽은 저의 사숙 되시는 분입니다만 장로직에 있지는 않으십니다.”

치호의 소개에 환우가 마주 포권을 하며 인사를 했다.

“신환우라 합니다.”

“아.”

환우의 인사에 중년의 무인은 무언가를 알았다는 얼굴을 했다.

“초면에 실례를 범했습니다. 전 일대제자인 화무인이라고 합니다. 신 소협에 대한 이야기는 소림에서 기별이 온지라 좋지 않은 모습을 보였습니다.”

그의 말에 환우는 자신의 이름에 보인 반응을 이해할 수 있었다. 저렇게 당당히 사과를 하는데 무어라고 할 환우가 아니었다.

“아닙니다. 제가 소림에서 행한 일에 대해서는 한 점의 부끄러움도 없습니다만 다른 분들이 어찌 생각하는지는 대강 짐작은 하니 별수없지요.”

환우의 입가에 쓴웃음이 걸렸다가 이내 사라졌다.

듣고서 생각했던 것과는 환우의 인품이 달라 보였음인지 화무인의 얼굴에 이채가 짧게 스쳤다가 사라졌다.

“저를 따라오십시오. 마침 소림에서 서문 장로께서 돌아오셨습니다.”

화무인의 말에 환우와 치호의 얼굴에 동시에 이채가 어렸다. 분명 그들이 자신들보다 늦게 소림을 떠날 것으로 생각되었기에 환우와 치호는 따로 화산으로 향했다. 그런데 그들이 먼저 화산에 도착해 있다니 알 수 없는 일이었다.

"두 분 소협보다 서문 장로께서 먼저 도착하신 것이 의아하신 모양이군요. 두 분께서 소림을 떠나신 후 큰일이 논의되었다고 합니다. 그 때문에 서문 장로께서 장문인께 급히 전할 말씀이 있어서 빨리 오신 것이고요. 화산의 분이시니 지름길 한두 개 정도 알고 있는 것은 당연한 것 아니겠습니까? 이틀 전에 도착하셨습니다."

화무인이 앞장서 걸으면서 두 사람의 의문을 풀어주었다. 그도 두 사람의 얼굴에 어린 변화가 무엇 때문인지 능히 짐작한 것이다.

모든 것이 서문호가 먼저 화산에 도착하여 이야기했기 때문일 것이다.

화무인의 안내에 따라 환우는 화산파의 정경을 둘러보면서 걸음을 옮겼다. 과연 명문대파다웠다. 곳곳에 어린 기운과 잘 정돈된 모습, 하나같이 잘 벼려진 명검과도 같은 기도를 뿌리는 제자들. 그야말로 화산파는 언제라도 먹이를 향해 달려들 준비가 끝난 대호와도 같은 모습이었다.

절로 감탄이 나올 수밖에 없었다.

"참으로 훌륭하군."

환우의 작은 혼잣말을 들었음인지 화무인의 입가에 가는 미소가 번졌다. 하지만 별다른 말은 하지 않았다. 자신이 맡은 일은 환우와 치호를 장문인에게 안내하는 것, 그것에 충실하면 될 일이다.

드넓은 화산파 내부의 수많은 건물을 지나쳐 한 곳에 도착했다.

"이곳입니다. 장문인께서 기다리고 계십니다."

환우에게 그렇게 말한 후 화무인은 문 안쪽으로 기별을 넣었다.

"장문 사숙, 손님들을 모시고 왔습니다."

"안으로 드시라 하여라."

안에서 청명한 목소리가 울렸다.

"드시지요."

화무인이 먼저 문을 열고 안으로 들어섰다. 환우와 치호는 그 뒤를 따랐다.

정갈한 기운이 가득한 방이다. 가구며 집기들이 있어야 할 곳에 있어야 할 만큼만 있는, 잘 정돈된 느낌이었다. 현재의 상태에서 무엇 하나만 더 있어도 과한 듯할 것 같았고 무엇 하나만 빠져 있어도 허전할 것만 같은 느낌이 드는 참으로 조화롭게 꾸며진 방이다.

방 한가운데 있는 적당한 크기의 탁자에 청수한 용모의 노인이 탐스러운 흰 수염을 쓰다듬으며 앉아 있었다.

"어서 오시지요. 참으로 먼 길을 오셨습니다."

환우와 치호가 들어서자 노인은 자리에서 일어서 인사를 했다.

"부족하나마 화산의 장문인을 맡고 있는 곽상이라 합니다."

부드러운 미소와 함께하는 그의 인사는 보고 있는 사람을 절로 기분 좋게 만들어주었다.

매화소선 곽상. 현재 화산파의 장문인으로 화산파를 잘 벼려진 검과 같이 만들어놓은 장본인이다. 비록 본인이 화산파의 제일고수는 아니었지만 화산파의 제자라면 누구나 존경하는 화산파의 절대적인 지주였다.

게다가 무림에서는 현재 그런 화산파의 힘을 제대로 알지 못해 실제보다 상당히 저평가되어 있는 상태였다. 매화소선이 의도적으로 자파의 힘을 숨긴 것이라면 그는 별호와는 달리 상당한 수완가일지도 몰랐다.

"신환우라 합니다. 처음 뵙겠습니다."

"개방의 장치호입니다."

두 사람은 정중히 곽상에게 인사를 했다. 한 문파의 최고 어른이다. 그에 따른 합당한 예를 취해야 했다.

"허허. 이리로 앉으시지요. 무인이는 그만 나가보거라."

참으로 곽상은 그의 별호가 잘 어울렸다. 그의 주위에서는 매화 향기가 은은히 풍기는 듯하였으니 그야말로 매화와 함께하는 항상 웃는 신선, 매화소선인 것이다.

"마침 차가 잘 끓었습니다. 일단 차 맛을 보도록 하시지요."

환우가 무슨 일로 왔는지 다 안다는 듯 곽상은 시종일관 여유로운 태도와 함께 기분 좋은 웃음을 머금고 있었다.

환우는 곽상의 권유대로 찻잔을 들었다.

참으로 청아한 향기가 폐부를 씻어 내리는 듯했다. 차 맛 또한 청아한 향 못지않게 좋았다. 환우의 얼굴에 진심으로 감탄한 기색이 어렸다.

망아 대사 역시 차를 무척이나 잘 끓였다. 아니, 세상에 그런 차는 다시없을 거라는 생각이 들 정도로 차를 잘 끓였다.

한데 곽상이 대접해 준 차 역시 그에 못지않았으니 절도 감탄이 터져 나오는 것이다.

"허허허. 그렇게 기분 좋게 마셔주니 저도 기분이 좋군요."

들어도 들어도 질리지 않고 기분이 좋아지는 웃음소리다.

"참으로 훌륭한 차로군요."

환우가 담담한 목소리로 말했다. 하지만 그 말속에는 짙은 감탄이 담겨 있었다.

"소협께서는 하나의 단검 때문에 화산을 찾으셨겠지요?"

환우의 찻잔이 바닥을 보이자 곽상은 수염을 쓰다듬으며 천천히 입을 열었다.

“그렇습니다.”

환우는 곽상을 바라보며 잔잔한 목소리로 대답했다.

두 사람의 눈이 잠시 만났다 헤어졌다.

“그분께서는 잘 지내십니까?”

갑작스러운 안부에 관한 물음이다. 그 대상이 누구인지조차 밝히지 않은 물음. 하지만 환우는 곽상이 누구의 안부를 묻는지 쉬이 알 수 있었다.

바로 자신의 사부인 망아 스님의 안부에 대한 물음이리라. 사부가 남긴 단검을 찾으러 왔으니 그가 물을 대상은 뻔했다.

“네. 정정히 잘 지내고 계십니다.”

“참으로 기쁜 소식이로군요. 오십 년 전 중원 무림을 구해 주신 은인께서 여전히 잘 지내신다니요.”

곽상은 흡족한 웃음을 지으며 고개를 끄덕였다.

항상 웃음 띤 얼굴을 하고 있는 곽상이지만 웃음마다 미묘한 차이가 있었고 그 차이가 그의 감정을 나타내 주고 있었다. 환우는 어렴풋이 그런 변화 속에서 조금이나마 곽상의 감정을 읽을 수 있었다.

“그럼 제가 찾는 물건을 주실 수 있겠습니까?”

“당연히 드려야지요. 본디 그분의 물건이었고 저희는 단지 그분의 부탁으로 그것을 잠시 맡아둔 것에 불과합니다. 이제 그분의 전인이 그것을 찾으러 왔으니 드려야지요.”

곽상의 대답에 환우의 얼굴에 만족의 웃음이 떠올랐다.

번거로운 절차 없이 쉬이 용아천뢰검 한 자루를 회수할 수 있다는 것에 대한 만족이었다.

환우는 귀찮은 것은 질색이었다.

"그동안 귀중히 보관해 주신 것에 대해 감사드립니다."

환우는 고개를 살짝 숙이며 말했다.

이제 그만 용아천뢰검을 돌려달라는 것을 빙 둘러 말한 것이나 다름없었다.

"네. 한데 죄송하게도 현재 제가 그것을 지니고 있지 않습니다."

순조롭게 흘러가던 이야기가 갑자기 뚝 멎었다. 환우는 불길한 생각이 들었다. 소림의 조사동에 있던 것도 도둑맞았다. 화산에 있는 것이라고 멀쩡히 잘 있을 리 없었다. 그런 걱정이 순간 환우의 얼굴을 스쳐 지나갔다.

곽상은 그런 환우의 짧은 변화를 놓치지 않았다. 과연 화산파의 장문인다운 눈썰미였다.

"허허, 그렇다고 소림에서와 같은 일이 일어난 것은 아니니 걱정하지 마십시오."

곽상의 말에 환우는 안도하는 한편 의아한 생각이 들었다. 어찌 화산의 장문인이 소림에서 일어난 용아천뢰검의 도난 사건을 알고 있단 말인가? 모든 것을 알고 있는지 확신할 수는 없었지만 조금 전 곽상의 말로 미루어 일의 내막을 어느 정도 알고 있는 것이 분명했다.

곽상은 환우의 그런 의아함 역시 읽었다.

"불요 대사께서 소림에서 본 파로 돌아온 서문 장로 편으로 서간을 보내셨습니다. 덕분에 제가 대강의 사건을 알고 있고요. 사실 그 일 때문에 소림에서 큰일에 관한 논의가 이루어졌습니다만… 지금 신 소협께서 관심이 있는 것은 그 일이 아닌 용아천뢰검의 행방이겠지요?"

곽상의 물음에 환우는 고개를 끄덕였다. 곽상은 환우의 마음을 정확히 짚어내고 있었다. 소림에서 있었다는 일이 궁금하기는 했지만 현재 용아천뢰검을 찾을 수 있느냐 없느냐보다 그 정도가 더하지는 않았다.

"허허허. 본 파 역시 소림과 마찬가지로 용아천뢰검을 어떻게 안전하게 지킬지 참으로 많은 궁리를 하였습니다. 소림의 결론은 가장 안전한 장소에 두는 것이었다면 저희 화산의 결론은 화산에서 가장 강한 사람이 항시 지니고 있게 하는 것이었습니다."

"그렇다면?"

환우가 반색을 하며 물었다.

"네. 현재 화산제일인의 수중에 안전하게 잘 있습니다."

곽상은 빙그레 웃었다.

"그분은 누구십니까?"

이미 곽상이 자신의 수중에 없다고 했으니 그는 아니다.

보통 일파에서 가장 강한 자가 문주인 경우가 많았기에 곽상이 화산제일인이 아니라는 것은 조금 의외였다. 그것은 환우의 생각이었고 치호는 개방에 있으면서 대강 각파의 현재 상황에 대해 들은 것이 있었기에 어렵지 않게 환우가 찾는 물건이 누구에게 있는지 알 수 있었다.

"화산신검께서 가지고 계시군요."

치호가 살짝 끼어들었다. 곽상은 그런 치호를 보며 빙그레 웃음을 지어주고는 고개를 끄덕였다.

"장 소협의 말씀이 맞네. 황 사제가 그 검을 가지고 있지."

"그분은 어디에 계십니까?"

환우가 조금 다급한 표정으로 물었다.

처음에는 용아천뢰검을 쉽게 찾을 수 있을 거라 생각했다. 하지만 이미 중원에 들어온 지 상당한 시일이 흘렀다. 하나 지금까지 얻은 것은 없었다. 그저 치호라는 혹을 하나 달았고 또 소림으로 가는 길에 명문정파라 자처하는 곳의 제자들과 시비를 만들었을 뿐이다.

사실 용아천뢰검은 환우에게도 아주 중요한 것이다. 현재 수련하고 있는 무공의 완성을 위해 꼭 필요한 병기, 그것이 용아천뢰검이다.

열 자루의 용아천뢰검으로 펼치는 완벽한 형상의 열 개의 벼락, 언젠가 망아 스님이 보여주었던 그 환상과도 같은 모습, 그것을 자신의 손으로 직접 펼치는 것이 환우의 목표였다.

그것을 위해 열 자루의 용아천뢰검은 반드시 찾아야만 하는 것이다.

그런 마당에 드디어 두 번째 용아천뢰검을 구할 수 있다는 생각이 드니 자연 마음이 급해진 것이다.

"황 사제는 연화봉의 정상에 머무른답니다. 제가 안내할 테니 함께 가시지요."

곽상은 그 말과 함께 천천히 몸을 일으켰다. 환우와 치호는 자연스레 그 뒤를 따랐다.

곽상은 느릿느릿 걸음을 옮기는 듯했지만 거침없이 화산파의 뒤에 웅장히 솟아 있는 봉우리를 올랐다.

화산 연화봉의 정상에 화산파가 위치해 있다고 하지만 그 면적에 한계가 있기에 화산파와 같은 거대한 문파가 위치하기에는 부족했다. 그래서 정상에서 조금 아래 화산파가 위치해 있고 화산파 뒤로 연화봉의 정상 봉우리가 위치해 있었다. 화산파의 제일고수라는 화산신검은 그곳에 거처를 정하고 머무르고 있는 것이다.

화산제일검 화산신검 황규린.

세상에는 크게 알려져 있지 않은 화산파의 장로다. 세상에 이름을 알리는 것보다는 스스로의 수련에 관심이 있는 진정한 무인이다.

그랬기에 현재 화산제일검의 위치에 있을 수 있는 것이다. 워낙 무림에 나가는 것을 꺼리기에 무림에서 그의 진정한 실력을 아는 이들은 얼마 없었다. 단지 화산파의 제자를 통해 그 별호만이 퍼져 있을 뿐이다.

때문에 신검이라는 거창한 별호에 대놓고 그를 비웃는 이들도 있었지만 그는 그것을 신경 쓰지 않았다. 아니, 아예 관심이 없다고나 할까? 그는 자신의 별호가 화산신검이라는 것도 아는 둥 모르는 둥 했다.

문파의 제자들이 지어준 자랑스러운 별호였음에도 그는 그것에조차 관심이 없었던 것이다.

그런 그의 모습을 이해하지 못하는 제자들이 많았다. 강함을 추구하는 것이 무인이라 하지만 그 강함을 세상에 알려 명성을 얻고픈 욕심은 누구나 가지고 있는 자연스러운 감정이었다. 한데 화산신검은 그것에 마저 초탈해 있으니 그를 이상하게 여기는 이들이 있는 것이다.

그나마 치호는 개방의 후개라는 신분이었기에 화산신검에 대한 어느 정도의 정보를 가지고 있었다. 그랬기에 화산제일검이라는 말에 단번에 그를 떠올릴 수 있었다.

곽상의 뒤를 따르며 치호는 내심 두근거리는 가슴을 주체할 수 없었다.

언젠가 개방의 방주 소천걸이 지나가듯 하는 말을 들은 적이 있었다. 화산의 신검이 오성에 육박하는 경지를 이루었다는 것이었다.

그것은 다른 문파의 인물들은 모르는 사실이다. 오직 개방이었기에 알 수 있는 사실이었다. 그러한 사전 정보를 가지고 있기에 치호의 기대감은 굉장했다.

'화산신부 장용걸 소협에 이어 이번에는 화산신검 황규린 장로님이라니… 내가 아주 복이 터졌구나, 터졌어.'

그런 마음 때문인지 치호의 입가에는 가는 미소가 걸려 있었다.

처음에 사부가 환우를 따라 나서라고 했을 때는 하늘이 무너지는 심정이었다. 아직도 배울 것이 태산이었는데 바다 건너 해동에서 온 사람을 갑자기 사숙으로 모시라고 한 후 그것도 모자라 따라다니라니 개방의 후개인 치호로서는 상상도 할 수 없는 일이었다. 사부의 명이었기에 순순히 따랐지만 처음에는 사부에 대한 원망도 많이 했었다. 하지만 이제는 아니다. 개방에만 있었으면 몰랐을 것들, 만나지 못했을 사람들을 겪게 되면서 그런 원망은 씻은 듯 사라진 것이다.

세 사람은 말없이 산길을 걸어 올라갔다. 연화봉의 정상에 이르는 길답게 무척이나 가팔랐지만 세 사람 중 그런 것에 신경을 쓰는 인물은 없었다.

화산파를 떠나서 반 시진 조금 넘어서 정상에 도달할 수 있었다. 봉우리의 정상은 그리 넓지 않았다. 한눈에 모든 것이 들어왔다.

환우의 눈에 단출하게 지어진 작은 통나무집이 들어왔다. 정상이라 나무를 구하기 힘들었을 텐데도 용케 나무를 구해

다 집을 지어놓았다.

"사제는 저곳에 있습니다. 단검은 사제가 가지고 있으니 돌려받으실 수 있을 겁니다. 다만……."

'다만? 또 뭐지?

다 와서 또 다른 이야기가 나오려 하자 환우는 내심 언짢은 기분이 생겼다. 받아야 할 것을 받으러 온 것인데 무엇이 이리 복잡한 것일까? 그나마 지금까지 곽상이 예의를 지켜 대접해 주었기에 그 기분을 속으로만 잘 갈무리해 두고 있었다.

"소협이 그분의 제자인지라… 사제가 쉬이 단검을 돌려주지 않을지도 모릅니다."

"무슨 뜻이지요?"

"그분은 사제의 우상이시지요. 그날 이후로 사제가 변했으니까요."

곽상은 지난 과거를 떠올리곤 웃으며 말했다. 그날 정파 무림은 구원을 받았고 화산은 최고의 고수를 얻었다.

그때 오두막의 문이 부드럽게 열렸다. 밖에서 느껴지는 인기척에 집의 주인이 나온 것이다.

"어쩐 일로 장문 사형께서 저를 다 찾아오셨습니까? 그것도 손님을 두 분이나 모시고서요."

화산신검 황규린의 목소리가 그 모습에 앞서 들려왔다. 그는 이미 오두막 안에서 밖의 상황을 모두 인지하고 문을 열고 나선 것이다. 이윽고 모습을 드러낸 그의 모습은 평범하기 그지없었다.

손에 호미라도 들고 있으면 영락없이 평범한 촌로로 보일 것이다. 단지 한없이 깊은 눈빛만이 그가 높은 경지의 고수라는 것을 추측할 수 있게 해주었다.

탐스럽게 자란 하얀 수염이 특징이라면 특징일까? 하지만 그 나이 정도의 노고수라면 누구나 기르고 있는 수염이었기에 큰 특징은 아니었다.

황규린은 사형인 곽상에게 인사를 한 후 환우에게 시선을 돌렸다. 오랜만에 자신의 거처를 찾아온 손님이 누구인지 확인하기 위함이었다.

환우 역시 화산의 제일 고수라는 화산신검을 바라보고 있던 차다.

'정말로 엄청난 강자다, 소림의 불요 대사 못지않아. 어쩌면 더 강할지도…….'

환우는 비로소 중원이 왜 중원인지 깨달을 수 있었다. 넓어도 이렇게 넓을 수가 없었다. 처음에 소천걸을 만났을 때만 해도 중원을 우습게보았다. 그리고 불요 대사를 만났을 때 우습게보는 마음을 버렸다. 오늘, 화산신검을 보고서야 환우는 비로소 중원을 인정했다.

중원은 넓었고 또한 뛰어난 인물들도 많았다.

환우에게는 신선한 충격이었다.

그런 환우를 바라본 황규린은 온몸을 부르르 떨었다. 환우와는 다른 의미의 경악이 그의 몸을 지배했다. 매화소선 곽상은 그런 사제의 모습에 고개를 갸웃거렸다.

그는 한 십 년 전부터 자신의 사제가 당황하거나 동요하는 모습을 본 기억이 없었다. 하지만 지금 황규린은 극심하게 흥분하고 있었다. 참으로 오랜만에 보는 잊었던 모습이다.

"황 사제, 왜 그러는가?"

아직 제대로 된 인사도 나누지 않았기에 곽상이 조심스레 물었다. 하지만 황규린은 대답하지 않았다. 아니, 그의 귀에는 사형의 목소리가 들리지 않았다. 오직 그는 환우만을 주시하고 있을 뿐이었다.

허공에서 두 사람의 눈빛이 얽혔다.

"그분의… 그분의 전인이시군요……."

감격에 겨운 듯 황규린의 목소리가 심하게 떨렸다.

누구도 환우에 대해서는 아무런 말을 하지 않았다. 아니, 이곳에 도착한 후 오직 곽상만이 단 한마디의 말을 했을 뿐이다.

그럼에도 황규린은 환우를 정확히 알아봤다.

"허어, 역시 사제로구만. 단번에 알아보다니."

곽상은 자신의 사제에게 다시 한 번 감탄했다.

"그분의 기운은 죽어서라도 잊을 수가 없을 겁니다. 이분 소협에게서 그분과 같은 기운이 느껴지니 당연히 그분의 전인이시지요. 그분의 기운은 천하에 둘도 없는 단 하나의 것이니까요. 이렇게 순수한 뇌기를 몸에 지닐 수 있는 사람은 오직 그분뿐입니다."

황규린의 설명에 환우는 고개를 끄덕였다. 무공을 수련하며 자신의 몸에 배어든 뇌기를 황규린이 느낀 것이었다.

"이런, 초면에 큰 실례를 범했군요. 화산의 장로를 맡고 있는 황규린이라고 합니다."

"신환우라고 합니다."

황규린과 환우는 서로에게 자신의 소개를 마쳤다.

"저는 개방의 제자인 장치호라고 합니다."

그리고 치호가 포권을 하며 인사를 했다.

"장 소협은 개방의 후개일세."

곽상의 부가적인 설명에 황규린의 눈빛이 살짝 변했다. 개방의 후개가 이토록 어릴 줄은 몰랐던 것이다.

"신 소협께서 저를 찾으신 것은 아마도 그것 때문이시겠죠?"

"그렇습니다."

황규린은 환우가 자신을 찾아온 이유를 쉬이 알 수 있었다. 아니, 그렇게 되기 위해 자신이 노력한 것이 얼마던가.

황규린의 머릿속에 오십 년 전의 그날이 스쳐 지나갔다.

한 번의 떨침으로 양손에서 뻗어 나오던 그 벼락의 황홀한 모습. 그때 등줄기를 훑고 지나간 그 전율, 그것은 그의 인생을 바꿔놓았다.

그날 황규린은 진정한 무(武)라는 것을 보았고 진정한 무인이 되고자 결심했다.

그리고 그분이 남긴 열 자루의 단검을 구파일방의 장문인들이 나눠 가지고 돌아갔다는 이야기를 들었다. 며칠 후 화산에서는 그 단검을 화산에서 가장 강한 사람이 보관하기로 결정이 났다는 이야기도 들었다.

그때부터다. 황규린의 목표가 한 가지 늘었다. 진정한 무인이 되겠다는 것에 화산제일인이 되겠다는 것이 추가된 것이다.

그분이 벼락을 떨치는 데 사용한 그 단검. 꼭 자신이 귀중히 보관하고 싶었다.

그리고 이십 년이 흘렀다. 불혹이 조금 넘은 나이에 황규린은 화산제일검의 칭호를 얻었고 한 자루의 용아천뢰검을 가지고 연화봉에 올랐다.

그 후 그에게 화산신검이라는 별호가 생겼지만 정작 그는 그것에는 관심이 없었다. 오직 항상 자신의 가슴에 자리한 용아천뢰검의 기운을 느끼며 그분께 부끄럽지 않은 무인이 되겠다는 생각뿐이었다.

드디어 오늘 자신의 가슴에 항상 자리하며 진정한 무인의 웅심을 불어넣어 주던 용아천뢰검을 돌려받기 위해 해동에서 손님이 왔다. 내심 그분이 오기를 기대하고 있었지만 이제는 그런 것은 상관없었다, 자신의 눈앞에 있는 젊은이가 그분과 같은 기운을 가지고 있었기에.

황규린은 오른손을 가만히 왼쪽 가슴에 올려놓았다. 손끝으로 느껴져 오는 그 깊고도 깊은 기운이라니. 황규린은 잠시 눈을 지그시 감았다.

다시 눈을 떴을 때 그의 두 눈에는 만족이라는 것이 가득차 있었다.

환우는 이미 용아천뢰검이 황규린의 왼쪽 가슴에 보관되어 있다는 것을 알아보았다.

"이제 그만 주시지요."

드디어 용아천뢰검을 받을 수 있다는 생각에 환우는 미소를 띠며 요구했다. 하지만 그 요구에 돌아온 것은 조용히 가로젓는 황규린의 고갯짓이다.

"무슨 뜻이지요?"

"물론 돌려 드려야지요. 하지만 그냥 돌려 드릴 수는 없습니다."

이것이었다.

곽상이 이야기했던 것이 이것이리라.

"그렇다면 어떻게 해야 합니까?"

환우는 불쾌함을 최대한 참으며 물었다. 지금 눈앞에 있는 이는 진정한 무의 길을 걷는 무인이었고 그 사실 하나만으로 존중할 가치가 있었다.

"저와 잠시 비무를 해주셨으면 합니다."

"비무라구요? 제가 왜 그것을 해야 하지요?"

"글쎄요… 오십 년 동안 안전하게 용아천뢰검을 보관하고 있은 것에 대한 대가라고 해주시면 안 될까요?"

황규린은 담담하게 대답했다.

"주인이 자신의 것을 찾으러 왔는데 대가를 지불해야 한단 말입니까?"

"그분께서 중원의 정파 무림을 구해주신 것에 대해서는 항상 감사합니다. 하지만 그 누구도 그분께 그것을 빌려달라고 하지도 않았으며 또 맡겠다고 하지도 않았습니다. 단지 그분께서 놓고 가신 것이지요. 우리 구파일방은 그것을 하나씩 나누어 지난 오십 년간 소중하게 보관하고 있었습니다. 당연히 대가를 요구할 수 있지요."

황규린의 말에는 틀린 것은 없었다. 분명 오십 년 전에 동방신협이라 불린 망아 대사는 열 자루의 용아천뢰검을 맡기고는 훌쩍 사라졌을 뿐이다.

환우는 잠시 고민했다.

사실 비무라는 것은 귀찮았다. 다짜고짜 시비가 붙어 싸우는 것이라면 어쩔 수 없지만 굳이 자신이 왜 비무라는 것을 해야 하는지 알 수가 없었다. 하지 않아도 되는 것이라면 하지 말자는 주의다.

그러나 이미 황규린의 두 눈은 호승심으로 불타고 있었다. 황규린은 벌써 환우의 실력을 알아본 것이다.

‘그분에 비해서 기운이 약하고 그 순수함이 떨어지지만 이 소협은 진정한 강자다. 내가 전력을 다하더라도 승부를 장담할 수 없을지도… 이런 강자가 그분의 전인으로 내 앞에 섰으니 나는 그동안 내 수련의 성과를 반드시 시험해 보아야 한다.’

그랬다.

그것이 황규린이 환우에게 비무를 요청하는 진정한 이유인 것이다. 지난 그날 이후 자신이 지금까지 갈고닦아 왔던 무의 길. 그 길에 대한 확인을 하고 싶었던 것이다.

자신을 이 길로 이끌어준 그분의 전인, 그분의 무공 앞에서 자신의 실력을 가늠하고 싶은 것이다.

환우는 고민을 했지만 그 고민은 오래가지 않았다. 비무에 대한 황규린의 순수한 열망을 환우 역시 느낄 수 있었다. 그런 열망을 단지 귀찮다는 이유를 거절할 수 없었다. 환우도 무인이었기 때문이다.

이윽고 환우의 입이 열렸다.

“정 그래야 하는 것이라면 알겠습니다.”

환우의 허락에 황규린의 입에 미소가 번졌다.

“그럼 자리를 옮기도록 하지요.”

넓지 않은 봉우리였기에 오래 움직이지 않아도 되었다. 두 사람이 비무를 하기에 적당한 평지가 나타나자 둘은 삼 장의 거리를 두고 마주 섰다.

제법 떨어진 곳에서 곽상과 치호가 그 모습을 지켜보았다. 두 사람의 눈에는 기대가 잔뜩 어렸다. 현 무림의 최고수 중 한 명이라는 화산신검, 그리고 오십 년 전 마교 교주를 쓰러뜨리고 정파 무림을 구한 동방신협의 제자, 이 둘의 대결이다. 아무 때나 볼 수 있는 비무도 아니거니와 보고 싶다고 볼 수 있는 것도 아니다. 아니, 과연 중원 전체에서 이런 수준의 비무가 얼마나 벌어지겠는가.

두 사람은 진정 하늘이 내린 기회를 맞은 것이나 다름없었다.

기대 어린 두 사람의 눈빛 앞에서 환우와 황규린은 서로에게 포권을 하며 인사를 했다. 그리고 자세를 취한 후 깊은 눈으로 서로를 바라보았다.

황규린의 손이 천천히 움직이면서 허리에 걸린 검을 뽑았다. 병기를 만드는 대장간 아무 곳에서나 살 수 있을 것같이 평범하게 생긴 보통의 청강장검이다.

하지만 황규린이 기수식을 취하고 바로 서자 그 검은 천하의 명검으로 바뀌었다. 황규린의 주변의 공기가 달라지기 시작한 것이다.

'역시 강자다……'

환우는 긴장하면서 품에서 아홉 자루의 벽조목 단검을 꺼냈다. 그리고 나머지 한 자루는 개방에서 돌려받은 용아천뢰검을 들었다.

환우도 처음부터 전력을 다할 생각인 것이다.

'역시 그분의 제자.'

환우 주변의 공기도 변하기 시작했다.

두 사람의 시선이 허공에서 얽히는 순간 불꽃이 튀었다.

한 손에 다섯 자루씩의 단검을 나누어 쥔 환우의 눈이 깊게 가라앉았다. 상대는 자신 못지않은 강자였다. 처음부터 전력을 다하여 자신이 익힌 모든 것을 내보여야 했다.

지는 것은 죽는 것보다 싫었다.

환우는 마음을 가다듬으며 자신의 무공을 처음부터 천천히 되새겨 보았다.

천뢰무위공(天雷無爲功).

환우가 익힌 무공의 이름이다. 사실 환우는 무공의 이름 따위에는 아무런 관심도 없었다.

그저 망아 스님이 벼락을 자유자재로 부리시는 모습에 감동하여 자신도 그렇게 되고 싶다는 생각에 익혔을 뿐이다. 제석천(帝釋天)의 힘을 담은 무공이라는 이야기도 들었지만 환우는 그런 것을 아무래도 좋았다. 자신이 마음대로 벼락을 부리고 싶을 뿐이다.

환우는 천천히 호흡을 골랐다. 그리고 주변으로부터 기운을 받아들였다. 마침 그 기운이 맑고 깊은 화산의 연화봉 정상이었기에 더욱 순수하고도 강한 기운이 몸 안에 들어찼다.

황규린은 환우 주변으로 모여드는 강한 기운의 움직임을

읽었다. 오십 년 전 그때도 그랬다. 그때 황규린은 갓 기운의 흐름을 느낄 수 있는 경지에 접어들었다. 타고난 재능이 훌륭했기에 이룬 엄청나게 빠른 성취였다. 그때 그 기운의 흐름을 느꼈기에 동방신협이 그의 우상이 되었던 것이다.

황규린은 호흡을 가다듬었다. 단전에서 해일과 같은 기운이 용솟음치며 온몸으로 흘러갔다. 몸 전체에 충만한 내공은 언제든 힘을 폭발시킬 수 있는 준비를 마쳤다.

환우는 황규린의 몸에서 주변으로 흘러나오는 강한 기운을 보았다. 눈이 깊게 가라앉았다.

주변의 기운을 모으는 쪽과 몸 안의 기운을 주변으로 퍼뜨리는 쪽.

둘은 깊게 침잠한 눈으로 서로를 바라보았다.

그리고.

누가 먼저랄 것도 없었다. 두 사람의 발이 동시에 땅을 박찼고 동시에 손이 움직였다.

황규린의 검은 정직하게 세로 베어왔고 환우는 왼손이 떨쳤다. 허공에서 다섯 자루의 벽조목검과 청강장검이 부딪쳤다.

챙챙챙챙챙.

한 번에 울린 듯한 다섯 번의 충돌음.

두 사람은 위치를 바꾸어 서 있었다. 천천히 몸을 돌려 다시 서로를 마주 보는 둘, 그들의 얼굴에는 가는 미소가 걸려 있었다.

“저, 저것은…….”

둘의 첫 격돌을 유심히 지켜보고 있던 곽상의 눈이 경악으로 부릅떠졌다. 분명 자신의 사제가 쳐낸 다섯 자루의 목단검이다. 그렇다면 여기저기에 흩어져서 떨어져 있어야 정상이다. 하지만 그렇지가 않았다.

마치 환우의 호위병이라도 되는 듯 환우 주변에 둥둥 떠 있었다. 의지를 가진 호위병처럼 말이다.

“이… 이기어검?”

떨리는 목소리가 간신히 입술을 비집고 새어 나왔다. 얼마나 놀랐으면 몸을 가늘게 떨기까지 했다. 하지만 치호는 시큰둥했다. 이미 본 적이 있는 장면이라 당연한 것일 뿐이었다.

“역시 그분의 전인이시군요.”

환우의 주변에 떠 있는 벽조목검을 보면서 황규린은 기쁜 듯이 말했다. 그때도 그랬었다. 그때 그 모습을 다시 볼 수 있다니 그로서는 기쁘기 한량없었다.

“이제 오른손의 것도 사용을 하시지요.”

환우의 오른손에는 네 자루의 벽조목검과 한 자루의 용아천뢰검이 있었다. 용아천뢰검의 위력과 벽조목검의 위력은 천지차이인 것이 당연한 터, 조금 전 왼손의 다섯 자루의 검을 떨쳤을 때와는 그 위력이 판이할 것이다.

환우는 고개를 끄덕였다.

“그럼, 갑니다.”

그 말과 함께 가벼이 휘둘러진 오른손. 하지만 그 가벼움과는 전혀 다른 날카로움 다섯 줄기가 황규린을 향해 뻗어갔다.

황규린은 자신을 향해 날아오는 다섯 줄기의 벼락을 기쁜 듯이 쳐다보았다. 네 개의 갈색 줄기와 단 한 줄기의 백색 줄기.

황규린의 검이 부드럽게 움직인다. 처음에 보여준 간단한 세로 베기와는 전혀 다른 움직임이다. 하지만 같은 움직임이다. 처음의 세로 베기도 정직하게 세로로 움직이는 듯했지만 곧 환우가 던진 다섯 자루의 벽조목검의 방위를 차단하며 부드럽게 움직였다.

지금은 부드럽게 시작했을 뿐이다. 앞으로 어떻게 변화할지는 오직 황규린만이 알 뿐이다.

챙챙챙.

세 번의 울림과 함께 세 자루의 벽조목검이 튕겨 나갔다. 그와 동시에 한 번 울린 충돌음.

이제 남은 건 마지막으로 날아오고 있는 용아천뢰검이다.

쾅!

울림이 달랐다.

검에 담긴 기운이 다른 것이다.

용아천뢰검과의 충돌 후 황규린은 한 발짝 뒤로 물러서 있었다. 바닥에 찍힌 선명한 한 개의 발자국.

그것을 확인한 곽상은 다시 한 번 놀랐다. 아직 약관도 되지 않은 젊은이가 자신의 사제를 물러서게 하다니 믿을 수가 없었다. 아무리 그분의 제자라 할지라고 무의 길을 걷는 이상 나이가 주는 한계는 숙명이나 다름없는 것이다.

하지만 환우는 그 한계를 뛰어넘은 모습을 보여주고 있었다.

매화소선이 지금 웃음을 잃고 있었다.

그만큼 놀라고 있다는 것이다.

다시 두 사람은 서로를 마주 보고 섰다.

이제는 환우의 주변에 떠 있는 검은 모두 열 자루였다.

"놀랍군요. 소협의 나이에 열 자루의 단검을 모두 지배할 수 있는 정신력과 의지력이라니……."

화산신검 황규린은 과연 그 명성에 걸맞게 환우가 구사하는 이기어검술의 정체를 어렴풋이 느끼는 듯했다.

"아직 용아천뢰검은 한 자루밖에 없습니다. 용아에 비하면 벽조 녀석들은 순한 양이지요."

환우가 싱긋 웃으며 대답했다. 하지만 이마에서 흘러내리는 단 하나의 땀방울은 어찌할 수 없었다. 비무를 시작한 지 얼마 되지 않았지만 땀이 흘러내린다는 것은 그만큼 힘들다는 반증이다.

개방주 소천걸과 싸울 때는 그래서 용아천뢰검을 사용하지 않고 단지 열 자루의 벽조목검만을 사용했던 것이다. 결정

적인 순간에 단 한 번 손에 쥐고 뽑아 들었을 뿐이다. 지금과
는 소모되는 의지력의 차이는 그야말로 달 앞의 반딧불 정도
였다고 할 수 있다.

"그렇군요. 그러면 본격적으로 놀아볼까요?"

그 말과 함께 황규린이 한 발 앞으로 내밀었다. 한 발 앞으
로 걷는 듯하더니 어느새 어지러운 변화를 보이며 환우를 향
해 다가오고 있었다.

"매화산보(梅花散步)!"

곽상은 믿을 수 없다는 듯 외쳤다.

매화산보는 화산의 이대 이상의 제자라면 누구나 익히고
있는 보법이다. 화산의 절기 중 하나이긴 하지만 절대 비전
절기라 부를 정도로 뛰어난 것은 아니다.

하지만 지금 황규린이 펼치는 것은 달랐다. 화산이 가진 그
어떤 극상의 보법이라 할지라도 황규린의 다리에서 펼쳐진
매화산보에 비할 바가 아니었다. 곽상으로서는 참으로 믿을
수 없는 경지이다.

"좋군요!"

환우의 입에서 순수한 감탄이 터졌다.

"갑니다. 오뢰난무(五雷亂舞)!"

환우의 외침과 함께 다섯 자루의 벽조목검이 어지러운 움
직임을 보이며 황규린에게 날아갔다.

"매화노방(梅花路傍)."

이십사수매화검의 첫 초식이 펼쳐지면서 어지러이 날아오는 다섯 자루의 벼락 사이를 부드러이 노닐었다.

"사뢰진천(四雷震天)."

그와 동시에 네 자루의 강맹한 벼락이 날아들었다. 처음의 어지러운 변화를 가진 벼락과는 전혀 반대의 성질을 띠고 있었다.

"매화접무(梅花蝶舞), 매화토염(梅花吐艶)."

황규린은 재빨리 이초식과 삼초식을 연달아 뿌렸다. 매화접무의 수법으로 부드럽게 네 줄기의 벼락을 감싸 안은 후 매화토염의 수법으로 쳐낸 것이다.

그사이 환우의 모습이 사라졌다. 황규린이 자신의 공격에 신경을 쓰는 사이 재빠르게 그의 사각으로 숨어든 것이다. 하지만 황규린은 당황하지 않고 매화산보의 보법을 밟아 몸을 움직였다.

그때 불쑥 치고 들어오는 주먹.

어느새 환우는 황규린의 곁에 바짝 붙어 있었다. 이번 공격에 황규린은 조금 당황했다. 그분이 박투를 펼치는 것은 본 적이 없었다. 그런데 지금 그분의 제자인 환우가 몸을 빠짝 붙이며 근접박투로 공격을 하고 있는 것이다.

황규린은 당황한 가운데 살짝 몸을 틀어 환우의 주먹을 피했다. 그때 아래를 쓸어오는 환우의 다리. 황규린은 재빨리 검을 움직여 그 다리를 쓸어나갔다. 하지만 너무 근접해 있는

터라 검을 움직이기에 제약이 컸다. 미처 그의 검이 환우의
다리에 닿기 전에 환우의 공격이 황규린의 정강이에 부딪쳤
다.

"큭."

다리에 울리는 통증에 황규린은 살짝 신음을 흘렸지만 그
움직임에는 변화가 없었다. 재빨리 환우의 다리가 뒤로 빠진
자리를 황규린의 검이 뒤늦게 쓸고 지나갔다.

아니, 지나가는 듯했지만 검은 영활한 움직임을 보이며 변
화했다.

어느새 매화검법의 사초식인 매개이도(梅開利導)의 수법으
로 변해 환우의 몸을 덮치고 있었다.

"칫."

공격을 성공시키고 의기양양한 마음으로 다음 공격을 펼
치려 할 차에 노도와 같은 기세로 황규린이 검의 자신을 덮치
자 절로 불만 어린 음성이 입술 사이로 새어 나왔다.

"삼뢰방(三雷防)."

환우의 외침과 함께 어느 순간 나타난 세 자루의 벽조목검
이 벼락으로 화해 매개이도의 초식에 부딪쳤다.

"큭."

"흠."

두 사람의 입에서 동시에 가는 신음이 흘러나왔다. 너무 근
접한 상태에서 벌어진 충돌이다. 그 충격파가 두 사람에게 동

시에 쏟아진 것이다.

하지만 큰 타격은 입지 않은 듯 둘 모두 담담한 얼굴로 서로를 보며 서 있었다.

황규린의 입에 걸린 미소가 더욱 짙어졌다.

"꿀꺽."

곽상과 치호가 동시에 마른침을 삼켰다. 정말로 일수유의 순간도 눈을 뗄 수 없는 엄청난 비무였다.

그 둘의 눈앞에 지금 새로운 세상이 펼쳐져 있었다.

환우와 황규린이 서로를 바라본다. 그들의 얼굴에는 진득한 미소가 걸려 있었다. 전력을 다해 싸울 수 있는 호적수를 만난 즐거움이 절로 얼굴에 드러난 것이다.

"대단하군요, 그런 박투술이라니. 동방신협께 그런 절기도 있는 줄은 몰랐습니다."

그랬다. 오십 년 전에 망아 대사는 그저 용아천뢰검을 날려 마교의 교주를 격살했다. 때문에 중원의 그 누구도 그가 환우가 선보인 것과 같은 박투술을 익히고 있다고는 생각지도 못했다. 그리고 실제로 망아 대사는 박투술을 익히고 있지 않다.

조금 전 환우가 선보인 박투술은 선무도였다. 망아 대사의 사형인 망오 대사에게서 배운 것이다. 하지만 황규린은 그저 환우가 망아 대사의 제자라고만 알고 있으니 박투술 역시 망아 대사의 무공이라 생각한 것이다.

"과찬이십니다."

환우는 정신을 집중하며 대답했다. 환우 주변에서 벽조목 검 아홉 자루가 더욱 영활히 움직였다. 용아천뢰검은 오직 제자리를 유지하며 떠 있을 뿐이다.

환우의 얼굴에서 서서히 미소가 사라졌다. 호적수를 만나서 기쁜 것은 기쁜 것이지만 강한 적 앞에서는 자연 긴장을 하게 마련이다. 얼굴에 어렸던 미소는 이제 완연한 긴장으로 바뀌어 있었다.

환우가 중원에 온 이후 만난 가장 강한 사람이 지금 눈앞에서 검을 들고 서 있었다.

환우의 변화에 황규린의 얼굴에서도 미소가 사라졌다. 상대방의 기세가 다시 한 번 타오르는 것을 느낀 것이다. 황규린의 주변의 기운이 조용히 가라앉았다. 그의 두 눈은 더욱 빛났다.

"이제부터는 정녕 전력을 다하겠습니다."

환우는 마른침을 삼켰다. 세차게 몰아치던 기세가 사라지고 고요한 기운이 황규린의 몸을 지배하기 시작하자 온몸의 신경이 위험하다는 경고성을 보내왔다.

환우는 본능적으로 느꼈다, 본격적으로 놀아보자고 했던 조금 전과는 또 다른 엄청난 공격이 자신에게로 날아올 것임을.

'장난이 아닌걸. 중원이라… 역시 이름값은 하는 땅이야.'

환우는 의식을 더욱 집중해서 열 자루의 단검에 대한 자신의 지배력을 끌어올렸다. 이제는 자신의 손발보다 단검들이 더 빨리 반응할 것이다.

"그럼 갑니다."

일체의 눈속임이 없는 한 걸음이다. 빠르지도 느리지도 않은 그저 걸음을 옮기는 속도와 같은 단 한 걸음일 뿐이다. 하지만 환우는 태산이 자신에게 다가오는 것을 느꼈다. 화려한 보법을 펼친 조금 전보다 그저 평범한 지금의 한 걸음이 더욱 무서웠다.

꿀꺽.

환우는 자신도 모르게 마른침을 삼켰다.

처음이다.

상대의 기세에 먼저 압도당한 것은 처음이었다.

"젠장, 구뢰용무(九雷龍舞)!"

무의식중에 느낀 두려움을 떨쳐 버리기 위함인가, 환우의 우렁찬 외침과 함께 아홉 자루의 벽조목검이 어지러운 선을 그리며 벼락으로 화해 날아갔다. 그야말로 승천하는 용의 춤을 보는 듯한 변화였다.

황규린의 눈이 서늘하게 빛났다.

"매화만개(梅花滿開)."

담담한 목소리와 함께 부드럽게 움직이기 시작하는 검.

용으로 화해 사나운 춤을 추며 자신을 몰아치는 아홉 자루의 벽조목검에 그의 검은 부드럽게 부딪쳤다. 그렇게 이전처럼 벽조목검을 하나하나 쳐냈다.

하지만 지금까지의 공격과는 달랐다. 쳐내기 무섭게 다른 방향으로 선회를 해 다시 날아오는 벽조목검. 그야말로 용의 춤이었다.

그러나 황규린의 매화만개 역시 달랐다. 만개한 매화가 매화나무를 가득 채우듯 그의 검은 쉼없이 움직이며 계속해서 새로운 꽃을 그려냈다.

조금 떨어진 곳에서 그런 황규린을 바라보는 환우의 이마에 땀방울이 송골송골 맺혔다. 자신의 의지력을 모두 사용해서 펼친 구뢰용무다. 아니, 사실은 비장의 한 수를 위한 의지력은 남겨두었다.

도무지 틈이 안 보였다. 단 한 번의 빈틈을 두드리기 위해 아껴둔 의지력이건만 그 의지력을 사용할 틈을 열어주지 않았다.

그렇게 황규린은 홀로 검을 휘두르며 자신을 둘러싼 용과 싸웠다. 사나운 용이 거침없이 꿈틀거리며 추는 춤 속에서 황규린은 쉼없이 매화를 피어냈다.

"응? 이건 무슨 향이지?"

개방의 거지로서 타고난 후각을 가진 치호의 코끝으로 아련한 향기가 스며들었다.

그의 말에 곽상은 주변에 퍼지는 향이 있는지 코를 킁킁거려 보았다. 그러자 익숙한 향을 맡을 수 있었다. 결코 지금은 맡을 수 없는 향이다. 그런데 분명 자신의 코는 그 향을 맡았다고 말하고 있었다.

"그, 그럴 수가……."

곽상을 믿을 수 없다는 듯 떨리는 목소리로 중얼거렸다.

치호의 시선은 황규린을 향해 있었다. 이미 그의 예민한 후각은 향의 진원지를 찾은 것이다.

"이게 무슨 향인가요?"

"매, 매화 향이네."

치호의 물음에 곽상은 격정을 억누르며 겨우 대답했다.

"하지만 이곳에는 매화가 없는데요? 게다가 계절도 매화가 필 계절도 아니고요."

치호의 말대로다. 지금은 화산이 울긋불긋한 옷으로 갈아입고 있는 가을이다. 매화는 봄에 피는 꽃이다. 가을의 중턱에 접어들고 있는 지금 필 수 있을 리가 없었다.

"소협의 코를 믿게. 소협은 이미 이 향이 어디서 나고 있는지 알고 있지 않은가?"

곽상은 파르르 눈꼬리를 떨며 천천히 말했다.

"그게 무슨 말씀이십니까?"

"화산에는 매화가 핀다네. 그것도 때를 가리지 않고 항상 피는 매화가 있지. 하지만 그 누구도 그 매화를 피워내지 못했어. 그저 전설로만 내려왔지. 그래도 화산의 문도라면 누구나 매화가 핌을 믿고 항상 매화를 피워내기 위해 노력을 하지."

곽상의 목소리는 감격에 겨워 있었다.

“이십사수매화검. 화산에 심겨진 매화네. 그 경지가 극에 이르면 절로 검끝에서 매화 향이 피어난다고 하지. 그저 전설일 거라 생각했는데… 설마 사제가 진정한 매화를 피워내다니…….”

곽상의 눈에서 갑자기 눈물이 주르륵 흘러내렸다. 사제의 성취에 감동을 한 것이다.

화산의 제자라면 누구나 감동을 할 만한 상황이다.

꽃은 아름답다.

하지만 단지 모양만이 아름답다고 아름다운 것이 아니다.

홀로 고고히 피어 있는 꽃은 고귀해 보이되 아름답지는 않다. 꽃이라면 주변을 노니는 나비와 벌이 있어야 한다. 나비와 벌을 부를 수 있어야 진정 아름다운 꽃이다.

나비와 벌은 꽃의 향기를 찾아온다.

모란이 아무리 아름답다 하나 향기가 없기에 그저 홀로 고귀함을 뽐내고 있는 꽃일 뿐이다.

화산의 검에서 피어나는 매화는 향기없는 꽃이다.

꽃은 꽃이되 진정 아름다운 꽃은 아니었다.

사실 그저 검을 휘두른다고 없는 향기가 주위로 피어오를 리 없었다. 그래서 화산의 제자들은 그저 보기에 아름다운 매화를 피우는 데만 주력했다. 향기 나는 매화는 그저 전설이라 여겼다.

하지만 지금 전설이 현실이 되었다.

황규린이 움직이는 검에서 희미한 매화 향이 피어나는 듯하더니 어느덧 진하디진해져 주변을 매화 향으로 채우고 있었다.

검향(劍香)의 경지.

검기나 검강과는 또 다른 오직 화산의 검에만 존재하는 경지이다. 검의 진정한 오의를 깨우쳐 진정 아름다운 매화를 꽃 피워 낼 수 있는 경지다. 화산파에서 오직 전설로만 내려오던 경지가 지금 눈앞에 있었다.

"검향이… 검향이 내 대에서 초현하다니……."

감격에 찬 곽상의 목소리가 환우의 귀에 들렸다.

환우도 주변에 진동하는 꽃 향기가 황규린의 검에서 피어오르고 있음을 느끼고 있었다.

'검향의 경지라… 참으로 말도 안 되는 일이군, 꽃도 없이 꽃 향기가 피어나다니.'

하지만 믿어야 했다. 직접 겪고 있으니 말이다.

황규린은 주변의 그런 변화에는 아랑곳 않고 검을 움직였다. 느린 듯했지만 빨랐고, 단조로운 듯했지만 변화무쌍했다. 그가 마치 한 그루의 매화나무가 되어 가지에 매화를 피워내듯 그의 손에 들린 검으로 피워내는 매화가 그를 감쌌다.

그는 이미 검과 함께 무아지경에 빠져 있었다.

"쳇."

환우는 그 모습이 마음에 들지 않았다. 아니, 부러웠다. 지금껏 무공을 수련하면서 저와 같은 무아지경에 빠져 본 적이 없었다. 검과 완벽히 하나가 되어 자신을 잊은 경지. 수련을 하면서도 맛보지 못한 것을 상대는 비무 중에 맛보고 있다.

마음에 들지 않았다. 부러웠다. 질투가 났다.

"일뢰파천(一雷破天)!"

질투가 무공을 펼쳤다. 빈틈을 노리면서 아껴두었던 의지력이 질투와 함께 발현되었다.

지금 황규린은 더없이 완벽한 상태였지만 그런 것은 상관없었다.

환우의 외침과 함께 지금껏 정지해 있던 용아천뢰검이 무서운 힘을 담고서 날아갔다.

홀로 고고히 서서 꽃을 가득 피우고 있는 매화나무에 그야말로 커다란 벼락이 떨어졌다.

콰콰쾅!

순간 요란한 폭음이 울렸다. 기운과 기운의 충돌로 일진광풍이 주변에 몰아쳤다.

"우웃."

치호는 제대로 눈을 뜰 수가 없었다.

거센 바람이 몰아치고 지나간 자리.

매화나무는 벼락에 맞았음에도 여전히 그 자리에 그렇게 서 있었다. 단지 가득 피었던 매화가 모두 사라지고 없었다.

황규린은 검을 쥔 오른팔을 늘어뜨리고 가만히 서 있었다.

그의 주변으로 아홉 자루의 벽조목검과 용아천뢰검이 떨

어져 있었다.

그의 맞은편에 환우가 사나운 표정으로 그를 노려보고 서 있었다.

"젠장."

한참을 황규린을 노려보던 환우가 거친 목소리로 중얼거렸다.

"훌륭한 비무 감사합니다."

황규린이 포권을 취하며 환우에게 인사를 했다. 그는 정말로 흡족한 비무였다. 얼마 전 깨달은 검향의 경지를 전력을 다해 펼친 비무. 현재 중원 어디에서 이런 비무를 할 수 있겠는가.

황규린이 인사를 함에도 환우는 여전히 그를 노려보았다. 그리고 천천히 그의 입술이 움직였다.

"지랄."

생각지도 못한 말. 그 말에 곽상과 치호는 대경했다. 어찌 전력을 다한 공정한 비무 후에 그런 말이 나올 수가 있단 말인가. 그것도 상대는 화산제일검이다. 화산의 자존심이나 다름없는 무인을 상대로 그런 상소리를 내뱉다니 이것은 강호의 예의에서 어긋나도 한참을 어긋났다.

곽상이 한 발 나서며 무어라 하려고 했다. 아무리 동방신협의 제자라지만 이건 아니었다.

하지만 그는 하고자 한 말을 하지 못했다.

울컥.

환우가 검붉은 피를 토했다.

한 발짝 움직이던 곽상은 환우가 피를 토하는 모습에 멈칫했다.

쿵.

잠시 멈칫한 사이 환우가 그대로 앞으로 쓰러져 의식을 잃었다.

“사숙!”

놀란 치호가 환우를 향해 달려갔다.

“신 소협!”

황규린 역시 대경해서 환우에게 달려갔다. 그는 자신의 흡족함에만 마음을 쓰다가 미처 환우의 상태를 눈치 채지 못한 것이다.

망아 대사의 제자 신환우.

천방지축 날뛰던 그가 중원에 들어와서 첫 패배를 경험했다.

『2권으로 이어집니다』

지금 유전자가 말하는 사랑과 성의 관한 솔직 대담한 진실이 펼쳐집니다!

남편의 후광을 등에 업는 것은 까마귀와 인간뿐…

모두에게 바보 취급받던 독신 암컷이 단번에 인생대역전을 해서
서열 1위인 수컷의 아내 자리를 차지하게 될 수도 있다는 말입니다.
모든 여성이 이상형의 남자와 결혼할 수 있는 것은 아닙니다.
적당한 선에서 타협하여 적당한 사람과 결혼하지요.
하지만 솔직히 말해서 당연히 멋진 남자가 더 좋지 않겠습니까?
따라서 여성은 생각합니다.
'그럼 어떻게 하지? 유전자만이라면 가질 수 있어!'
그리하여 장기계획형이나 단기승부형과 같은 여러 가지 방법의
외도가 생겨나는 것입니다.
물론 모든 여성이 이를 실행에 옮기지는 않습니다.

하지만 기회가 있다면 어떨까요?
다른 조건과 이미 타협을 봤다면?
남편이 사소한 일은 눈치 못 채는 둔한 남자라면?
뭔가 유전자의 음모가 느껴지지 않습니까?

실패를 모르는 남자 선택법!
「내 남자친구는 왼손잡이」 법칙

어째서 여성은 왼손잡이 남성에게 마음이 끌리는 걸까요?

여기서 기억해야 할 것은 몸의 좌우와 뇌의 좌우는 원칙적으로 반대 관계라는 점입니다.
따라서 왼손잡이 남성은 우뇌가 발달했습니다.
발달했다는 사실이 왼손잡이를 통해 반영된 것입니다.

그리고 두 번째로 생각해야 할 것은 우뇌는 남성 호르몬의 일종인 테스토스테론에 의해 발달한다는 점입니다.
요약하자면 왼손잡이 남성은 우뇌가 발달했는데, 그것은 테스토스테론 수치가 높기 때문입니다.
그것은 다름 아닌 생식 능력이 높다는 것을 의미하지요.

「내 남자 친구는 왼손잡이」에 감춰진 의미는… 내 남자 친구는 생식 능력이 높아… 인 것입니다.

입소문을 통해 아는 분은 다 알고 계십니다!
올 한해 공인중개사 최고의 화제작!

1~2권 합본 | 이용훈 지음
3~4권 합본 | 이용훈 지음
5~6권 합본 | 이용훈 지음
용어 해설 | 이용훈 지음

수험생 기본 필독서
만화 공인중개사

제목 : 만화공인중개사 쓰신 분에게 감사드립니다.

학원을 두 달 다녔어요. 근데 과연 그 숫자 외우기 그런 게 몇 문제나 나올까 생각을 했어요.

아니라는 생각이 드네요. 학원강의를 뒤로하고 서점을 갔어요. 내 머리에 가장 이해될 수 있는

책이 없나 하구요. 거기서 만화를 발견했어요. 무조건 세 번 봤어요. 3개월 걸렸어요. 문제집을 보라고

했는데 그건 시행을 못했어요. 근데 합격을 했네요.

어떻게 감사의 말을 해야 될지…….

도서관에서 만화책 들고 다니니까 사람들이 비웃더라구요. 만화책으로 공인중개사를 공부한다고

미친 사람처럼 보더라구요. 근데 그거 다 감수하고 했던 내가 자랑스럽습니다.

어떻게 감사의 말을 해야 할지… 정말 감사합니다.

부디 행복하세요. 제 나이 41살에 좋은 스승을 만난 것 같습니다.

엎드려 감사드립니다.

-본사 홈페이지에 독자분이 올린 메일 中 에서 발췌-